ANNEMARIE SCHOENLE

ich habe
nein gesagt

Roman

Knaur

Besuchen Sie uns im Internet:
www.knaur.de

Vollständige Taschenbuchausgabe 2003
Copyright © 2001 bei Droemersche Verlagsanstalt
Th. Knaur Nachf., München
Alle Rechte vorbehalten. Das Werk darf – auch teilweise –
nur mit Genehmigung des Verlages wiedergegeben werden.
Umschlaggestaltung: ZERO Werbeagentur, München
Umschlagabbildung: Photonica, Hamburg/© Elinor Carucci
Druck und Bindung: Clausen & Bosse, Leck
Printed in Germany
ISBN 3-426-62264-5

5 4 3 2 1

»Gesetze sind der in bestimmte Formeln gebrachte und darin ausgedrückte soziale Zustand eines Landes, sie spiegeln denselben ab.«

August Bebel, 1883

Erst im Juli 1997 wurde in Deutschland die Vergewaltigung in der Ehe als solche definiert und unter Strafe gestellt.

ERSTES KAPITEL

1

Der Bluterguss, direkt unterm Auge, ist so groß wie ein Fünfmarkstück. Ich verreibe vorsichtig Make-up auf den Wangen und tupfe Puder auf. Dann nehme ich einen dunkelblauen Lidstift. Tanja steht neben mir. Wir lächeln uns an. Ich male einen Schmetterling auf das Fünfmarkstück und decke das Stückchen Haut, das bereits verschorft ist, mit Glitzersalbe ab. »Warum malst du keinen gelben Schmetterling, Mama?«, fragt Tanja.

Warum muss ich überhaupt Schmetterlinge malen? Vielleicht, weil ich für irgendetwas um Vergebung bat? Vielleicht bin ich schuldig und unschuldig zugleich. Mein widerspenstiges Wesen? Mein Hunger nach einem anderen Leben? »Man muss wissen, wo man hingehört«, sagt Werner immer. Er weiß es. Die Beine fest auf der Erde. Den Gegner ausdribbeln. Ein Tor ist, wenn der Ball im Netz liegt. Und die Abseitsfalle ist legitim.

2

Es war der Abend nach meinem Geburtstag. Vom Vortag war noch Bratensülze da. Ich sah Werner zu, wie er große Stücke Sülze in den Mund schob und Bier trank. Er trank es immer aus der Flasche, da konnte ich reden, was ich wollte. Ich erzählte ihm, dass der Filialleiter im Drogeriemarkt vorhatte, alle Regale umzustellen und Spiegel einbauen zu lassen, damit der Laden größer wirkt. Werner sah mich schweigend an.

Wieder ein Stück Bratensülze, ein Schluck Bier. Er war schlecht gelaunt. Sein Blick schweifte umher. Ein Funkeln in seinen Augen. Er ärgerte sich. Und seine Hände, sie lagen breit auf dem Tisch, die Finger bogen sich nervös nach oben. Manchmal träumte ich von seinen Händen. Ich sah sie Bierkästen hochheben, über meinen Körper fahren oder einen Schraubenschlüssel umklammern. Sie waren immer in Bewegung. Kräftige Hände. Sympathisch. Und trotzdem machten sie mir Angst.

Er arbeitete als Mechaniker in Rickis Auto-Center. Die Auftragsblöcke waren voll, jeder wollte sein Auto zuerst repariert haben. Im Allgemeinen kam Werner gut mit den Kunden aus, er hatte etwas Verlässliches, er war freundlich und erzählte gern mal einen Witz. Aber wenn Typen in Nadelstreifen angebraust kamen und alles schon vorgestern geregelt haben wollten, wurde er stur. Die können mich mal, sagte er dann und reparierte absichtlich zuerst den alten Karren eines Kumpels aus seinem Fußballclub.

Im Fernsehen lief ein Spielfilm. Zwei schöne Menschen in einer schönen Wohnung hatten das grundlegende Problem, dass sie einander nicht mehr verstanden. Er sagte sanft: »Lass uns drüber reden!« Sie nickte. »Ja, du hast Recht. Reden wir drüber!« Wenn ich solche Filme sah, wurde ich zum besseren Menschen. Dann konnte ich mir vorstellen, mit Werner so liebevoll und sanft wie die Filmheldin zu sprechen. »Lass uns drüber reden, warum ich nicht mehr mit dir schlafen kann.« Und er: »Liegt es an mir? Erklär es mir, Darling. Ich hör' dir zu, alles wird gut, du wirst sehen.«

Werner hielt die Flasche an den Mund. »Hier sieht's aus wie im Schweinestall. Mensch, Doris ...« Er trank. Sein Kehlkopf bewegte sich. Dieses Bild lässt mich nicht los. Der zurückgelegte Kopf, die arbeitenden Halsmuskeln, sein kräftiges Handgelenk. Als würde mit einem Schlag deutlich werden, was mich anzog und abstieß zugleich. Arme, die sich um dich schließen und dir das Gefühl geben, nicht allein zu sein. Ein vertrautes Gesicht und forschende Augen, hell, blau, freundlich. Und dann von einer Minute zur anderen Muskeln, die sich verhärten, und ein Blick, kälter als Eis. Und wieder einen Moment später bewunderst du ihn. Ein Mann, der zupackt, der gern mit seinen Händen arbeitet, der geschickt ist und fleißig. Dem Schweißperlen auf der Stirn stehen, die in der Sonne glitzern, wenn er Reifen auf einen Stapel wuchtet oder ein Drehkreuz exakt auf die Mutter setzt und um die eigene Achse kurbelt. Als ich ihn heiratete, dachte ich, er sei trotz seiner rauen Schale einfühlsam. Vielleicht war er das auch – bei anderen Menschen. Aber ich war sein Eigentum, sein Besitz, von jenem Tag an, da wir wussten, dass wir zusammenbleiben würden. Wenn du etwas besitzt, willst du es behalten. Es gehört dir. Du wirst sorgsam damit umgehen. Wirst dein Eigentum verteidigen. Bist der Herr, der Inhaber, der Nutznießer natürlich auch. Kannst das Eigentum auch zerstören, wenn es dir keine Freude mehr bereitet.

»Ich habe Überstunden gemacht«, antwortete ich. »Du weißt ja ... der Umbau.«

»Wo ist Tanja?«

»Sie schläft.«

Ich legte meine Beine auf den Hocker, der an der Stirnseite des Tisches stand. Werner, die Bierflasche wieder am Mund, betrachtete meine Schenkel. Ein leichtes Lächeln. Hastig setzte ich mich gerade und zog den Rock über die Knie. Reiner Instinkt, aber falsch, ganz falsch. Die Muskeln an Werners Hals arbeiteten wieder. Sein Gesicht rötete sich. Eine unerträgliche Situation, wenn beide wissen, was los ist, aber keiner spricht es aus. Er stand auf, ging auf den Flur und trat die Tür mit einem Knall zu. Alles in mir verkrampfte sich. Der Mann im Fernsehen streichelte seiner Partnerin zärtlich übers Gesicht, sie schmiegte sich in seine Arme, und er sagte: »Ich würde nie etwas tun, das dich verletzt. Nicht absichtlich.« Und sie antwortete: »Ich weiß. Ich liebe dich.«

9

Werner kam ins Zimmer zurück. Eingezogene Lippen, zwei tiefe Falten zwischen den Augen. Mayday, mayday, ich gehe unter, dachte ich.

»Also?«

»Also was?«

»Spül ab! Oder hast du dazu auch keine … Lust?«

Ich rührte mich nicht.

Er ging zu meiner Nähmaschine. Seitlich lag ein Stoß mit Notenblättern und Liedertexten. Er packte die ganzen Papiere und hielt sie hoch.

»Aber dafür hast du Zeit.«

»So wie du für deine Fußballmagazine.«

Wir starrten uns an. Ich verzog den Mund, ein klein wenig nur, ein bisschen Spott, obwohl ich eigentlich hätte vorsichtig sein müssen. Aber ich konnte nie vorsichtig genug sein, also warum dann überhaupt diese ganze beschissene, ängstliche Vorsicht, gegen die mein Stolz sich aufbäumte. Zeig nie, dass du Angst hast, hatte mein Vater früher immer gesagt. Er hatte ständig Angst. Dass er kein Engagement mehr bekam. Dass er Texte vergaß. Dass der Regisseur nicht mit ihm zufrieden war. Oh, Papa, du hattest Recht. Angst, die du zeigst, macht den anderen hart. Er nimmt sie und schlägt damit zu. Also Schultern gerade und den Kopf nach hinten. Ich bin ich, oder nicht?

Zuerst schubste er mich nur ein bisschen. »Sag schon, warum bei uns nie etwas Ordentliches auf den Tisch kommt! Sag, warum du so schlampig bist! Was bist 'n für eine Frau?« Er redete Tacheles mit mir. »Mit Doris muss man Tacheles reden«, sein Standardsatz.

Ich widersprach ihm, ich riss mich los, ich lachte spöttisch, während alles in mir zitterte. Wir stritten. Mir fiel ein, was ich meiner Mutter über ihn erzählt hatte, als wir wussten, dass wir heiraten wollten. »Er ist ein ruhiger Kerl, Mama. Nur in Rage darf man ihn nicht bringen.« Ich lächelte, als ich das sagte, zärtlich, weil ich mir sein Gesicht vorstellte und seine Augen, die mich so nett ansahen. Da ging für mich die Sonne auf.

Die Erinnerung tat weh. Zornig packte ich seinen Teller und schmiss ihn in die Spüle. »Ich bin nicht dein Dienstmädchen.« Sein Handknöchel traf mich mit so jäher Wucht, dass ich völlig benommen war. Ein knirschendes Geräusch, als würde man meine Knochen mit Sandpapier bearbeiten. Dann ein Stich in der Schläfe. Ich schrie auf und verstummte im gleichen Moment. Tanja schlief nebenan. Tanja war sieben Jahre alt. In ihrer Welt gab es noch Engel und Feen und Zauberstäbe. Die Bösen wurden bestraft, über den Guten öffnete sich der Himmel. Sterntaler regneten auf die Erde und verhießen Glückseligkeit bis ans Ende der Tage.

Ein Wirbel von Gefühlen. Empörung, Zorn. Schlechtes Gewissen. Verdiente ich den Schmerz? Bestimmt verdiente ich ihn. Ich war keine richtige Frau. Nein, falsch, ungerecht, ich habe auch eine Stimme, und die möchte jetzt zurückschreien und sich wehren.

»Bist 'n richtiges Antiweib.« Er sagte es leise, voller Verachtung. Ich wurde ganz klein. Der Schmerz verrutschte, saß jetzt in meiner Kehle. Das schmutzige Geschirr, die Schuhe auch noch nicht geputzt. Und letzte Nacht? Eine Niete im Bett. Schlechte Hausfrau und sexuelles Brachland, das lässt sich kein Mann bieten. Du hast doch alles, hörte ich meine Mutter sagen. Einen Mann, der dich liebt, ein nettes Kind, einen Arbeitsplatz …

Ist das Liebe? Und der Job im Drogeriemarkt! Nagellack einsortieren, Spülmittel auspacken, Regale wischen. Ich bin zweiunddreißig Jahre alt und wollte mal etwas Besonderes werden. Mein Gott, versteht das denn keiner? Meine Haut ist mir zu eng. Sie ist zu eng.

3

Der »Theaterkeller« gehörte dem reichen Hotelier Brinkmann, der halb Greifenbach besaß. Eine Pizzeria, die Sportgaststätte, den »Greifenbacher Hof« mit seinen exklusiven Fremdenzimmern und einem Tagungsraum. Die Kellerräume des Hotels stellte Brinkmann der Laienspielgruppe zur Verfügung. Ein Aufführungsraum mit kleinen Tischen, auf denen Lampen mit hellen Schirmchen standen, die Bühne nicht allzu groß, in den Zimmern dahinter wurden Requisiten untergebracht, oder sie dienten als Garderoben. Wenn eine Vorführung stattfand, brachte eine Bedienung die Getränke und das Essen nach unten. Einmal hatte die Gruppe einen Laienspielpreis gewonnen. Die Urkunde hing am Eingang des Hotels neben der Speisekarte.

Boris Lansky leitete die Gruppe schon seit Jahren. Er arbeitete im Landratsamt. Früher war er Schauspieler, er hatte mit meinem Vater zusammen sogar einmal bei einer Aufführung der »Maria Stuart« auf der Bühne gestanden. Vater spielte den Leicester, Lansky den jungen Mortimer. Noch heute höre ich Vaters Stimme: »›Ich lebe noch! Ich trag es noch zu leben …‹ Und am Schluss, Doris«, sagte er mit leuchtenden Augen, »ruft Elisabeth nach Leicester, und man antwortet ihr: ›Der Graf lässt sich entschuldigen, er ist zu Schiff nach Frankreich.‹ Und hoch aufgerichtet, gefasst und streng steht Elisabeth da … der Vorhang geht zu …« Vaters Stimme verliert sich. Wie in Zeitlupe fällt sein Bild auseinander.

Er brachte sich um, als er keine Rollen mehr bekam. Lansky bekam auch keine mehr, aber der ging zum Landratsamt. Komisch, nicht? Ich denke oft darüber nach. Mein Vater war wie ein Segler auf der Suche nach seinen Idealen und Hoffnungen, doch als er erkannte, dass die Entfernung immer gleich blieb und nie überbrückt werden konnte, nahm er einen Strick, kletterte durch die Luke auf den Speicher und erhängte sich. Der Graf lässt sich entschuldigen …

Lansky dagegen zog sich geschickt und kräftig aus dem Sumpf, wie Mutter bitter anmerkte. Er wurde Verwaltungsangestellter, fertigte im Landratsamt Tag für Tag Statistiken über Flurschäden an und gründete die Theatergruppe. Er lebte einfach weiter. Wieso konnte er weiterleben und mein Vater nicht? War er stärker oder schwächer? Hat mein Vater mich geliebt, und wenn er es tat, wie konnte er sich umbringen? Als er sich den Strick um den Hals legte, war dies ein winziger Moment der Nichtliebe – aber für wen? Für mich, für uns, für ihn? Auf jeden Fall war es das Tapferste, das er jemals getan hatte, auch wenn ihn meine Mutter wegen dieses Selbstmords verachtet hat. Sie würde sich nie umbringen. Sie ist stark und entschlossen, sie war es auch nach Papas Tod. Nur ihr Gesicht hatte sich verändert. Wo es vorher noch weiche, lächelnde Stellen gab, waren jetzt strenge Falten und tiefe Furchen. Sie hatte meinen Vater spüren lassen, dass er seinen Glanz verlor. Dass kein Fleisch mehr auf dem Teller lag und das Bankkonto ständig leer war. »Versager!« Lange hatte sie gebraucht, bis sie es aussprach, aber dann konnte sie es nicht mehr zurücknehmen, vielleicht wollte sie das auch nicht. Vater wurde ganz still danach, und heute begreife ich, dass er sich damals so klein fühlte, wie ich es tue, wenn Werner mich ein »Antiweib« schilt. Ja – und dann der Strick. Wie verzweifelt muss man sein und wie mutig, ihn sich tatsächlich um den Hals zu legen? Mutter war natürlich anderer Ansicht. »Feige davongemacht hat er sich«, sagte sie verbittert. Vielleicht hat er sich deshalb davongemacht. Weil die, die uns lieben, uns so schreckliche Dinge antun. Vielleicht wollte Vater uns auch bestrafen? In der Schule knufften sie sich verstohlen in die Seite, wenn ich von Vaters Theaterstücken erzählte. Altmodische Kacke, sagten sie, aber ich nahm sie nicht ernst. Sie hatten keine Ahnung, diese kleinkarierten Spießer, die nicht mal einen ordentlichen Aufsatz zu Papier bringen konnten. Ich war erst zwölf, Vater lebte noch, und ich wusste, dass ich später einmal auf der Bühne stehen würde wie er. Ich saß am Fenster, im Nebenzimmer das Geratter von Mutters Nähmaschine, und schloss einen Pakt mit Gott. Wenn ER mich Schauspielerin werden ließ, dann würde ich seinen Namen preisen und jeden Sonntag in die Kirche gehen. Ich würde Mama ein Schneideratelier einrichten und Papa einen Cadillac kaufen. Berühmt würde ich werden. Ich wollte, dass die Leute ins Theater strömten und in ihre Taschentücher schluchzten, wenn ich mich als Gretchen über mein Spinnrad beugte und der Nacht meinen Liebesschmerz anvertraute. Ich wollte, dass mein bleiches schönes Gesicht sie in Verzückung versetzte, riesige Blumensträuße würden in meiner Garderobe abgegeben werden, ein Filmproduzent würde in seinem protzigen Auto durch Greifenbachs Straßen rollen, vor meiner Tür halten, er würde aussteigen, schwarzer Pullover, schwarze Hosen, weißer Schal, an der Tür klingeln, und die Greifenbacher Spießer würden neidisch aus ihren Fenstern mit den gerüschten Blümchenvorhängen glotzen.

4

Ich hatte die Anzeige in der Zeitung entdeckt. Die Laienspielgruppe suchte talentierte Leute für die nächste Revueaufführung. Mein Herz schien still zu stehen für einen Moment, dann pochte es schneller und schneller. Revue ... Ich konnte ein bisschen singen, hatte auch mal einen Steppkurs besucht. Im »Havanna«, unserer Stammkneipe, in der am Wochenende immer eine Tanzband gastierte, drückten sie mir oft das Mikrofon in die Hand und baten mich um ein Lied. Sie richteten einen Scheinwerfer auf mich, ich zierte mich ein wenig, machte einen kleinen Witz, sah im Hintergrund Werner und Ricki an der Bar stehen, Ricki amüsiert, Werner stolz, auch wenn er es verbarg, und dann sang ich. Ein altes Doris-Day-Lied. »When I was just a little girl I asked my mother, what will I be?« Ich ging mit dem Mikro von Tisch zu Tisch, die Leute sangen mit, hinterher gab's mächtigen Applaus, und ich fühlte mich leicht wie ein Vogel in der Luft. Für mich war Singen, Tanzen oder Theaterspielen wie Trampolinspringen. Die Erde loslassen. Frei sein. Ich kaufte mir Liedertexte und Notenbücher und holte Vaters Reclamheftchen aus dem Schrank. Doris, die nur Verkäuferin geworden war. Aber wer sagte denn, das dies die Endstation bedeutete?

5

Der Assistent von Lansky führte mich auf die hell erleuchtete Bühne zum Klavier, an dem ein glatzköpfiger junger Mann auf mich wartete. Einen Moment lang starrte er den Schmetterling auf meiner Wange an, dann verzog er den Mund zu einem höflichen Lächeln. Unten im Zuschauerraum saß Lansky. Neben ihm stand Tanja. Sie hielt die Daumen in ihren kleinen Fäusten fest. Der Assistent setzte sich neben Lansky. Beide blickten mich erwartungsvoll an, Lansky nickte auffordernd. Ich wurde nervös, mein Mund war staubtrocken.

»Also ... ich heiße Doris. Doris Wengler. Ich hab's aus der Zeitung, dass ihr noch Leute sucht für eure Theatergruppe. Und da hab' ich mir gedacht, ich probier's einfach mal.«

Lansky legte den Kopf schief und taxierte mich. »Was tust du sonst? Verheiratet? Hausfrau?«

»Ja. Und Verkäuferin. Im Drogeriemarkt. Aber ich interessiere mich wahnsinnig für Schauspieler und ... Stücke ...« Meine Zunge pappte am Gaumen. »Ich habe auch eine ganz gute Stimme.« Hatte ich die? Ich konnte mir gar nicht vorstellen, aus meiner Kehle auch nur den winzigsten Laut hervorzubringen. Sogar das Schlucken fiel mir schwer. Aber wenn ich es jetzt nicht schaffte, dann war der Zug abgefahren. Eine Laienspielgruppe war besser als gar nichts.

Lansky zündete sich eine Zigarette an.

»Ganz früher wollte ich mal zur Schauspielschule. Sprechen lernen, tanzen und all so was.«

Lansky nickte.

»Aber meine Mutter meinte, das sei eine Spinnerei, und mein Vater ...« Verdammt. Es fiel mir schwer, über Vater zu sprechen. »Sie haben ihn übrigens gekannt. Olaf Henrich. Sie haben sogar mal zusammen gespielt. Die ›Maria Stuart‹. Sie waren der Mortimer und mein Vater ... Er hat oft von Ihnen erzählt.«

Lansky runzelte die Stirn. »Henrich? Richtig. Das Stadttheater. Was ist eigentlich aus ihm geworden? Aus deinem Vater, meine ich.«

»Er ... ist gestorben. Er hat noch ein paar Jahre an kleinen Provinztheatern gearbeitet. Einmal hatte er sogar ein Angebot aus der Schweiz. Aber meine Mutter wollte nicht mit ... und bald darauf ... Er hat Selbstmord gemacht.«

Lansky schwieg betroffen. Dann stand er auf und kam zur Bühne. »Das tut mir Leid.« Er machte ein nachdenkliches Gesicht. Ob ihm einfiel, dass er mit meinem Vater manchmal in der Theaterkantine ein Bier getrunken hatte? Dass sie Pläne schmiedeten, die Kollegen durchhechelten?

Er schüttelte leicht den Kopf. »Verrückt.« Und dann noch einmal: »Tut mir wirklich Leid.« Er blickte zu mir hoch, in seinen Augen tanzten kleine Lichtreflexe. »Du hast also sein Talent geerbt.«

»Ich weiß nicht. Vielleicht.«

»Bist du gern Verkäuferin?«

»Klar. Ist mein Traumjob.« Als er nicht reagierte, setzte ich nach: »Ein kleiner Witz.«

Lansky lachte und ging zu seinem Platz zurück. »Na ja, dann ...

dann fang mal an! Irgendwas. Vielleicht ein Lied, ein alter Schlager oder so ...«

Ich war unschlüssig. Ich wollte unbedingt, dass er mehr in mir sah als die kleine Verkäuferin, die Nagellack und Waschpulver einsortierte und der alten Frau Koschnik Toilettenpapier in den Einkaufswagen häufte. Die »Dreigroschenoper«? »Und wenn dann der Kopf rollt, sage ich: hoppla ...«

Unten sprang Tanja auf und ab. »Que será«, flüsterte sie laut zu mir herauf. Ich musste lächeln. Wie sie an mich glaubte! Sich nichts sehnlicher wünschte, als dass ich erhielt, was ich mir erträumte.

Ich begann zu singen und dachte dabei an Papa. »Das Leben ist mehr als Geldverdienen oder das, was die Leute von dir halten. Glaub mir, Doris, hör nicht auf die Einfalt der Dummen! Jeder Mensch ist was Besonderes und kann was Besonderes aus sich machen ...«

»When I was just a little girl I asked my father, what will I be?« sang ich. Denn ich sang für ihn, auch wenn meine Stimme jetzt zitterte und ich an einer Stelle nicht den richtigen Ton traf.

6

Der Greifenbacher Fußballclub besaß ein nettes Stadion außerhalb der Stadt. Ich fuhr mit Tanja die mit Birken gesäumte Landstraße entlang. Die Fensterscheiben des Autos hatte ich nach unten gekurbelt. Im Radio spielten sie einen alten Countrysong. Die Luft roch nach nassen Blättern und Erde, der Himmel war dunstig, und von den kleinen Wegen, die sich im Wald verloren, stieg Feuchtigkeit auf.

Oktober ... mein Lieblingsmonat. Früher besaßen wir eine Hütte am Fluss, eine Art Gartenhäuschen, das wir vom Fischereiverband gemietet hatten. Meine Mutter schätzte die Ausflüge zur Hütte nicht. Sie hasste es, zu Hause Schnitzel zu braten und Kartoffelsalat in eine Plastikdose zu packen. Sie mochte auch den Nebel am Wasser nicht, er ruinierte ihre Frisur. Wenn man das Frisur nennen kann, klagte sie, diese paar Flusen, die ich am Kopf habe. Sie war eine praktische Frau, nüchtern, geradeheraus und bei den Leuten sehr angesehen. Oft erzählte sie davon, wie ebenjene Leute, die eine so hohe Meinung von ihr hatten, den Kopf schüttelten, als sie meinen Vater heiratete. Ein junger Nichtsnutz, sehr liebenswert, aber trotzdem, Erika, sagten sie, das hält nicht, du wirst sehen. Greifenbach war damals ein Ort mit zwanzigtausend Einwohnern, das Gewerbezentrum und die Reihenhaussiedlungen außerhalb der Stadt waren noch nicht gebaut. Hier wurde man Handwerker, Anwalt, Notar, oder man ging in die Großstadt, um in einer der Firmen unterzukommen, die diese neumodischen Computerjobs anboten. Der Sohn des evangelischen Pfarrers hatte Musik studiert und spielte in einem Sinfonieorchester. Natürlich konnte man auch Schauspieler werden. Die Greifenbacher waren stolz darauf, dass eine der ihren, eine Brigitte Mossling, die sich jetzt Britta Moss nannte, eine Dauerrolle in einer Fernsehserie erhalten hatte. Aber mit Olaf Henrich war es etwas anderes. Sohn einer Flüchtlingsfrau aus dem Osten, groß, blond, hoch gewachsen. Er wollte kein Fernsehstar werden. Verschwendung, sagte er. Ein Schauspieler war man in seinen Augen nur, wenn man auf der Bühne stand. Gleich nach dem Abitur besuchte er eine Schauspielschule und bekam nach seinem Abschluss sofort ein Angebot in München. Kleinere Rollen, die er gut spielte, aber der entscheidende Durchbruch blieb ihm versagt. Sein Vertrag wurde nicht verlängert. Also gastierte er an zweitrangigen Bühnen. Er spielte alles. Den Hamlet, den Romeo, den Don Carlos. Er spielte ihn auch in Greifenbach, am Stadttheater. An diesem Abend sah meine Mutter Olaf Henrich zum ersten Mal. Sie hatte einen harten Tag hinter sich. Eine Kundin, die mit nichts zufrieden war. Ein verschnittenes Muster. Eine falsche Stofflieferung. Um sie zu trösten, schenkte ihr die Chefin des Ateliers die Theaterkarte. Wohl eher deshalb, weil sie sich nichts aus Klassikern machte, was Mutter sehr gut begriff. Na und? Einem geschenkten Gaul schaut man nicht ins Maul, dachte sie sich wohl und malte sich schon bei der Heimfahrt im Bus aus, was sie anziehen und welche Schuhe sie tragen würde. Bereits vor dem ersten Klingelzeichen leistete sie sich an der Theaterbar ein Glas Sekt. Ahnte sie, dass dieser Abend ihr ganzes Leben verändern würde? Denn als sie ihn sah – ein hastiger Blick ins Programm ... Olaf Henrich –, als sie ihn sah, da verließ sie Greifenbachs Enge, verließ ihr eigenes nüchternes Ich und spürte, wie bei seinem Anblick ihre Brust sich mit Leichtigkeit füllte. Wie ein junger Gott stand er auf der Bühne, Lichtkegel fielen auf sein blondes Haar, seine Augen leuchteten, seine Stimme drang Mutter bis ins Herz. Eine neue Welt tat sich auf. Wie klein und gering erschienen ihr die eigenen Sorgen. Wie grau ihr Schneideratelier, wie dürftig ihr streng gezirkeltes Leben. Dort oben auf der Bühne offenbarten sich die großen Gefühle. Leidenschaftliche Liebe, ewig währende Freundschaft und der Tod so herzzerreißend schön, dass sie wie verzaubert auf ihrem Stuhl sitzen blieb, während Greifenbachs Bildungsbürger – insgeheim froh, die kulturelle Pflichtübung hinter sich zu haben – hinaus in die warme Sommernacht strömten. Und dann tat sie etwas, das außerhalb ihres Vorstellungsvermögens lag. Sie ging hinter die Bühne, klopfte an Vaters Garderobe, die nur ein muffiger, enger Raum war, und bat ihn um ein Autogramm. Und Vater, beschwingt von den Jubel- und Bravorufen der Zuschauer, fand diese scheue junge Frau mit dem feinen Haar und den braunen Augen einfach zauberhaft. Er führte sie in das einzige Weinlokal, das Greifenbach besaß, bestellte Speckkuchen und Bowle und erzählte von seinen Engagements. Die halbe Nacht lang hing Mutter an seinen Lippen und tauchte ein in die Welt der

Königinnen und Fürsten, der Kobolde und Hexen, die in der Walpurgisnacht durch die Lüfte brausten.

Von diesem Tag an saß sie fast jeden Abend im Theater, und als die Saison vorbei war und zum letzten Mal im fünften Akt mein Vater in die staubdurchflirrte Luft mit tiefer, zärtlicher Stimme rief: »Bin ich nicht stark, Elisabeth? Ich halte in meinen Armen Sie und wanke nicht ...«, da weinte sie. Sie weinte auch noch, als Vater sie wieder in das kleine Weinlokal führte, und er war so gerührt über ihre Trauer und ihre bedingungslose Zuneigung, dass er dem Zigeunerorchester einen Zwanzigmarkschein gab, damit sie Mutters Lieblingsmelodien spielten. Und Mutter streifte zum ersten Mal in ihrem Leben alle Schwere ab, ihr Gesicht erglühte, sie sang die Lieder mit und entzückte die Leute an den Nebentischen mit ihrer verzweifelten Fröhlichkeit, die nicht an morgen, sondern nur an heute denken wollte. Nach jedem Lied klatschten die Menschen und prosteten ihr zu. Es war die Vision einer anderen Art von Liebe, einer anderen Art von Leben, die sie so verzweifelt erstrahlen ließ. Voller Angst bemühte sie sich, ihren Prinzen festzuhalten, koste es, was es wolle. Auch ihre Vorstellung von Zukunft wollte sie opfern, wenn er nur blieb. Sie sprang auf und tanzte. Die Musik, die Hitze im Raum, die Panik beim Gedanken an die Trennung. Sie war krank vor Hoffnungslosigkeit – oder einfach nur glücklich ... oder verrückt?

Mein Vater verliebte sich. Er war Schauspieler, er begriff, welche Meisterleistung meine Mutter vollbrachte. Sie hatte nur eine winzige Szene, einen einzigen Auftritt, um ihn davon zu überzeugen, dass sie die Beste war, die Idealbesetzung. Sie spielte diese Rolle nicht, sie stürzte sich in sie hinein, als hinge ihr Leben davon ab – und siegte. Wie ein Blitz, eine Erkenntnis durchfuhr es meinen Vater. Mit ihr zusammen konnte er jedermann sein. Der Schauspieler, der Liebhaber, der Mann von nebenan, der am Abend am Tisch saß und sein Bier trank. Ja, er traf die richtige Wahl, in diesem Moment, im Kerzenlicht, dessen war er sich sicher. Diese Frau in der Rolle ihres Lebens war zäh und weich zugleich. Er ahnte, dass sie alles, was sie anpackte, zu einem guten Ende bringen würde. Sie würde das harte Licht des Tages von ihm fernhalten, würde Partnerin und Publikum zugleich sein. Er war beeindruckt, wie hübsch sie war, wie adrett sie sich zurechtmachte, wie geschickt ihre Finger hantierten, sie hatte ganz zarte Hände mit weißen Knöchelchen wie ein Kind.

Zwei Monate später heirateten sie. Vater bekam ein festes Engagement am Stadttheater, Mutter blieb im Atelier, bis sie schwanger wurde. Eine schöne Geschichte, könnte man sagen, und wie alle schönen Geschichten traurig. Denn Mutter hatte sich einen Stern vom Himmel geholt. Und dann sperrte sie ihn ein in das kleine Reihenhaus, das sie nach der Hochzeit mieteten, und wartete darauf, dass der Stern glühte und ihr Leben feiner machte. Bis sie erkannte, dass der Alltag Vater den Glanz entzog und dass es ein Unmaß an Energie erfordern würde, ihn glauben zu machen, dass das Leben im Reihenhaus, die Spaziergänge am Sonntag und all die scharfäugig beobachtende Betulichkeit einer Kleinstadt sein Himmel seien. Diese Energie besaßen beide nicht, und so war am Ende ihre Geschichte keine Liebesgeschichte mehr, sondern nur die Geschichte über eine Liebe, die starb.

7

Das Fußballstadion lag abseits der Landstraße. Ich bog in einen Schotterweg ein, parkte am Rand eines Maisfeldes und stieg mit Tanja aus. Das Spiel musste jeden Moment zu Ende sein. Werner saß auf der Trainerbank und feuerte seine Spieler an. Der Schlusspfiff, alle sprangen auf, Werner umarmte ein paar Leute und streckte den Daumen in die Luft. Gewonnen also. Eine Reporterin lief auf ihn zu, knipste ein paar Bilder und interviewte ihn. Er unterhielt sich angeregt mit ihr, lachte und blickte immer wieder zu seinen Spielern hinüber, die ihren Torwart in die Luft warfen und sich aufführten wie kleine Jungs. Die Zuschauer verließen die Tribüne.

Werner war seit drei Jahren Trainer, das war seine Welt, diese rauen Männerfreundschaften, einer für den anderen, komme, was da mag. Schultern, auf die man klopfte, Hände, die aneinander patschten ... »Give-me-five, Kumpel«, und im Duschraum die Bierflaschen, die umherwanderten. Primaten. Sich auf die Brust trommelnd, den Gegner in Schach haltend und den Weibchen imponierend. Abends im Vereinslokal das Fachsimpeln über Mannschaftsaufstellungen und Spielzüge. Das Training unter der Woche und am Samstag die Spiele. Noch ein paar Punkte, und sie rückten in die Kreisliga auf. Bierselige Feste, ein paar Schnäpse, ein Blondinenwitz. Zu Hause dann die Frau. Guter schneller Sex, so wie man's mit einem Augenzwinkern in der Kneipe angekündigt hatte.

»Bin ich nicht stark, Elisabeth? Ich halte in meinem Armen Sie und wanke nicht ...« Ja, da war ein weiter Weg hin. Gefühlsduseleien waren nicht gefragt. Eher Actionfilme und flapsige Sprüche.

Werner hob Tanja hoch und küsste sie. »Na, mein Schatz?« Dann sah er mich an, sein Blick huschte verlegen über mein verletztes Gesicht. Ganz leicht schüttelte er den Kopf, als sei es ihm unverständlich, wie er mir das habe antun können. Oft schon hatte ich versucht, mit ihm darüber zu sprechen, aber er fand keine Erklärung. »Du hast so eine Art an dir ... da raste ich einfach aus.« Meine Art. Was war meine Art?

Doch in diesem Moment genoss ich seine Betroffenheit. So konnte ich besser anbringen, was ich ihm sagen wollte. Ich umfasste seine Hand. »Die haben mich genommen, Werner.«

Er blickte mich verständnislos an.

»Die Theatergruppe. Ich habe denen ›Que será‹ vorgesungen.«

»Was für ein Ding?«

Ich lachte und trällerte die erste Liedzeile. Tat ganz begeistert und konnte mein eigenes Herzklopfen hören. Er blickte mich eindringlich an – schwer zu deuten, sein Gesichtsausdruck. Als sei ich ein recht seltenes Exemplar der menschlichen Gattung, oder vielleicht war es auch nur Misstrauen, vielleicht glaubte er, ich ginge wegen der anderen Männer in so eine Gruppe. Im Hintergrund ein Siegesgesang seiner Spieler. Das stimmte ihn gnädig. Er seufzte. »Na, ja. Wenn's dich glücklich macht.« Dann ein nettes Lächeln. »Ich kapier' zwar nicht, was daran schön sein soll, ich würde sterben vor Angst, wenn ich auf 'ne Bühne müsste …« Er legte eine Hand auf Tanjas Kopf, die andere strich ganz zart über mein Gesicht. »Freut mich für dich, Doris. Echt.«

Oh, was für Tag! Als würde die Sonne am Rand der Welt aufsteigen, als würde man den lieben Gott umarmen. Alles würde gut werden. Werner würde stolz auf mich sein. Und ich würde, beschwingt von dem neuen Leben, das sich mir auftat, ein viel wichtigerer Mensch werden, auch eine bessere Frau, und vielleicht konnten wir dann in aller Ruhe über unsere Probleme sprechen. Wenn man vor einem Menschen Respekt hat, dachte ich, dann war man eher geneigt, ihm zuzuhören.

Werner wollte mit seinen Jungs unter die Dusche. »Seid ihr dann zu Hause?«

»Wir sind doch mit Ricki verabredet. Und Tanja schläft bei der Omi, nicht wahr?«

Tanja nickte eifrig. Sie war oft bei meiner Mutter. Jeden Tag nach der Schule und an all den Abenden, wenn Werner und ich ausgingen.

Werner stöhnte. »Scheiße! Hab' ich ganz vergessen. Aber ich komme nach. Okay?« Er lächelte uns noch einmal zu und trabte zu seinen Spielern hinüber. Wir sahen ihm nach. Im Nu war er umringt. Mein Glücksgefühl verstärkte sich. Wenn er seine Welt hatte und ich die meine, dann besaßen wir doch beide, was wir uns erträumten. Das musste uns doch einander näher bringen. Oder nicht?

8

Das »Havanna« war bis auf den letzten Platz besetzt. An einer Seite befanden sich Nischen mit größeren Tischen, die Bartheke war lang und schwang in einem Halbkreis bis hin zu den Toilettenabgängen. In der Mitte die Tanzfläche mit schwarzem Spiegelglas. Die Band spielte gerade Dixie.

Ricki und Elke standen an der Bar, der Rest unserer Clique saß in einer der Nischen. Ricki war Werners bester Freund. Ich lernte die beiden auf einem Frühlingsfest kennen. Sie schossen mir rote Papierrosen, luden mich ins Bierzelt ein und fuhren hinterher mit mir Achterbahn. Sie baggerten mich beide an, Ricki auf seine zurückhaltende, ein wenig spöttische Art, während Werner von Anfang an seinen Arm besitzergreifend um meine Hüften legte und mir sagte, ich sei die schönste Frau, die er je in Greifenbach gesehen habe. Ich verliebte mich Hals über Kopf in ihn. Liebe hat auch etwas mit dem Aussehen zu tun, anfangs jedenfalls, und ich mochte Werners breite Schultern, seine großen Hände, die er trotz seines Berufs penibel sauber hielt, und seine blauen Augen, in denen man alles lesen konnte: Freude, Ärger, Zuneigung. Mit Ricki war das anders. Bei ihm wusste man nie, woran man war. Er war in Greifenbach als Playboy verschrien, weil er Geld hatte, eine schicke Wohnung und einen Sportwagen. Die Kfz-Werkstatt, in der Werner arbeitete, gehörte ihm. Letzte Woche wurde Rickis Auto-Salon eröffnet. Alles, was er anfasste, wurde zum Erfolg.

Elke kannte ich vom Drogeriemarkt. Wir arbeiteten schon seit etlichen Jahren zusammen und mochten uns, vielleicht, weil wir so verschieden waren. Sie machte sich nichts aus meinen Liebesromanen, die ich so gern las, sie war völlig unmusikalisch, und das letzte Theaterstück, das sie gesehen hatte, war »Frau Holle« in einer Aufführung im Turnsaal der Gesamtschule. Wir hatten viel Spaß zusammen, und mich amüsierte die Art, wie Elke mich bemutterte, obwohl sie nur ein Jahr älter war als ich. Ein warmherziger Mensch. Keine Finten, keine Verstellung, ihre Sicht der Dinge war nicht diffus und Stimmungen unterworfen wie die meine. Nein. Sie hatte ein Gespür für das Richtige, vielleicht war sie manchmal zu streng mit ihrer Umgebung, aber dies wurde gemildert durch ihren Humor. Immer hatten wir uns etwas zu erzählen und prusteten oft vor verhaltenem Lachen, wenn der Filialleiter in seinem grauen Kittel, umherstolzierend wie ein Dorfgockel, seine Anweisungen in unsere Richtung krähte.

Insgeheim war Elke ein wenig in Ricki verliebt, aber er behandelte sie sehr kumpelhaft, ganz anders, als er mich behandelte. Wenn er mit mir sprach, erwärmten sich seine Augen, oft ließ er Anspielungen fallen, dass ich ihm das Herz gebrochen habe, als ich Werner heiratete. Ich wusste nie, ob er das ernst meinte, und manchmal, das gebe ich gerne zu, stellte ich mir vor, wie mein Leben mit ihm verlaufen wäre. Kein Drogeriemarkt und keine Sorgen ums Geld. Eine andere Art des Zusammenlebens. Aufregender, zärtlicher. Aber er war nicht so verlässlich wie Werner, dem seine Familie über alles ging und der sich nichts sehnlicher wünschte als einen guten Job, eine nette Frau und ein fröhliches Kind. Werner und Elke waren leicht zufrieden zu stellen, Ricki nicht. Ich auch nicht.

Ich umarmte Elke und hielt den Daumen hoch wie vorher Werner nach dem gewonnenen Spiel.

»Ich hab's geschafft, die nehmen mich«, flüsterte ich ihr ins Ohr.

Sie strahlte mich an. »Mensch, Doris. Ist ja super!« Ihre Freude war echt, so war das mit ihr. Selbstlos, und immer zur Stelle, wenn man sie brauchte.

Ich wandte mich an Ricki und küsste ihn auf beide Wangen. »Hey, du. Ich bin richtig stolz auf dich.« Ricki drückte mir ein Sektglas in die Hand. Wir prosteten uns zu.

»Auf die neue Autofiliale!«

»Glaubst du, er redet noch mit uns, wenn er Millionär ist?«, fragte Elke.

»Vielleicht bin ich's schon?«, konterte Ricki. Er bedeutete dem Wirt, eine neue Flasche zu entkorken. Das mochte ich an ihm. Diese lässige Art, das kleine spöttische Lächeln, das sich immer in seinen Mundwinkeln hielt, als würde er sich selbst nicht so ganz ernst nehmen. Er war fast einen Kopf größer als Werner, sehr schlank und hatte dunkle Haare. Wenn er mit mir tanzte, roch ich sein Rasierwasser und spürte, wie federleicht er sich bewegte. Gänzlich anders als Werner, der sich nichts aus Tanzen machte und eher schwerfällig wirkte.

Der Wirt schenkte die Gläser voll. »Wenn ich mir vorstelle«, sagte ich stolz, als gehöre Ricki mir, »mit einer klitzekleinen Werkstatt hast du angefangen.«

»Und jetzt bist du der große Automacker«, setzte Elke nach.

Ricki wurde verlegen. Er ließ seinen Blick über die Tanzenden schweifen, musterte eine schlanke Blondine und sagte: »Ich habe Glück gehabt, das ist alles.«

Elke war schon ein wenig beschwipst. »Du bist doch Widder, oder?«

Ricki krümmte seine zwei Zeigefinger und hielt sie an seinen Kopf. »Nichts, was er nicht packt.« Er hob Elke vom Barhocker und trug sie auf die Tanzfläche. Sie kreischte vor Vergnügen. Ein kleiner Stich der Eifersucht … Warum tanzte er nicht mit mir? Ich betrachtete die jungen Leute am Tresen und stellte mir vor, dass sie alle ein weit aufregenderes Leben als ich führten.

Sie wirkten so frei und unbeschwert, ließen die Eiswürfel in ihren Gläsern kreisen und erzählten lautstark, was sie während der Woche erlebt hatten. Ich trank ein paar Schlucke Sekt und bemerkte, dass Ricki zu mir herüberschaute. Da stellte ich das Glas ab, rutschte vom Barhocker und tanzte auf ihn zu. »Jetzt bin ich dran«, sagte ich, und Ricki legte seine Arme um mich und zog mich an sich.

»Na, Prinzessin?« Sehr liebevoll.

Von einem Moment zum anderen wurde ich traurig. Ein seltsames Gefühl durchströmte mich. Als hätte ich etwas verloren, oder als würde ich etwas nicht besitzen, von dem ich wusste, dass es da war und dass ich es brauchte. Ricki blickte nachdenklich auf meinen Schmetterling im Gesicht. Ich wandte mich ab, sein Blick war mir unangenehm. Gleichzeitig empfand ich es als rätselhaft, dass er nie über meine Beulen, meine Blutergüsse und verschorften Wunden sprach. Auch ihm musste klar sein, dass ich nicht so ungeschickt sein konnte, ständig mit dem Kopf an Türrahmen oder Fensterklinken zu stoßen oder was sonst für Ausreden ich mir schon hatte einfallen lassen. Da war eine strikte Grenze. Sag nicht, was bei dir zu Hause abläuft! Werner ist mein Freund …

Plötzlich brach die Musik ab. »Wir haben noch einen Grund zu feiern, people«, rief Elke ins Mikrofon. Wir blieben alle stehen, und Elke deutete zu mir herüber. »Unsere Doris … wird … Theaterstar. Applaus für Doris, bitte schön!«

Unsere Freunde, die in der Nische saßen, klatschten und johlten, und die, die mich nicht kannten, schauten mich an und klatschten auch. Elke kam mit dem Mikro auf mich zu. »Komm – sing was!«

Ich zögerte. Der Bandleader richtete einen Scheinwerfer auf mich.

»›Perhaps‹?«, drängte Elke.

Ich nahm das Mikrofon. Und sofort durchströmte mich wieder

diese glückselige Atemlosigkeit, wenn ich eine andere sein durfte als die, die man glaubte zu kennen. Ich drängte mich nicht danach, im Mittelpunkt zu stehen, nein, ich wollte nur ... leben. Auf die Leute zugehen, spüren, dass ich ihnen Freude bereitete, dass sie mich liebten. Dieses prickelnde Gefühl, das selbst bei einem so improvisierten Auftritt bis in die Fingerspitzen drang, der Überschwang, die Euphorie. Das ähnliche Empfinden an anderen Tagen, in ruhigeren Momenten, wenn ich über Bücher und Filme nachdachte oder Kleider entwarf. Da hielt sich ein Wissen in mir, dass es mehr gab als Arbeit, Job und Wohnung. Als das Kulturreferat vor einigen Jahren einmal Laienspieler suchte, um für das Greifenbacher Altenheim einen Theaterabend zu inszenieren, meldete ich mich. Ich spielte in einem Sketch eine alte Frau, die von der Familie ins Heim abgeschoben werden sollte. Es bereitete mir solche Freude, in die Persönlichkeit dieser greisen Frau zu schlüpfen und zu fühlen, was sie gefühlt haben würde. Ich beobachtete alte Frauen, die auf einer Parkbank saßen. Wie sie redeten. Wie sie schwiegen. Wie sie aus einer Tüte Kuchen holten und ihn gierig aßen. Wie sie die Wege entlangschlurften. Wie sie sich bückten. Am Tag der Aufführung war ich nicht mehr Doris Wengler, Verkäuferin, verheiratet und Mutter eines kleinen Mädchens. Ich war eine dieser alten Frauen. Ohne Hoffnung, ohne Lebensqualität und im Grunde ungeliebt. Ich bekam großen Applaus, und am nächsten Tag stand in der Zeitung, wie ergreifend mein Spiel gewesen sei. Alle gratulierten mir und meinten, sie hätten fast geweint, als ich mit zitternden Händen und krummen Beinen auf der Bühne gesessen und meinen traurigen Monolog gesprochen hatte. Sogar Werner lobte mich. »Weiß ich wenigstens, wie es sein wird, wenn wir goldene Hochzeit feiern«, sagte er.

Ich räusperte mich, lächelte und begann zu singen. Ging auf Ricki zu, sah ihm in die Augen und sang weiter. Er fühlte sich geschmeichelt. Für einen Moment schien es, als stünden wir allein auf der Tanzfläche, nur er und ich, die Luft um uns herum wie elektrisch geladen. Da bemerkte ich Werner, der das Lokal betrat und sich suchend umblickte. Er blieb am Eingang stehen und hörte zu. Ich verließ Ricki und wartete, dass Werner zu mir kam. Er hatte Jeans an und ein Sweatshirt, er wirkte kompakt und ungelenk gegen Ricki, und eine winzige Sekunde lang war ich gerührt. Werner. Der es so schwer gehabt hatte. Von seiner Mutter ins Heim abgeschoben wurde. Dessen Arme von der harten Arbeit dick mit Muskeln bepackt waren. Wenn er seine Hände spreizte, konnte er meinen ganzen Rücken damit bedecken und mich an sich drücken. Früher wurde ich rot, wenn er mich berührte.

In der einen Hand hielt ich das Mikrofon, mit der anderen strich ich ihm zärtlich übers Gesicht. Der Scheinwerfer beleuchtete uns. »You never say you love me«, sang ich.

9

Wir kommen vom »Havanna« nach Hause. Ich bin immer noch wie aufgedreht. Ich putze mir die Zähne, ziehe mein Nachthemd an und gehe ins Schlafzimmer. Werner liegt nackt im Bett und lächelt mir entgegen. Übermütig lasse ich mich auf ihn fallen und sage: »Die haben mich wirklich genommen. Ich kann es noch gar nicht glauben.« Er geht gar nicht darauf ein. Mit einem Schwung richtet er sich auf und liegt auf mir. Fährt mit der Hand unter mein Hemd.

Mein Glück ist fort. Dunkle Nacht. Ich könnte ihn wegschieben, könnte aufspringen und ins Badezimmer laufen, mit dem Klodeckel klappern, die Spülung ziehen und … dann? Ich schließe die Augen. Seine Hände halten sich nicht auf mit Zärtlichkeit. Er zerrt mein Hemd ein wenig nach oben, nur so weit, dass er meine Beine spreizen und in mich eindringen kann. Er hat sich die Zähne nicht geputzt. Sein Atem riecht nach Bier. Er murmelt, was er immer murmelt. »Mmm ... oh ... Doris.« Er bewegt sich in mir. Es tut weh. Dann stützt er sich mit beiden Händen auf dem Kopfkissen ab und stößt zu. Schnell. Schneller. In meinen Gedanken bin ich ihm weit voraus, fast könnte ich lachen, so weit voraus bin ich. Ich kenne jede Bewegung, jedes Stöhnen, den raschen Höhepunkt und die Art, wie er sich nachher von meinen Hüften rollen wird. Ich öffne die Augen. Er hat die seinen jetzt geschlossen. Ein fremdes Gesicht. Angestrengt. Er bewegt sich auf und ab, völlig auf sich konzentriert. Ich bin gar nicht vorhanden. Ich bin nur etwas, das er in diesem Moment braucht. Gebraucht. Wenn ich zählen würde, wie früher die Schäfchen, bevor ich einschlief, dann wäre es eine kleine Schafherde. Ja ... ja ... ja ... oh ... ja. Zwanzig Schafe und ein müder Schäfer. Er lässt sich zur Seite fallen und atmet stark. Starrt zur Decke. Wendet den Kopf zu mir.

»Was ist los mit dir?«

Wut steigt in mir auf. Was los ist mit mir? Was ist los mit ihm? Oder soll ich ihm sagen, dass ich mitgezählt habe? Nein, stopp, das wäre gefährlich. Er hat etwas getrunken. Also schweige ich. Ich denke: Es gibt mich. Es gibt mich.

Er packt mich am Arm. »Sag schon!«

Ich setze mich auf und zünde mir eine Zigarette an. »Das weißt du ganz genau. Du bist kein bisschen nett ... oder zärtlich.«

Er verdreht die Augen. »Mein Gott, Doris. Es ist halb drei Uhr morgens.« Er wendet mir den Rücken zu und zieht die Bettdecke hoch. Böse Stille. Dann höre ich, dass er eingeschlafen ist.

Jetzt bin ich frei. Endlich frei. Ein wundersam leichtes Gefühl, als wäre ich allein im Zimmer. Ich kann nachdenken. Zum Beispiel: Gibt es Tageszeiten für Zärtlichkeit? Wann ist man zärtlich? Von sechs bis sieben? Früher? Später? Und dann die altbekannten Fragen:

War er immer so?

Ja.

Warum ist dir das nicht von Anfang an aufgefallen?

Weil ich verliebt war.

Hattest du je mit ihm einen Orgasmus?

In einer halben Minute hat man keinen Orgasmus.

Trotzdem hast du ihn geheiratet.

Weil ich dachte, er ändert sich.

Ich drücke die Fingernägel in meine Handflächen. Ich bin voller Zorn, und mein Herz ist wie ein Klumpen in meiner Brust.

Zwei Stunden später. Ich sitze am offenen Fenster und rauche. Der Aschenbecher steht auf meinem Schoß. Die Nacht macht meine Gedanken weich und klar. Am Tag sind sie anders: Was muss ich einkaufen, ist Tanja auf dem Schulweg nichts passiert, hilft Mutti mir, das neue Kleid zu schneidern, was koche ich Werner am Abend? Nichts davon in der Nacht. Nachts wandern meine Gedanken weit über die Realität hinaus. Da ist die Einsamkeit süß, weil man glaubt, man sei so stark, alles zu ändern. Die Nacht macht die Gedanken größer. Etwas Wunderbares wird geschehen. Werner wird erkennen, dass Lieblosigkeit und Gewalt das Leben zerstören. Er wird sich an einen Therapeuten wenden. Vom Saulus zum Paulus. Ausgeglichen, rücksichtsvoll, zärtlich ... Ich werde mich wieder freuen, wenn er den Schlüssel ins Schloss steckt und zur Tür hereinkommt. Er wird mir zuhören. Er wird mich besser verstehen. Ich werde mir im Haushalt mehr Mühe geben und mir seine Fußballspiele ansehen. Er wird mich mit Theater- und Kinokarten überraschen. Wird mit mir schlafen, innig, langsam, und mir dabei in die Augen blicken. Freude – es wird Freude sein. Wir werden immer enger zusammenwachsen. Wir werden noch ein Kind haben ... Ich lächle, aber gleichzeitig tut alles in meiner Brust weh. Weil die Welt, so wie ich sie kennen gelernt habe, nicht solche Wunder bereithält. Trotzdem ... oh, süße Träume ... Ich stehe auf einer Bühne, steppe, singe, ein Zylinder kreist um meinen Finger, ich ziehe verführerisch meine nackte Schulter nach oben, die Zuschauer sitzen gebannt. Die Garderobentür öffnet sich, ein Agent tritt ein und hält mir einen Exklusivvertrag unter die Nase. Bitte, Frau Wengler, unterschreiben Sie! Sie werden ein Star, die Leute werden Sie anbeten ...

Draußen jetzt die Morgendämmerung, die durch die Bäume sickert. Ich liebe die frische Luft, die Stille, ich atme tief durch. Ich drehe die Schneiderpuppe, die am Fenster steht, zu mir. Das Kleid auf der Puppe ist noch nicht fertig. Raffiniert geschnitten, mit Schlitzen an der Seite. Ich mag ausgefallene Kleider. Ich trage auch Miniröcke und hohe Stiefel. Nach unserem letzten Streit warf Werner mir vor, ich würde die Männer aufgeilen, aber nicht halten, was ich verspreche. Was verspreche ich denn? Ich zeige lediglich, dass ich gern eine Frau bin. Dass ich gefallen will. Kann mich deshalb jeder betatschen? Greife ich den Männern in den Schritt, nur weil sie enge Jeans anhaben oder in lächerlichen Radfahrerhosen ihr Geschlecht durch Wirtsgärten tragen? Unterschwellig signalisiert Werner mir, dass eine frigide Frau nicht das Recht habe, so rumzulaufen. Aber ich bin nicht frigide. Ich weiß es, ich weiß es einfach. Ich habe eben nur andere Vorstellungen. Diese schnellen Nummern ... geschenkt! Da macht alles in mir zu. Da liege ich da wie tot. Lieber Gott, bitte hilf mir, sag mir, was ich tun soll! Manchmal ist mir, als wär in mir ein zorniger Schrei, der nicht herauskann. Denn wenn er herauskäme, würde ich alles kaputtschreien. Das wäre das Ende. Und was sage ich dann Tanja?

10

Der Drogeriemarkt war einer der beliebtesten Läden der Stadt. Junge Mütter kamen hierher, um Babykost und Windeln zu kaufen, Hausfrauen verglichen die Waschmittelpreise, ein ganzes Regal war nur mit Haarpflegemitteln gefüllt, neuerdings gab es auch eine Öko-Ecke mit Naturschwämmen, Nagelbürsten aus Holz und Honigseifen.

Ich stand am Montag mit einem Putzeimer beim Regal mit der Katzennahrung und wischte die Plastikbretter sauber. Mit dem Rücken zu mir arbeitete Elke. Sie entnahm einem Containerwagen Binden und Tampons und sortierte sie ein. Der Laden war noch relativ leer. Am Montagmorgen lief das Geschäft nicht gut. Die Frauen hatten ihre eigene Montagsordnung. Froh, dass der Mann wieder zur Arbeit ging, genehmigten sich noch eine zweite Tasse Kaffee, streckten seufzend die Beine von sich und genossen die Ruhe der Wohnung. Die Kinder waren zur Schule, die Babys versorgt, man durfte durchatmen und mit sich allein sein. Berufstätige kamen in ihrer Mittagspause oder am Abend. Und die alten Frauen, die ließen sich sowieso Zeit. Ihre Tage dehnten sich endlos. Einzig Frau Koschnik, mit der ich gern herumalberte und die vor einem Jahr Witwe geworden war, schlenderte durch die Gänge und legte eine Flasche Fichtennadelbad in ihren Einkaufskorb. Ich lächelte sie an. »Na? Was hat denn der Arzt gesagt?«

Sie plusterte die Backen auf. »Weniger arbeiten soll ich. Und schon gleich gar nicht als Putzfrau. Aber das Geld dazu hat er mir nicht gegeben.«

»Nix Mallorca auf Krankenschein?«, blödelte Elke.

Die Koschnik lachte. »Nee. Nur 'ne rote Tablette für oben und 'ne blaue für unten.« Sie ging weiter. Elke und ich zwinkerten uns zu. Uns schien so ein Leben noch Millionen von Jahren entfernt. Wir würden nie krummbeinige alte Weiber werden, in einer Zweizimmerwohnung hockend, einen schwarzen Trauerflor um ein Hochzeitsbild. Rentnerinnen. Manchmal erschrak ich, wenn ich mir fremde Leben ausmalte. Worauf konnte man sich da noch freuen? Auf das Fernsehprogramm am Abend? Oder einen guten Sonntagsbraten? Die Kaffeeklatschstunden mit den Freundinnen?

Elke stieß mich an. »Hey! Wo bist 'n wieder mit deinem Kopf?«

Ich seufzte. Elke malte sich keine fremden Leben aus. Sie habe mit dem ihrigen genug zu tun, beteuerte sie oft. Ein nettes Appartement, ein kleines Auto, Kinobesuche, das »Havanna«, ihre Eltern, die auf dem Land lebten, und ihr Bruder, der jung verheiratet war. Der einzige Schatten, der diese Ordnung beeinträchtigte, war ihre unerfüllte Liebe zu Ricki.

Ricki? Aussichtslos. Elke war nicht Rickis Typ. Sie wollte das, was alle wollten. Heiraten, eine größere Wohnung, Kinder. Ricki aber legte sich nicht gerne fest. Er wünschte sich keine Familie. Er hatte alle Daumen lang eine neue Freundin, hübsche, gertenschlanke junge Frauen, die was hermachten und die man vorzeigen konnte. Da zählte auch nicht, dass er mir vorgaukelte, er könne es nicht überwinden, dass ich ihn damals abgewiesen habe. Er meinte das sicher nicht ernst. Trotzdem blieb ein kleiner Rest Ungewissheit, blieb diese Frage, was gewesen wäre, wenn ich mich für ihn und nicht für Werner entschieden hätte. Die Frage blieb wie eine Wunde, die nicht zuheilen wollte.

Ich sah Elke von der Seite an. »Seid ihr am Samstag mit Ricki noch irgendwohin?«

Sie schüttelte den Kopf. »Nein. War ja schon spät. Und dann …« Kleiner spöttischer Blick. »Du warst ja auch schon weg.« Was heißen sollte: Wenn du weg bist, sind wir für Ricki nicht mehr interessant.

Ich fühlte mich geschmeichelt, tat aber so, als hätte ich es überhört. Ich tauchte den Lappen ins Wasser, wrang ihn aus und wischte über die Zierleisten.

»Oder?«, hakte Elke nach.

»Red keinen Quatsch! Ricki ist Werners bester Freund.«

»Und sonst hättest du nichts dagegen?«

Jetzt musste ich doch lächeln. Elke hob einen neuen Karton vom Container und riss ihn auf.

»Hat Werner eigentlich nie Zoff mit Ricki? Ich meine, sie sind Freunde, das schon … Aber Ricki ist der Boss und Werner sein …« Sie unterbrach sich.

»Du meinst: sein Hiwi.« Das amüsierte mich, denn ich wusste, dass Werner damit überhaupt kein Problem hatte. Er und Ricki waren Freunde, basta. Ricki hatte Abitur gemacht, Werner nur die Hauptschule besucht. Ricki wusste von Fußball gerade mal so viel, dass eine Menge Leute einem Ball nachliefen, Werner lästerte über Rickis Hang zum Luxus. Ricki wiederum bewunderte Werners handwerkliches Geschick, Werner dagegen fand Rickis Geschäftssinn fast ebenso phänomenal wie jenen von Bill Gates. Sie konnten stundenlang über Automarken fachsimpeln, sie lasen jedes Motorsportheft und vergaben Punkte, wenn ein hübsches Mädchen über die Straße lief. »Vier Punkte«, sagte Ricki zum Beispiel. »Vier? Na, ein bisschen wenig«, antwortete Werner. »Schau dir doch mal ihren Hintern an, der ist wirklich 'ne Sünde wert!« Zehn Punkte vergaben sie selten. »Außer natürlich an Doris«, meinte Ricki mal. Und Werner boxte ihn in den Arm und sagte: »Halt dich zurück, Kumpel!«

»Nein«, sagte ich zu Elke. »Die beiden haben nie Zoff.« Ich drückte ihr ein Paket mit Slipeinlagen in die Hand. »Da. Dein Regal.«

Elke war immer noch in Gedanken bei Ricki und Werner. Ich lenkte ab. »Wie war eigentlich der Typ, mit dem du neulich zum Essen gegangen bist?«

»Was? Ach, der.« Elke schob die Slipeinlagen zu den Monatsbinden. »Verheiratet, der Arsch. In meinem Alter lernst du nur Verheiratete kennen.« Sie ordnete die Tamponpackungen. »Ich seh' mich auch noch in zwanzig Jahren hier stehen und ... Tampons einsortieren.« Dann äffte sie die Werbesprüche nach: *»Sie wirken dort, wo das Problem wirklich stattfindet.«*

Ich legte einen Arm um sie. »Na, hör mal! So schlimm ist es auch wieder nicht.«

»Das sagst du. Du bist verheiratet, hast ein Kind ...« Sie unterbrach sich, ihr verlegener Blick huschte über mein Gesicht, in dem der Bluterguss allmählich die Farbe wechselte. Sie biss sich auf die Lippen.

»Ja, eben«, antwortete ich ironisch. »Also – sei froh!«

Wir arbeiteten weiter.

11

Als ich am Abend zu meiner Mutter kam, saß sie am Küchentisch und las den Sportteil der »Greifenbacher Nachrichten«. Tanja saß neben ihr und malte auf ihrem Zeichenblock die Umrisse einer Sonnenblume mit einem gelben Farbstift aus. Sie sah selber aus wie eine Sonnenblume. Das braune Haar, ihr rundes Gesichtchen, eingetaucht in das Licht der Stehlampe, die schon in der Ecke neben dem Fenster stand, als ich ein Kind gewesen war. Tanja hob den Kopf und strahlte mich an.

»Papa ist in der Zeitung!«

Ich beugte mich über meine Mutter und entdeckte Werners Bild. Daneben einen zweispaltigen Artikel. Meine Mutter blickte mich zufrieden an. »Die schreiben, dass er der beste Trainer seit langem ist. Und dass seine Spieler für ihn durchs Feuer gehen. Hier ...« Sie deutete auf die Textstelle.

Ich nickte und strich Tanja übers Haar. »Wenn unser Revueabend gut wird, komme ich auch in die Zeitung.«

Die Gesichtszüge meiner Mutter verschlossen sich. Ja, natürlich. Unternahm ich etwas, das außerhalb üblicher Gepflogenheiten lag, trat in ihre Augen diese vorwurfsvolle Abwehr. Sie wünschte sich eine andere Tochter. Eine, die man beim Bäcker, beim Metzger lobend erwähnen konnte. Die tüchtig war im Haushalt. Die sich von ihr zeigen ließ, wie man einen Braten spickte und einen guten Mürbeteig in den Ofen brachte. Die wusste, ob man besser Scheuerpulver oder ein Spezialmittel für die Fliesen im Bad nahm. Die ihr zustimmte, wenn sie sagte, Vater sei ein Träumer gewesen, seine Phantasien und seine Illusionen hätten ihn in den Tod getrieben. Kurzum, eine Tochter, die ihr Herz auf dem rechten Fleck hatte.

Mein Herz war nicht auf dem rechten Fleck. Ich war störrisch. Ich stritt oft mit Werner. Aber er sei nun mal der Mann im Haus, argumentierte Mutter. Sie habe sich immer gewünscht, so einen Mann zu haben, dem seine Familie über alles ging und der sie nie im Stich lassen würde. Und wie dankte ich es dem Schicksal? Ich hockte im »Havanna«, ich rauchte, ich trank gern Alkohol und »machte mit Männern rum«. Was sie darunter verstand, wusste ich nicht. Weil ich gern mal flirtete? Heilige Einfalt! Nie war ich mit einem anderen Kerl ins Bett gegangen, seit ich Werner kannte. Auch nicht, als mir klar wurde, dass er jähzornig und ungeduldig war. Und als er mich das erste Mal schlug. Ich stand damals da und starrte ihn an. Ich war so entsetzt, so überrascht, dass ich nicht glauben mochte, was geschehen war. Sein Handrücken traf mein Gesicht, meine Nase blutete, und der Schmerz schoss in meine Augen, so dass mir Tränen bis in die Mundwinkel liefen. Trotzdem hielt ich zu ihm und erzählte, ich sei im Fahrradkeller über ein altes Rad gestolpert und mit dem Gesicht auf die Querstange geknallt. Ich nahm seine Entschuldigung an und glaubte ihm, als er beteuerte, so etwas werde nie mehr geschehen. Ja, nie mehr! Nach dem dritten oder vierten Mal erzählte ich es meiner Mutter. Sie schüttelte den Kopf und blickte mich an, als liege die Schuld bestimmt bei mir. Den Blick werde ich nie vergessen. Er tat weher als Werners Handrücken, der mir ins Gesicht fuhr.

Nun, und jetzt die Revue. Wenn Papa noch da gewesen wäre, dann hätte er bei der Nachricht, ich sei Mitglied einer Theatergruppe geworden, eine Flasche Wein geöffnet, er hätte mich durchs Zimmer gewirbelt und mein Gesicht abgeküsst. »Du bist mein ganzer Stolz«, hätte er gesagt, so wie damals, als ich in der Schule den Vorlesewettbewerb gewann.

»Über Werner freust du dich. Aber wenn ich mal was Besonderes mache …«

Meine Mutter stand auf. »Was Besonderes? Die Schauspielerei hat deinen Vater ins Grab gebracht.« Sie ging zur Spüle und ließ Wasser auf das schmutzige Geschirr fließen. Ich verabscheute sie in diesem Moment. Wie sie nur so dastehen konnte! So selbstgerecht! Als habe Vaters Leben gar nichts mit ihr zu tun gehabt. Als hätte sie ihm nicht mit ihren ständigen Vorwürfen die Seele schwer gemacht. Ihn ihre Verachtung spüren lassen. Was musste das für eine Qual gewesen sein! Du lernst eine Frau kennen, sie betet dich an, sie glaubt an dein Talent, sie ist stolz, wenn sie an deiner Seite durch die Stadt geht, sie ist auch noch stolz, als du sie heiratest, sie findet deine Begeisterungsfähigkeit, deine Ideale wunderbar – und dann wirst du arbeitslos. Nicht dein Talent hat dich verlassen, sondern dein Glück. Und selbst wenn du plötzlich kein Talent mehr hättest, hättest du doch ehrlichen Herzens vorher all das Glück verschenkt, das die anderen so gern von dir angenommen haben. Aber dann kam ja der Abstieg. Kamen die Statistenrollen. Die Gelegenheitsjobs. Die Scham, wenn du deine Frau am Tisch sitzen und das Sparbuch umblättern siehst. Immer weniger drauf auf dem Konto, wie soll das bloß weitergehen? Du stumpfst ab. Du siehst dir keine Filme mehr an und schon gleich gar kein Theaterstück. Denn da spielt ein anderer den Grafen Leicester, ein anderer den Don Carlos, während du immer älter wirst und dein Haar nicht mehr glänzend und voll ist wie früher. Nur für deine kleine Tochter – da spielst du noch. Da erzählst du auch von früher. In ihr willst du all das Interesse für das Schöne auf der Welt wachrufen und am Leben erhalten. Du kümmerst dich um den Haushalt, während deine Frau wieder im Schneideratelier arbeitet. Du kaufst ein, du spülst ab, du hockst nachmittags am Küchentisch, während dein Kind den Kopf über ein Heft gebeugt hält, du erzählst Geschichten, du holst deine Mundharmonika aus dem Schrank und spielst französische Chansons. Die Küchenuhr tickt leise, und die Stunden verrinnen. Du kochst Gemüse und Fleisch und wartest auf die Rückkehr deiner Frau. Die dich jeden Abend müde anblickt, und in ihren Augen sitzt wieder eine winzig kleine Spur mehr Verachtung als am Vortag. Und eines Tages erklärt sie dir, du seist ein Versager.

»Ihn hat ganz was anderes ins Grab gebracht«, entgegnete ich scharf und bemerkte, dass Tanja verwundert zu mir herüberschaute.

Jetzt war auch meine Mutter erbittert. Ja, ja. Sie wisse schon, dass ich ihr immer noch die Schuld gäbe, dass Papa sich … Sie schluckte und würgte an dem, was sie darüber dachte. Dann brach es aus ihr hervor: »Aber das war typisch für ihn. Sich aus allem herauszustehlen.«

Plötzlich fühlte ich mich völlig mutlos. Ich durfte ihr keine Vorwürfe machen, denn wenn ich eines am eigenen Leib erfahren hatte, dann dies, dass kein Mensch wusste, was in dem anderen vorging.

Aber meine Mutter hatte sich in Rage geredet. »Ich meine ja bloß … Weil du jetzt auch noch anfängst zu spinnen. Revue! Kümmere dich lieber ein bisschen mehr um deinen Mann!«

Ich fuhr auf. Mein Mitleid schwand. »Genauso hast du es mit Papa gemacht«, flüsterte ich erbost, damit Tanja es nicht hörte. »Spinnerei, hast du immer gesagt. Dabei wollte er so gern, dass du stolz auf ihn bist.«

»Stolz?«, stieß sie aus. »Auf einen verkrachten Schauspieler? Wenn ich durch meine Schneiderei nichts dazuverdient hätte …«

»Na und? Dein geliebter Schwiegersohn ist auch kein Krösus. Ich muss auch zuverdienen.« Meine Stimme klang bitter.

Sie rieb mit hastigen Bewegungen die Spüle trocken, ohne zu wissen, was sie eigentlich tat. Da kroch schon wieder das Mitleid in mir hoch. Warum hatte ich nicht meinen dummen Mund gehalten? Kaputte Träume vergifteten das Leben, auch das ihre. Mühsam sagte ich: »Ich weiß ja, dass du es schwer hattest, Mutti.«

Da begann sie zu schluchzen, harte, raue Töne, als sei sie es nicht gewohnt zu weinen. Sie hatte nicht einmal bei Papas Beerdigung geweint. Ich drückte sie tröstend an mich. Sie fuhr mir mit der Hand zärtlich übers Haar und übers Gesicht. Ich zuckte zurück. Sie stutzte. »Was ist?«

Ich schüttelte den Kopf. Sie musterte mich genauer und bemerkte nun die blaugrünen Male unter meinem Auge.

»Was hast du denn wieder gemacht?«, entfuhr es ihr.

Keine Frage der Welt hätte unser Verhältnis besser beschreiben können. Sie sagte nicht: Mein Gott, wie konnte er das tun? Nein. Sie war sich sicher, dass im Grunde alles meine Schuld war. Was hast du denn wieder gemacht …? Er konnte nichts gemacht haben. Er liebte seine Familie, er lobte die Backkünste seiner Schwiegermutter, er machte ihr auf eine spitzbübische Art den Hof und nahm ihr so manch schwere Arbeit ab. Würde ich tadellos funktionieren, wäre er zu mir genauso nett wie zu ihr. Denn Werner war ein richtiger Mann, im Gegensatz zu meinem Vater. Und ich war etwas Seltsames, etwas, das sie nicht begriff.

Trotzdem versuchte ich es noch einmal. Ich wollte ja so gerne, dass sie mich verstand. Dass sie mich einfach in den Arm nahm und mich tröstete. Dass ich ein bisschen Rückhalt bei ihr fand.

Ich sagte ihr, dass Werner immer ausraste, wenn er was getrunken habe oder wenn ich nicht so wolle wie er. Sie wisse schon … in ganz bestimmten Situationen.

Fast gleichzeitig blickten wir jetzt zu Tanja hinüber. Sie malte ihrer Sonnenblume einen langen grünen Stängel. Ein zögernder Blick zurück in Mutters Augen. Hatte sie Verständnis? Einen Rat? Nein. Sie nahm das Spültuch und wischte über die Wasserhähne, die ohnedies vor Sauberkeit glänzten.

Ich schloss die Augen und wandte den Kopf ab. Ich konnte sie nicht mehr ansehen. Irgendwann hatte ich sie verloren. Aber wann? Vielleicht war ich auch nie bei ihr angekommen, vielleicht stand mein Vater zwischen uns, von Anfang an. Enttäuschung und Zorn schnürten mir die Brust ab. Am liebsten hätte ich auf die blitzenden Wasserhähne gespuckt.

»Komm, Tanja! Wir gehen.«

Ich holte Tanjas Anorak, half ihr hinein und ging, ohne mich zu verabschieden, hinaus. Meine Mutter hatte mich wieder einmal im Stich gelassen. Lieber Gott, vielleicht tat ich ihr unrecht, aber so empfand ich es. Dass sie mich wieder im Stich gelassen hatte.

12

Ricki Maurers Kfz-Werkstatt lief gut. Das lag auch an Werner, der seinen Beruf mochte und sich gar nicht vorstellen konnte, etwas anderes zu tun, als Autos und Motorräder zu reparieren und sich über sämtliche technischen Neuheiten auf dem Laufenden zu halten. Es war schon bewundernswert, wie er es überhaupt geschafft hatte, damals einen Lehrplatz zu erhalten. Als er den Hauptschulabschluss machte, lebte seine Mutter gerade wieder mit einem neuen Kerl zusammen, der Werner buchstäblich aus dem Haus prügelte. Ein anderer wäre abgerutscht. Hätte mit dem Schicksal gehadert, Autos geklaut und Schaufenster kaputtgeschlagen. Aber nicht Werner. Er klapperte sämtliche Kfz-Werkstätten der Gegend ab, bis er einen Lehrplatz gefunden hatte. Dann mietete er sich ein kleines Zimmer und vereinbarte mit dem Besitzer, dass er sich um den Garten kümmern und sämtliche Reparaturen im Haus ausführen würde. Dafür bekam er das Zimmer zu einem Spottpreis. Die Berufsschule fiel ihm schwer, er war der geborene Praktiker, doch wieder hatte er Glück. Denn er lernte Ricki Maurer kennen. Ricki brachte eines Tages sein Auto, ein altes VW-Cabrio, in die Werkstatt, aber Werners Meister schüttelte nur belustigt den Kopf. »Rentiert sich nicht mehr«, sagte er. Ricki war damals gerade neunzehn, zwei Jahre älter als Werner. Er bettelte den Meister an, doch der ließ sich nicht erweichen. »Was das Arbeitsstunden kostet! Kannst du ja gar nicht bezahlen.« Ricki hatte den Wagen zu seinem achtzehnten Geburtstag von seinem Vater erhalten, einen neuen konnte er sich – er war noch Schüler – nicht leisten. Werner schlug vor, dass er in seiner Freizeit an dem Wagen herumbasteln würde. Der Meister zuckte die Achseln. »Wenn du meinst, von mir aus ...« Damit war für ihn der Fall erledigt, und Werner machte sich an die Arbeit. Ricki kam immer wieder mal vorbei, hockte sich neben Werner auf den Boden und erfuhr in dieser Zeit mehr über Motoren, Autoteile und Werkzeuge als je zuvor. Er bewunderte Werners geschickte Hände und die Verbissenheit, mit der er aus der alten Schrottkiste wieder ein flotten Wagen zauberte. Ricki mochte die dunkle Werkstatt mit den Ölflecken am Boden, den verstaubten Fenstern und dem Geruch von Terpentin und Lack. Irgendwann einmal gingen sie ein Bier trinken. Ricki erzählte von seinen Eltern und der Schule – er sollte in ein paar Monaten das Abitur machen. Werner hänselte ihn deswegen, ah ja, später wieder mal ein Studierter mehr, der dem Staat arbeitslos auf der Tasche liege. Aber da hatte er sich geschnitten; denn Ricki wusste genau, was er wollte. Eine solide kaufmännische Ausbildung, ein paar Semester Betriebswirtschaft, aber nicht, um später mal ein Papier vorweisen zu können, sondern weil die Materie ihn wirklich interessierte. Ein paar juristische Seminare, ein halbes Jahr Auslandsaufenthalt und mit einem Startkapital von seinem Vater, der Immobilienmakler war, das erste Geschäft eröffnen.

»Welches Geschäft?«, hatte Werner gefragt.

»Weiß ich nicht.« Ricki hatte ihn nachdenklich angesehen. »Vielleicht eine Kfz-Werkstatt? Und dann vielleicht mal einen Autoladen mit einer großen Abteilung für Ersatzteile, Reifen und Pflegemittel.«

Eines Tages, als Werner stöhnend, mit schwerem Kopf, über seinen Büchern saß, kam Ricki vorbei. Er sah sich in dem kleinen Zimmer um, in dem nur ein Bett, ein Schrank und ein mickriger Schreibtisch standen, und grenzenlose Hochachtung stieg in ihm auf. Wenn er an sein schickes Appartement dachte, das ihm der Vater zur Verfügung gestellt hatte ... Er beugte sich über Werners Lehrbücher, während dieser zwei Flaschen Bier öffnete und Ricki eine davon reichte.

»Prost!«, sagte er. Und dann, mit Blick auf die Bücher: »Diese ganze Scheißtheorie ... zum Kotzen.«

Von da an kam Ricki immer am Wochenende vorbei und lernte mit Werner. Im Lernen hatte er Übung, sein Gehirn war geschmiert und geölt wie ein guter alter Benz-Motor. Ricki sagte: »Wenn ich mein Abi habe, dann machst du deine Gesellenprüfung. Und dann, Kumpel, fahren wir eine Woche an den Gardasee.«

Werner knuffte ihn. »Ja, mit was denn, du Penner? Ich komme grad mal so über die Runden.«

»Das lass nur meine Sorge sein!«, antwortete Ricki.

Sie bestanden beide ihre Prüfung. Werner durfte sich Kfz-Mechaniker nennen, Ricki hatte sein Abitur in der Tasche. Mit dem reparierten Auto fuhren sie an den Gardasee, und da Ricki nichts vom Zelten hielt, mietete er für sich und Werner ein Hotelzimmer. Sie lagen tagsüber in der Sonne und begutachteten die Bikinimädchen. Am Abend aßen sie in kleinen Trattorien und gingen anschließend in die Disco. Die Mädchen rissen sich um den schlaksigen, charmanten Ricki, aber auch für Werner fiel einiges ab. Wenn sie sich abends an der Hotelbar noch einen Grappa genehmigten, sprachen sie über das, was sie vom Leben erwarteten. Ricki wollte so schnell wie möglich viel Geld verdienen, um nicht mehr von seinem Vater abhängig zu sein. Der war zwar großzügig, mischte sich aber auch in alles ein. Heiraten wollte Ricki auch mal, viel später, wenn er sich die Hörner abgestoßen hatte. »Muss keine Hochgestochene sein«, sagte er zu Werner, »aber sie muss was Besonderes haben. Und um Gottes willen keine Superhausfrau, die hängen mir zum Hals raus, diese Superhausfrauen. Meine Mutter ist so eine. Immer nur das Häuschen, das nette, im Kopf, und das Gärtchen, und was die Leute sagen. Mein Vater hat schon seit Jahren eine andere, verdenken kann ich's ihm nicht.« Werner hörte diesen Geschichten mit einem kleinen Lächeln zu. Er hätte viel darum gegeben, wenn seine Mutter was für den Haushalt übrig gehabt hätte. Das sagte er Ricki auch und erzählte von seinem Heimaufenthalt, den ewigen Wohnungswechseln und den immer neuen Freunden seiner Mutter, zu denen er »Onkel« sagte und die er allesamt hasste. Natürlich hatte auch er seine Träume. »Eine hübsche Frau … darf ruhig ein bisschen was Schärferes sein«, meinte er verlegen lächelnd. Aber sie sollte was für die Familie übrig haben, und Kinder wollte er natürlich auch. Die würden es mal besser haben als er. »Denn meine Kindheit war beschissen, kannst mir glauben.« Er goss sich noch einen Grappa ein. Die Flasche stellte der Wirt immer auf den Tisch, das fand Werner großartig, und er langte kräftig zu.

»Was soll's!«, sagte Ricki. »Weg mit der Vergangenheit, her mit der Zukunft.«

Als Ricki achtundzwanzig war, starb seine Mutter. Sie hinterließ ihm hunderttausend Mark. Sein Vater verkaufte das Haus, zahlte Ricki aus und ging mit seiner Geliebten nach Berlin. Jetzt war Ricki wohlhabend, während Werner immer noch als Mechaniker in jener Werkstätte arbeitete, in der er auch seine Lehrjahre verbracht hatte. Doch sein Meister war alt und wollte kürzer treten. Ricki kaufte die Werkstatt und drängte Werner, eine Meisterschule zu besuchen. Aber Werner lehnte ab. »Keine Büffelei mehr!«, sagte er bestimmt. Da die Werkstatt aber einen Meister benötigte, um Lehrlinge beschäftigen zu können, schloss Ricki einen kleinen Handel mit dem alten Meister. Der ließ sich ein paar Mal in der Woche auf dem Gelände sehen, machte Probefahrten mit reparierten Autos und kümmerte sich um die Lehrlinge. Werner aber blieb, was er war, und fühlte sich wohl dabei. Zwar hätte er viel mehr verdient, wenn er noch einmal die Schulbank gedrückt hätte, aber wenn er sich einmal gegen etwas entschieden hatte, blieb es dabei. Er war zufrieden. Seine Arbeit machte ihm Spaß, er hatte jetzt eine kleine Wohnung, zweimal die Woche ging er zu seinem Fußballclub, und am Wochenende zogen er und Ricki durch die Kneipen. Ricki wechselte die Frauen rasch, Werner war vorsichtiger. »War noch keine dabei mit zehn Punkten«, sagte er manchmal. Da grinste Ricki ihn an und erwiderte: »Fünf mal zwei gibt auch zehn.«

Und dann lernten sie mich kennen. In Werners Augen erhielt ich die zehn Punkte sofort: Ich kam aus einem ordentlichen Elternhaus, ich war hübsch, temperamentvoll und hatte ständig neue Ideen und Pläne. Ich nähte mir meine Kleider selbst, ich organisierte Partys, auf denen ich Sketche vorführte oder alte Schlager sang, ich lud Ricki und ihn nach Hause ein und zauberte aus dem Nichts mexikanische oder afrikanische Abende, indem ich mein Zimmer mit allem dekorierte, was ich für mexikanisch oder afrikanisch hielt. Meine Mutter kochte Chili oder Hammelragout, ich trieb passende Musik auf, und wir quatschten manchmal bis zum Morgengrauen. Aber von Anfang an war klar, dass ich Werners Mädchen war. Warum? Ich habe oft darüber nachgedacht. Vielleicht, weil Werner mich so bedingungslos anbetete. Oder vielleicht begann es schon auf diesem Frühlingsfest, als wir uns kennen lernten. Wir fuhren Autoscooter. Ich saß bei Ricki im Wagen, Werner fuhr allein. Plötzlich sahen wir, wie ein kleiner Junge aus einem der Wagen geschleudert wurde und schreiend am Boden lag. Panik entstand unter den Leuten, Besoffene grölten und prallten mit ihrem Auto an andere, der kleine Junge wurde hin und her geschleudert und fast zerquetscht. Da sprang Werner aus seinem Scooter, hechtete zu dem Jungen, hob ihn hoch über seinen Kopf und tänzelte zwischen den Wagen hindurch zu den Kassen. Es ging alles wahnsinnig schnell. Aber ich sehe Werner noch heute vor mir: den entschlossenen Gesichtsausdruck, seine Arme, die den Jungen hochhielten, und seinen Körper, der sich trotz seiner Derbheit voller Kraft und Anmut vorwärts bewegte. Und wie er dann den Jungen im Arm hielt, bevor die Eltern sich zu ihm drängten! Wie er ihn liebevoll tröstete und dafür sorgte, dass ein Krankenwagen gerufen wurde! Ich glaube, da begann meine Liebe. Ja, er war das Gegenteil meines Vaters. Kein Träumer. Keiner, der mich im Stich lassen würde.

Oft, wenn wir zu dritt in einem Straßencafé saßen und einen Cappuccino tranken, sah Ricki mich sinnend an. Einmal fragte er mich, warum ich nach der Realschule nicht eine Banklehre gemacht oder eine weiterführende Schule besucht hätte. »Weißt du … irgendwie passt dein Kopf und alles, was darin ist, nicht zusammen mit dem, was du tust.«

Ich wurde verlegen. Wie konnte ich ihm erklären, wie ich mich damals, nach Abschluss der Schule, gerade erst siebzehn geworden, gefühlt hatte? Mein Vater seit zwei Jahren tot, meine Mutter verbittert, also keiner mehr da, der mir Hoffnung machte.

Ich trieb mich herum, kannte jede Disco im Umkreis von fünfzig Kilometern und war mir bewusst, dass ich meine Tage verplemperte. Einmal nachts – ich fuhr mit dem Rad von einer Dorfdisco zurück nach Greifenbach – hielt ich an und ging mitten hinein in ein Mohnfeld. Ich war betrunken und so voller Zorn auf mich, dass mir das Blut in den Kopf stieg. Ich streifte mit den Händen die rauen Stängel des Mohns entlang, riss die Blütenköpfe ab und zerquetschte sie in den Fingern. Du taugst nichts, sagte ich mir. Du wirst nie eine Schauspielerin werden, auch keine Sängerin, der Zug ist längst abgefahren. Ich haderte mit meinem Vater, der mich allein gelassen hatte. Der mich quälte, weil ich ihn immer vor mir sah, da oben auf dem dunklen Speicher, direkt neben dem Korb mit meinen alten Plüschtieren. Ich war noch ein Kind, da hob Vater mich einmal hoch und zeigte mir den Großen Wagen und die Milchstraße. Er erklärte mir, dass Sternschnuppen kleine Materialteilchen seien, die mit wahnsinnig großer Geschwindigkeit auf die Erde fielen und wegen des Luftwiderstandes aufglühten und verdampften. Und dass die Menschen dachten, es bringe Glück, wenn sie eine Sternschnuppe sehen. »Du bist meine Sternschnuppe«, sagte er und drückte mich an sich. Ich fühlte mich so wohl und so sicher in seinen Armen und freute mich, dass er mich Sternschnuppe nannte und ich ihm Glück bringen würde. Und dann hängte er sich auf. Neben jenem Dachfenster. Warum hatte er mir das angetan? Warum hatte er mir von den Sternen erzählt und auf der Mundharmonika »La vie en rose« vorgespielt und mir aus »Romeo und Julia« vorgelesen, warum hatte er mich glauben lassen, das Leben sei etwas Kostbares und Wunderschönes, wenn er sich dann auf diesen Speicher schleppte und das Leben wegwarf? Und wem galten seine letzten Gedanken? Und wie groß musste seine Verzweiflung gewesen sein, dass er sogar mich vergaß? Mein Gott, so hilf mir doch, dachte ich. Was soll jetzt aus mir werden? War doch keiner mehr da in diesem verdammten Kaff, der mir weiterhelfen würde. Keiner mehr, der mich verstand. Ich blieb mitten auf dem Feld stehen und drehte mich im Kreis. Die Welt war groß, voller Überraschungen und Geheimnisse, aber ich würde sie nicht ergründen und kennen lernen. Ich würde in Greifenbach hocken bleiben. Was stimmt nicht mit dir? fragte ich mich. Die zerdrückten Blütenblätter in meiner Hand verströmten einen bitteren Geruch, und mein Zorn auf mich wuchs und wuchs.

Ja – das alles konnte ich Ricki nicht erklären, also sagte ich nur: »Ich wollte so schnell wie möglich Geld verdienen.«

»Warum?«

»Weil mein Vater gerade zwei Jahre tot war und es uns finanziell schlecht ging.«

Wieder schaute Ricki mich stirnrunzelnd an, er konnte nicht nachvollziehen, was das hieß: Es ging uns finanziell schlecht. Sein Blick errichtete eine Grenze und trieb mich hinüber zu Werner. Der wusste, was es hieß, Geldsorgen zu haben. Werner spürte meinen verletzten Stolz. Er legte einen Arm um mich. »Denk dir nichts, Doris! Dieser Großkotz da ist schon in Ordnung. Er war halt in der Wahl seiner Eltern vorsichtiger. Aber er macht auch nicht alles richtig. Schau ihn dir doch an! Kein Sport, kein Mumm in den Knochen. Und die falsche Partei wählt er auch. Hat keine Ahnung, der Junge.«

»Ach ja, du Blödmann?« Ricki lachte. Er wandte sich an mich. »Ist doch hirnrissig, oder? Ich will, dass es den Schlechterverdienenden besser geht und wähle die Roten, obwohl die Schwarzen für mich viel mehr tun würden. Und dieser Ignorant da wählt Schwarz. Obwohl sich die noch nie was aus den kleinen Leuten gemacht haben. Höchstens vor den Wahlen.«

Ja, die Politik war der einzige Streitpunkt zwischen den beiden. Aber sogar bei ihren Diskussionen gingen sie nett miteinander um. Sie frotzelten, sie nahmen sich auf den Arm, aber nichts konnte zwischen sie treten. Keine anderen Typen, keine Frau, und schon gleich gar nicht irgendein blöder Politiker oder ein verlogenes Parteiprogramm.

13

Das alles ging mir durch den Kopf, als ich zu Werner fuhr. Hinten im Auto saß Tanja und summte ein Lied, das sie in der Schule gelernt hatte. Mir fiel ein, wie stolz und glücklich Werner damals gewesen war, als ich ihm sagte, ich sei schwanger. Immer wieder legte er die flache Hand auf meinen Bauch und meinte: »Eins sag ich dir, Doris. Unser Kind wird es gut haben. Es ist mir auch egal, ob's ein Junge wird oder ein Mädchen. Vielleicht wär' ein Mädchen besser. Dann hätt' ich dich zweimal.« Er kaufte ein Kinderbett und Spielsachen und zog eine Zwischenwand ins Schlafzimmer ein. So entstand das Kinderzimmer. Ich nähte helle Vorhänge und malte auf eine Raufasertapete kleine Bären, und um die Bären herum blaue und rosa Wölkchen. Es war unsere glücklichste Zeit. Nie schrie er mich an, er wurde sanft und lieb wie ein Lamm. Ich hatte längst vergessen, dass er mich einmal, kurz nach der Hochzeit, so in den Arm geboxt hatte, dass ich tagelang blaue Flecke hatte. Ein Ausrutscher, dachte ich und gab auch mir die Schuld. Ich war allein in einer Kneipe gewesen, zusammen mit Elke, und spät nach Hause gekommen. Es gab Streit, und plötzlich fing Werner zu schreien an. Ich sei das gleiche liederliche Frauenzimmer wie seine Mutter, aber das würde er mir schon austreiben. Natürlich wehrte ich mich, einen Schwall von Worten ließ ich auf ihn niederprasseln, das konnte ich gut, mit Worten den anderen stumm machen. Werner biss die Zähne zusammen, bis sie knirschten. Ich erstarrte, als er die Faust hob und auf meinen Arm einschlug. Sein Gesicht war wie ein hartes Schwarzweißfoto, voller Wut, unbeweglich. Ich stand da, mit aufgerissenen Augen, und rührte mich nicht. Da hörte er auf und schaute mich entsetzt an. Dann schlang er seine Arme um mich. »Es tut mir so Leid, Doris. Das kommt nie wieder vor. Es ist wegen meiner Mutter, weißt du … Immer hat sich mich allein gelassen und sich mit all den Kerlen rumgetrieben …« Er hatte Tränen in den Augen, und ich streichelte sein Gesicht und sagte: »Ist alles okay, ich versteh' dich ja. Ich war nur mit Elke unterwegs, kannst sie gern fragen.«

Als ich vor Werners Werkstatt parkte, standen er und Ricki bei einem alten Mercedes und unterhielten sich. Sie drehten sich um, als ich den Motor abstellte und ausstieg. Tanja kletterte nach draußen und lief zu Werner. Er fing sie auf und hielt sie hoch über seinen Kopf wie damals den kleinen Jungen bei den Autoscootern. Ricki kam zu mir herüber.

»Na? Wie geht's denn meiner Lieblingsfrau?«

»Gut … wenn du da bist.«

Ein rascher Blick von ihm, eine schnelle Bewegung seiner Hand, die er mir auf den Arm legte. Werner und Tanja stellten sich neben uns.

Tanja schob sich einen Schokoriegel in den Mund. Unser abendliches Ritual; wenn Werner länger arbeitete, fuhr ich mit Tanja bei ihm vorbei. Er hatte immer Schokolade oder Bonbons in der Werkstatt, da mochte ich reden, was ich wollte. »Wetten? Mama hat auch gern Schokolade gegessen, als sie so alt war wie du.« Und Tanja sah dann zu ihm hoch mit jenem vertrauensvollen Blick, den nur Kinder haben, sie lächelte ihn an, und er lächelte zurück. Das liebevollste und netteste Lächeln, das man sich denken konnte.

Ich sagte zu ihm: »Deine Mutter hat heute angerufen. Ich glaube, es geht ihr nicht gut.«

Er schwieg.

»Wir könnten sie ja mal einladen …« Und als er nicht antwortete: »Hey! Es ist deine Mutter!«

»Na und?«

Ich schüttelte seufzend den Kopf.

»Wir haben uns doch nie verstanden. Was soll ich da rumheucheln?«

»Okay. Ich hab's probiert. Dann bis später! Komm, Tanja!«

Tanja kletterte wieder ins Auto. Ricki hielt mir die Fahrertür auf. »Geht's dir wirklich gut?«, fragte er leise. Da war sie wieder, diese Vertrautheit, die zwischen uns herrschte. Ich wusste, er mochte mich. Er wusste, dass ich nicht glücklich war. Aber wir sprachen nicht darüber. Wir signalisierten uns immer nur mit unseren Fragen, mit kleinen Berührungen, einem schnellen Lächeln, wie uns zu Mute war.

Ich zuckte die Achseln. »Es geht so.« Ich stieg ein, er schlug die Autotür zu, Tanja und ich winkten noch einmal, dann fuhr ich los.

14

Einmal, am Anfang unserer Ehe, hatte Werners Mutter uns besucht. Ich bemerkte auf den ersten Blick, dass sie Alkoholikerin war. Das feiste Gesicht, die roten Äderchen auf ihren Wangen, die hellen Augen, die aussahen, als würden sie in Tränen schwimmen. Sie roch nach Wein, Rauch und Eau de Cologne, ihr Haar war ungepflegt, an den Spitzen gespalten, aber sie hatte sich Mühe gegeben und sich sorgfältig gekämmt. Ihre Hände umklammerten eine billige Plastiktasche. Obwohl sie so tat, als sei ihr Besuch ein spontaner Einfall gewesen, sah ich, dass sie nervös war. Rote Flecken breiteten sich auf ihrem Hals aus, ihre Stirn war schweißnass. Sie blickte sich um, während Werner stumm am Tisch stand und ihr keinen Schritt entgegenging.

»Na, Junge«, sagte sie, »hast es doch gut getroffen.« Sie schenkte mir ein falsches Lächeln und ließ sich auf einen Stuhl sinken. »Mein Gott, diese Hitze! Ob ihr wohl für eine arme durstige Seele ein Schlückchen zu trinken habt?«

Werner schenkte Mineralwasser in ein Glas und schob es ihr hin. Sie verzog spöttisch den Mund, als wolle sie uns zeigen, wie sehr die Scheinheiligkeit dieser Geste sie reizte und wie sie sie durchschaute. »Ein Bier wär' nicht schlecht«, sagte sie. Ich ging zum Kühlschrank, aber Werner hielt mich zurück.

»Nichts da, bei uns kriegst du keinen Alkohol.«

Seine Mutter schaute ihn an, die Augen jetzt halb geschlossen, dann lachte sie, stand auf, ging selbst zum Kühlschrank, holte eine Flasche Bier heraus, öffnete sie mit einer geschickten Handbewegung an der Tischkante und trank in großen Schlucken. Die Muskeln unter der weißen Haut ihres Halses bewegten sich, für einen irrwitzig kurzen Moment ähnelte sie Werner, der sein Bier auf die gleiche Weise trank.

»Pass auf, Junge!«, sagte sie. »Ich hab' dein Leben versaut, und du das meine, so einfach ist das.«

Warum sie dann hergekommen sei, wollte Werner wissen. Und sie antwortete, sie habe sehen wollen, ob er tatsächlich alles besser gemacht habe als sie.

»Und?«, fragte Werner provokant.

Da stand seine Mutter einen Moment reglos da, die Arme unter der Brust verschränkt, wieder mit halb geschlossenen Augen. »Ich weiß nicht recht ...« Plötzlich wandte sie sich an mich. »Ist er nett zu dir? Oder ist er immer noch so ... zornig?«

Mein Herz klopfte plötzlich hart und schnell – als habe meine Schwiegermutter mir eine Botschaft senden wollen, mich warnen, aber das musste ich mir wohl eingebildet haben. Sie fixierte mich einen Moment, dann stieß sie ein krähendes Lachen aus. »Na ja. Mein Leben war auch kein Zuckerschlecken, warum soll's dir besser gehen?« Sie nahm wieder einen Schluck Bier. »Früher hab' ich immer gedacht, irgendwann werd' ich's schaf-

52

fen, da werd' ich mit 'm Kerl zusammenleben, der nett ist und zur Arbeit geht und nicht sein ganzes Geld in die Kneipe trägt. Aber ich hatt' kein Händchen für Männer. Und jetzt trag ich das Geld selbst in die Kneipe.« Wieder ein Lachen. »Und keiner soll mir daherkommen und mir sagen, wo's langgeht. Auch nicht mein Herr Sohn, der dasteht, als hätt' er 'nen Stock verschluckt. Also, was ist? Gibt's was zu essen? Ich ess' zwar nicht mehr viel, das bisschen, was ich esse, kann ich auch trinken …« Sie wieherte vergnügt. »Aber so 'n Happen Wurst oder Käse könnt' ich schon vertragen.«

Als sie fort war, saß Werner den ganzen Abend still vor sich hin brütend in der Küche und trank ein Bier nach dem anderen. Ich hatte Angst. Sein Gesicht sah dünner aus als sonst und leuchtete weiß über dem karierten Hemdkragen. Er schaltete den Fernsehapparat ein und suchte so lange, bis er einen dieser Erotikthriller gefunden hatte. Ich machte mich ganz klein. Lieber Gott, lass ihn müde werden und einschlafen! Er war mir so fremd, und ich dachte daran, wie er sich in den vergangenen Nächten, eigentlich in allen Nächten, ohne ein Wort zu sagen auf mich legte, in mich eindrang und so schnell zum Höhepunkt kam, dass ich nicht mal richtig Zeit hatte, meine Gedanken umzustellen, zärtlich zu werden oder mich auf seine Berührungen zu freuen. Einmal hatte ich ihn abgewehrt, ich sei müde, hatte ich behauptet. Er sei auch müde, antwortete er und lachte, aber dazu sei er nie zu müde. Ich versuchte ihm zu erklären, dass mir das alles zu schnell gehe, dass Liebe noch ein bisschen mehr sei, als nur Sex miteinander zu haben. Da sah er mich an, als rede ich Suaheli. »Aber ich liebe dich doch«, sagte er.

»Dann zeig's mir!«

»Das tu ich grade.« Er griff mir an die Brust – und alles war wie immer. Ich lag da und spürte, wie mein Kopf gegen das Holz des Bettes stieß. Ich dachte an einen Frühlingshimmel, an unser Gartenhaus am Fluss, an die flinken Forellen, die sich in den

Fischweihern tummelten, und noch bevor ich mir die blaugraue Dämmerung, die sich aufs Wasser senkte, in Erinnerung rufen konnte, rutschte er von meinem Bauch. Ein paar tiefe Atemzüge, dann legte er seine Hand auf meinen nackten Schoß, eine tote Hand, denn da seine eigene Erregung vorbei war, erlosch sein Interesse an mir sofort. Er tat das sicher nicht, um mich absichtlich zu kränken. Er tat es einfach aus Gedankenlosigkeit. Also wartete ich. Ich hörte seinen Atem, der in leises Schnarchen überging. Ich begann ihn zu hassen. In meinem Kopf fuhren tausend zornige Gedanken herum. Was bin ich denn für dich?, schrie mein Kopf. Ein Stück Fleisch, das du benutzt wie deinen Rasierapparat? Einmal stand ich auf, zog mich an und fuhr nachts noch ins »Havanna«. Ich tanzte wie verrückt mit allen Männern, die ich auftreiben konnte, und kam erst im Morgengrauen nach Hause. Er wartete schon an der Tür auf mich und schlug zu, bevor ich noch den Schlüssel aus dem Schloss ziehen konnte. Die Zeit der Schmetterlinge begann.

15

Als wir die dunkle Wohnung betraten, war ich todmüde. Kein Wunder: Ich stand um sechs Uhr morgens auf, machte Frühstück, brachte Tanja zur Schule, arbeitete den ganzen Tag im Drogeriemarkt und holte abends Tanja wieder bei meiner Mutter ab. Meistens war es nach sieben, bis wir nach Hause kamen.

Schuhe in die Ecke geschleudert, der Gang zum Kühlschrank. Kochen? Nein. Ich hatte Kopfschmerzen, die Arme taten mir weh, weil ich den ganzen Tag Waren einsortiert hatte. Also strich ich Tanja und mir nur ein paar Brote, belegte sie mit Gurken- und Tomatenscheiben, schenkte ihr ein Glas Saft ein und mir einen Becher Rotwein. Auf dem Küchentisch lagen die

Liedertexte, die mir Lansky mitgegeben hatte, damit ich sie auswendig lernte. Meine Stimmung hob sich. Doch Tanja bestand auf ihrer Spielstunde. Mochte sein, dass ich nicht immer die Zuverlässigste war, aber wenn es um Tanja ging, wurde ich pingelig wie ein Buchhalter. Für sie nahm ich mir stets Zeit. Sie schleppte ihre Puppen vom Kinderzimmer in die Küche, setzte sie der Reihe nach auf das alte Sofa, stellte einen Stuhl in die Mitte des Zimmers und spielte »Ansagerin«. Alte Pumps von mir an den Füßen, rot bemalte Lippen, einen kleinen gepunkteten Regenschirm neben sich. Die rahmenartige Rückenlehne des Stuhls diente als Fernsehbild. Sie lächelte, während ich mich aufrecht setzte und so tat, als würde ich interessiert den Nachrichten lauschen.

»Da ist ein Schiff untergegangen«, sagte sie mit gezierter Stimme, »und ein Flugzeug ist ins Meer hineingefallen, aber in ein anderes Meer als das Schiff. Und dann haben sie einen Mann erschossen, und alle Häuser waren kaputt.«

»Das sind ja wieder schreckliche Nachrichten heute«, stöhnte ich. Tanja spannte den Schirm auf. »Und nun noch das Wetter für morgen: Furchtbar viel Regen und Schnee und einen Wind mit Stärke vierzehn.«

In diesem Moment betrat Werner die Küche. Ein rascher Blick und angesichts der Unordnung im Zimmer ein zorniges Aufblitzen seiner Augen. Tanja lief auf ihn zu und umarmte ihn. »Papa. Wir haben ›Ansagerin‹ gespielt.«

Er tätschelte ihr die Wange. »Soso, du kleiner Fernsehstar. Aber jetzt ab ins Bett! Ist schon verdammt spät.«

Tanja verzog ihr Gesichtchen. Doch Werner kniff sie ins Kinn und hob die Augenbrauen. Da trollte sie sich sofort ins Badezimmer, und er setzte sich an den Tisch. Ich ging zum Herd und klopfte ein paar Eier in die Pfanne. Ich spürte seinen ärgerlichen Blick im Rücken und vermied es, mich umzudrehen. Brötchen fand ich keine mehr, also steckte ich zwei Scheiben Mischbrot in den Toaster und schnitt eine Tomate auf. Dann ordnete ich alles auf einem Teller an: die Eier, daneben die Tomaten, auf einen Extrateller legte ich das Brot. Ich schob Werner alles hin und schaltete den Fernsehapparat ein. Zappte herum und blieb bei einem Liebesfilm hängen. Werner sah mit angewidertem Gesicht auf seine Rühreier und sagte höhnisch: »Guten Appetit, oder was?«

»Ich habe auch den ganzen Tag gearbeitet.«

Wütend stand er auf, holte sich ein Bier aus dem Kühlschrank und schaltete auf ein anderes Programm um. Dann bemerkte er meine Liedertexte, zog die eng beschriebenen Blätter zu sich und las ein paar Zeilen. Schob sie wieder weg. »Mir wär' lieber, du würdest hier ein bisschen mehr tun ... Revue!« Ein verächtliches Lachen.

Ich hatte geplant, ihm eines der Lieder vorzusingen, ihm überhaupt davon zu erzählen, wie wir den Revueabend aufziehen wollten. Aber nein – Zeitverschwendung! Werners kulturelle Ansprüche hielten sich in engen Grenzen. Die Musiksendungen im Radio, unterbrochen von Nachrichten, am Abend die Tagesschau und ein Actionthriller, und ab und zu ein Kinobesuch. Oper fand er zum Schreien komisch, im Ballett tanzten nur Schwule, und beim Sprechtheater würde er glatt einschlafen, behauptete er. Okay, akzeptiert, man kann es nicht erzwingen. Was mich ärgerte, war, dass er seine Trainertätigkeit im Fußballclub für so viel besser hielt als meine »blöde Singerei«, wie er es nannte. »Was willst 'n werden? Großer Theaterstar?«, hatte er mich am Vortag noch gehänselt.

Ich sah ihm zu, wie er die Eier in sich hineinschaufelte. Die Luft zwischen uns war angefüllt mit Aggressionen und ungesagten bösen Worten. Mein Kopf war ganz voll davon. Ein dicker böser Kopf, der mich streitlustig machte. Nein, keinen Ärger! Da erntest du nur Sturm, Doris ... Ich stand auf und ging ins Badezimmer.

16

Ich stehe nackt vorm Spiegel. Meine Achselhöhlen fühlen sich feucht an, immer noch ist diese Wut in mir. Meine Finger sind eiskalt, also stecke ich sie in die Achselhöhlen, um sie zu erwärmen. Dann drehe ich die Dusche auf und lasse heißes Wasser über meinen Körper laufen, bis meine Hände zu prickeln beginnen und die Wut aus meinem Kopf entweicht. Ich steige aus der Wanne, trockne mich ab, wickle mich in ein Badetuch und verknote es vorn an der Brust. Während ich mich auf den Wannenrand setze, höre ich Tanja aus ihrem Zimmer rufen.

»Gute Nacht sagen, Mami!«

Ich bleibe sitzen. Der Weg, den ich gehe, wird immer enger, und irgendwo … da hinten … das Ende. Die Wand. Sackgasse. Trotzdem gehe ich ihn weiter. Werner, Tanja, der Drogeriemarkt … dies bedeutet die Welt, das Zuhause, das ich habe. Ein Stück Normalität, das ich brauche; denn in mir sind so viele Strömungen und Stimmungen, die mir Angst machen. Alles, was den Leuten hier wichtig ist, ist mir unwichtig. Werner weiß das, obwohl ich es nie ausspreche. Manchmal kommt es mir so vor, als könne er meine Gedanken lesen, auch wenn ich mich die meiste Zeit bemühe, sie vor ihm zu verbergen. Nur bei Tanja mache ich alles richtig. Wenn ich sie auf meinem Schoß halte und ihr Geschichten erzähle oder ihr das Haar bürste, wird es ganz warm in mir. Da fällt mir alles leicht. Da weiß ich, was richtig ist und was falsch.

Werner kommt herein. Ich stehe schnell auf, wickle mein Badetuch enger um mich und verknote es neu. Werner löst den Knoten und zieht mir das Tuch weg. Seine Augen auf meinem Körper. Er hat getrunken, aber wie viel? Mich fröstelt. Ich nehme ihm das Tuch aus der Hand, aber er greift wieder danach und wirft es zu Boden.

»Ohne bist du schöner«, sagt er.

Er küsst mich. Ich lege meine Arme um seinen Hals. Für einen Moment kriege ich Flügel. Er ist anders als sonst. Hoffnung, ganz zart – vielleicht werden wir es schaffen? Ich schließe die Augen. Da höre ich, wie er den Reißverschluss seiner Hose öffnet und sie über seine Hüften nach unten schiebt. Ich trete einen Schritt zurück, umarme mich selbst, umarme meine enttäuschte Hoffnung, halte mich fest, damit nichts nach außen kommt, was nicht nach außen kommen darf.

»Was soll das werden? Eine schnelle Nummer im Stehen?«

Er stockt einen Moment. Dann, aggressiv: »Warum nicht?«

Ich schaue ihn verächtlich an, hebe das Badetuch auf und wickle mich wieder darin ein. Will zur Tür hinaus. Er versperrt mir mit den Armen den Weg. »Irgendwas muss ich doch von dir haben. Deine Kochkunst ist es bestimmt nicht.«

»Du meinst wohl, ich hab' so viel von dir?«

Ich schiebe ihn beiseite und gehe nach draußen. Er versetzt der Tür einen Tritt, aber sie fällt nicht zu. Ich gehe zu Tanja ins Kinderzimmer, küsse sie auf die Wange und lösche das Licht. Bleibe noch eine Weile in dem dunklen Zimmer sitzen. Regen an den Fensterscheiben. Wir haben Herbst. Tanjas bunte Bauklötzchen liegen verstreut am Boden. Die Wand, an der das Bett steht, habe ich inzwischen mit einer Basttapete verkleidet und aus Filzstoff ausgeschnittene Figuren darangeheftet: Daisy Duck, Käpt'n Blaubär und Pinocchio.

Warum hat er mir nicht etwas Nettes gesagt, als er mich umarmte? Warum hat er mir nicht den Bademantel gebracht, den Arm um mich gelegt und mit mir zusammen ein Glas Wein getrunken? Wir hätten über früher sprechen können, über den Abend, als wir uns kennen lernten. Über unsere Hochzeit und wie wir uns freuten, als wir diese Wohnung fanden. In mir wäre alles weich und zärtlich geworden, ich hätte mich zu ihm gesetzt, meinen Kopf auf seine Schulter gelegt und wäre ihm so nah gewesen wie damals, als ich schwanger war …

Tanja, die Augen bereits schläfrig geschlossen, dreht sich zur Seite und zieht meine Hand auf ihr Gesicht. Ich mache mich ganz schmal, lege mich neben sie und höre, wie sie atmet. Leicht, mit kleinen Seufzern dazwischen.

»Ich hab dich so lieb, Tanja«, sage ich.

Sie dreht sich um und kriecht in die Beuge, die mein Körper bildet. Als würde ich sie wieder in meinem Bauch tragen. »Ich dich auch, Mami«, murmelt sie.

ZWEITES KAPITEL

1

»Über Wolken, wo die Sonne thront und der blaue Himmel lacht«, sang ich und stand bei Guido am Klavier. Ich war nicht mehr so nervös wie die ersten Male, als ich all meine Komplexe mit auf die Bühne schleppte und ständig Angst hatte, mich hoffnungslos zu blamieren. Die anderen kochten auch nur mit Wasser, und nach und nach wurde ich ruhiger. Lansky hatte den Aufführungstermin aufs Frühjahr gelegt und mir gesagt, dass ich sowohl in der Tanzgruppe wie auch im sängerischen Teil mitwirken solle. Er suche noch ein Liebeslied für mich, etwas Ruhiges, Ernstes, aber er wisse noch nicht so ganz ... Er sah mich nachdenklich an, seine Augen wanderten über mein Gesicht, als erforsche er meine Geschichte und suche das passende Lied dazu. Plötzlich lächelte er. »Schön, dass du bei uns bist!«

Guido unterbrach meine Gedanken. »Okay, noch mal von vorn, das war ein bisschen holprig.« Er nickte mir aufmunternd zu, und ich begann aufs Neue. Da bemerkte ich Ricki, der sich durch die Tür schob, die Hände in den Hosentaschen, das altbekannte Lächeln in den Mundwinkeln. Ein Freund. Werners Freund.

Ich sang anders jetzt. Ich sang für ihn. »Als du noch klein warst, denk zurück, war so ein Luftballon dein höchstes Glück ...« Bilder wanderten durch meinen Kopf. Vater, der mir die Schnur eines Luftballons um das Handgelenk band, meine Mutter, die an ihrer Nähmaschine saß und mir für die Fronleichnamsprozession einen blauen Rock nähte, Werner, der sich über Tanjas Bettchen beugte und so glücklich lächelte, dass ich heute noch den Schmerz spüre, der mich damals überfiel. Ja, Schmerz. Weil ich ihn plötzlich als kleinen Jungen vor mir sah, der abends allein in einem schmutzigen Badezimmer hockte, nebenan seine Mutter, die mit einem der vielen Kerle, die durch ihr Leben zogen, betrunken im Bett lag und völlig vergessen hatte, dass ihr Kind in solchen Nächten nicht wusste, wohin. Ich stellte mir vor, wie er auf dem Fußboden saß, die Arme um seine Knie geschlungen, und sich wünschte, erwachsen und stark zu sein und ein ganz anderes Leben zu führen. Sicher träumte er schon damals von der Autowerkstatt und von Freunden, die ihn mochten und respektierten. Von Geld hatte er bestimmt auch geträumt, Geld, mit dem er sich schöne Anzüge kaufen würde und eine goldene Armbanduhr. Und Familie würde er haben, so wie seine Klassenkameraden, die von ihren Müttern zur Schule gebracht wurden, die Pausenbrote dabeihatten und jeden Tag ein frisches T-Shirt im Schrank fanden. All dies würde er eines Tages besitzen. Und besaß es fast, das erzählte mir sein Lächeln, wenn er sich über Tanjas Bett beugte. Nur ich – ich wollte mich nicht einfügen in seinen Traum. Ich war die richtige Frau für ihn und doch wieder nicht. Er liebte mich, weil wir so gegensätzlich waren, aber genau dieses Gegensätzliche hasste er auch. Im Grunde erging es ihm wie meiner Mutter, als sie damals Vater auf der Bühne stehen sah und ihr Herz an ihn verlor. Sie sehnten sich nach dem Andersartigen, nach etwas, das sie froh machte, frei und leicht. Aber wenn sie es besaßen, dieses Andere, beschwerten sie es mit Gewichten, die da hießen Realität, Vernunft, Besitz. Und so wurde das Leichte schwer und das Freie eingesperrt. Ricki stand immer noch an der Tür. Der dämmerige Raum, nur das Klavier beleuchtet, Lansky an einem der Tische im Zuschauerraum – und Ricki, der mich anlächelte, nett, bewundernd … mit Mund und Augen, und sogar seine Hände schienen zu sprechen, die er gerade hob, um mir zu zeigen, dass er auf mich warten würde.

2

Später gingen wir durch die Innenstadt von Greifenbach. Es nieselte, die Straßen glänzten feucht, die meisten Geschäfte lagen dunkel, nur aus einer Kneipe drang Gelächter und Geschrei.

»Weißt du, was ich mir manchmal so zusammenspinne?«, sagte ich zu Ricki. »Ich denke, wenn Premiere ist, kommt zufällig irgendein wichtiger Theaterschnösel vorbei und sieht, was für ein umwerfendes Talent ich bin.«

Ricki legte seinen Arm um meine Hüften und drückte mich an sich. »Warum nicht?«

»Nein. Ich bin schon zu alt. Lach nicht! Mit zweiunddreißig bist du zu alt für diese Branche. Bis dahin musst du es längst geschafft haben.«

»Ich kenn' da einen Typen in München. Der hat was mit Konzerten zu tun. Oder betreut Musiker. Irgend so was. Soll ich den mal anrufen?«

Ich seufzte. »Der Zug ist abgefahren, echt.«

Wir gingen eine Weile schweigend nebeneinander her. Dann fasste ich mir ein Herz. »Kann ich dich mal was fragen, Ricki?«

Er blickte mich abwartend an.

»Es ist wegen Werner. War er … war er damals, als ihr euch kennen gelernt habt, auch schon so … so …« Ich deutete auf mein Gesicht, in dem nur noch eine winzig kleine Narbe neben dem rechten Auge daran erinnerte, dass es dunkle Stunden in meinem Leben gab, so dunkel, dass Ricki es sich nicht vorstellen konnte. Keiner konnte es sich vorstellen, der nicht diese grenzenlose Wut kannte, die Werner überfiel, wenn ich es wagte, durch mein Verhalten seinen Traum von einer intakten Familie zu zerstören. Ich hätte alles von ihm haben können, nie hätte er die Hand gegen mich erhoben, wenn ich seine Träume nicht kaputtmachen würde. Manchmal hatte ich ihn in Verdacht, dass er in mir auch eine Mutter suchte, da die seine nicht dazu taugte. Es hieß ja immer, viele Männer täten das. Gertrud, die an der Kasse des Drogeriemarktes saß, meinte einmal, im Grunde würden die Männer am liebsten ständig an den Brüsten der Frauen saugen und sich als kleine Jungs fühlen. Ich hatte keine Ahnung, ob das stimmte, aber ich wusste, dass Werner mehr von mir wollte, als ich ihm geben konnte, also gab er mir auch nicht, was ich von ihm wollte.

Rickis Gesicht verschloss sich. Ganz rasch, als hätte ich eine Grenze überschritten, die tabu für mich war.

»Er ist ein netter Kerl«, sagte er abwehrend. »Nur wenn er ausrastet ...« Ein Achselzucken, das mir wehtat. Ich kam also auch hier nicht weiter, aber was hatte ich erwartet? Dass er mich in den Arm nahm und mir versprach, mit Werner zu reden? Dass er etwas in mir entfachte, das verschüttet war? Eintauchen in Nähe? Auch meine Träume waren entzweigegangen, aber aus irgendeinem Grund, der mir nicht ganz einleuchtete, war ich schuldig und Werner nicht. *Ich* brachte meinen Mann dazu auszurasten. Weil ich in Frage stellte, was in seinem Kopf wohlgeordnet und festgefügt war. Weil ich herumspann. Weil es bei ihm zwei Arten von Frauen gab. Nette, anständige, gefügige Frauen und Frauen wie seine Mutter. Ich bewegte mich im Niemandsland mit der Tendenz, in Feindesland abzudriften. Und er? Seine Fäuste, die mich trafen? Männlichkeitswahn? Urinstinkt? John Wayne? Ein Mann verteidigt sein Recht mit den Fäusten?

Ich sagte: »Weißt du noch? Als ich Werner und dich kennen gelernt habe, damals, auf dem Frühlingsfest?«

Ricki lachte. »Und ob. Wir haben dich beide angebaggert wie blöd.«

»Und dann ... bei dem Autoscooter, da fiel ein kleiner Junge aus dem Wagen. Da ist Werner einfach zwischen all die Autos gesprungen und hat ihn rausgeholt.«

»Und ist anschließend mit dir Achterbahn gefahren.«

»Weil du dich nicht getraut hast.«

Wir lächelten uns an. Dann sah er von mir weg, irgendwohin in den Himmel, und sagte: »Wenn ich gewusst hätte, dass das hilft ... dann wäre ich ohne Fallschirm vom höchsten Turm gesprungen.«

Da lockten sie mich wieder – diese Andeutungen, die meinen Herzschlag beschleunigten und mir dieses Kribbeln im Bauch verursachten. Wir gingen nebeneinander her, ohne uns zu berühren, verlegen, stumm. Und doch gingen wir gemeinsam, als hielte ein Band uns zusammen. Ricki war in diesem Moment nicht mehr nur Werners Freund, er gehörte auch ein bisschen mir. Ich erschrak. Ich wusste nicht, was ich anfangen sollte mit diesen Empfindungen, ich begriff nur, dass sie da waren und sich wunderbar anfühlten, als würde meine Hand über Samt streichen.

3

Der Flur ist dunkel. Ich hänge meinen Mantel an den Garderobenhaken, ich bedauere, dass ich wieder zu Hause bin, ein Vakuum in meinem Kopf entsteht, eine Leere, als besäße ich kein Gehirn mehr. Diese Vorstellung bedrängt mich oft, wenn ich nicht vorfinden will, was ich vorfinde. Da ist dann dieses Nichts in meinem Kopf, eine Art Haltestation, bei der man nicht aussteigen will und es trotzdem tut.

Ich gehe ins Wohnzimmer. Das Erste, das ich bemerke, ist der alte Kerzenleuchter, den Werner und ich auf einem Trödelmarkt gekauft haben. Flackernde Dochte auf den weißen Kerzen. Zwei Sektkelche. Ich trete zum Tisch. Werner kommt, eine Flasche Sekt in der Hand, aus der Küche. Er lächelt. Öffnet die Flasche und schenkt die Gläser voll. Ich stehe da und betrachte den Tisch. Ein winziger Stich der Freude – ich fühle Werners Arme um mich, er küsst mich aufs Ohr, ich drehe mich um und drücke mein Gesicht gegen das seine. Er macht sich los, greift nach etwas, das ich nicht erkennen kann, und hält seine Hände gekreuzt hinterm Rücken versteckt.

»Welche Hand?«

»Die rechte.«

»Schwein gehabt«, sagt er und reicht mir eine runde Geschenk-schachtel, die mit einer Schleife verziert ist.

Ich bin völlig überrascht. »Tanja hat morgen Geburtstag, nicht ich«, sage ich lächelnd.

»Aber du bist die Mutter, deshalb sollst du auch etwas krie-gen.«

Ich setze mich an den Tisch und öffne das Päckchen. Mein Herz klopft vor Erwartung. Werner sieht mir zu, er schiebt die Zunge zwischen die Lippen, am liebsten würde er mir beim Auspacken helfen, so ungeduldig ist er.

Als Erstes sehe ich schwarze Spitze. Spitze auf roter Seide. Ich halte sie hoch. Ein Slip, wie ihn Schauspielerinnen in Erotik-thrillern tragen. Unten in der Schachtel liegt ein BH. Ebenfalls schwarze Spitze auf roter Seide, ein durchgehender Bügel, ein Haken, um das Seidending vorne aufmachen zu können.

Meine Freude erlischt. Ich stopfe die Wäsche zurück in die Schachtel, stehe auf, gehe in die Küche, völlig ratlos – ich weiß nicht, was ich tun soll.

Werner folgt mir. Ich spüre seine Enttäuschung. Nervös nehme ich eine Mandarine aus dem Obstkorb und schäle sie.

»Gefällt's dir nicht?«

Ich schweige.

»Und warum nicht, wenn ich fragen darf?«

»Weil ich's doof finde«, antworte ich verlegen.

Werner kehrt zum Wohnzimmertisch zurück, setzt sich, ich gehe zögernd hinterdrein. Ich fühle mich schlecht, wie ich

Werner so am Tisch sitzen sehe, die Dochte der Kerzen knicken ein, Wachs tropft aufs Tischtuch, die Sektgläser, noch unberührt, die Geschenkbox geöffnet ... und er so grenzenlos enttäuscht. Er hat es doch gut gemeint. Aber mit wem?

»Ich bin nicht zärtlich genug ...«, sagt Werner, verhaltenen Zorn in der Stimme. »Ich habe zu wenig Phantasie. Also lass' ich mir was einfallen. Aber das ist natürlich auch wieder nicht recht.« Er schiebt die Schachtel zur Seite.

Dass er es nicht versteht! Er hätte mir ein Buch schenken können. Die Biografie von Marlene Dietrich – er weiß, dass ich die gerne hätte. Oder eine alte Frank-Sinatra-Aufnahme. Eine Theaterkarte. Aber nein ... Reizwäsche.

»Was bin ich eigentlich für dich?« Ich schlucke schwer.

Er wird unsicher, steht auf und will mich umarmen. Ich wehre ihn ab. »Lass mich!«, sage ich.

Er lacht verächtlich. »Ist schon ein Standardsatz bei uns. *Lass mich!*« Dann seufzt er, lang und traurig. Setzt sich wieder an den Tisch.

»Was ist los? Ich trage mein Geld nicht in die Kneipe. Ich mag meine Familie. Ich bin scharf auf meine Frau. Also?«

»Aber du weißt nichts von ... mir«, erwidere ich lahm.

Werner blickt mich an, als sei ich völlig verrückt geworden. »Von dir? Ich weiß genug von dir.« Dann, sehr eindringlich. »Oder meinst du deinen Theaterquatsch? Oder die Scheißliebesfilme, die du dir immer reinziehst? Doris. So ist das Leben nicht. So reden die Leute nicht miteinander. So gehen sie nicht miteinander um.«

Ich ziehe den Slip aus der Geschenkschachtel. »Aber so gehen sie miteinander um?«

Dann verlasse ich ihn. Durch den offenen Türspalt sehe ich, wie er den Slip nimmt und wütend mittendurch reißt. »Scheiße ist das«, schreit er mir nach. Er nimmt die Sektflasche und setzt sie an den Mund.

Jetzt bin auch ich wütend. Ja, Scheiße ist das! Alles ist Scheiße! Das ganze Leben! Ich kann nicht begreifen, wie alles so schief gehen kann? Wann fängt das an? Schon im Mutterleib? Oder bereits vorher? Eine Frau, die einen Jungen kriegt, den sie nicht haben will und ihn deswegen behandelt, als sei er ein lästiger Klotz am Bein? Die ihm den Eindruck vermittelt, die Welt sei ein grausamer Ort, an dem nur der Stärkere überlebt? Da bleibt dem Jungen gar nichts anderes, als sich abzuhärten und zu versuchen, stets der Stärkere zu sein. Er schafft sich einen sicheren Hort, eine Familie, ein Rudel, das er bis aufs Blut verteidigen wird, solange keiner aus diesem Rudel ausbricht. Oder, andere Geschichte, ein Mann, ein schöner Mann, der eine Frau heiratet, die er nicht versteht, die ihn nicht versteht, zwei Menschen, die sich gegenseitig austrocknen, sich verletzen, die gegeneinander kämpfen, bis einer davon am Boden liegt? Und die all ihre unverstandene Liebe, ihre Kämpfe, ihre Enttäuschungen an ihr kleines Mädchen weitergeben, dessen Existenz sie aneinander fesselt, aber vielleicht ist es nur ein Vorwand, wenn sie die Existenz dieses Kindes dazu benutzen zusammenzubleiben. Vielleicht sind sie süchtig nach ihren Kämpfen und Enttäuschungen, weil sie wissen, dass sie trotzdem nicht ohne einander leben wollen. Und das Kind. Das unterstützt den Schwächeren, den, der ihm seine Liebe offen zeigt, der es an der Hand nimmt und mit ihm einen bunten Luftballon fliegen lässt. Mein Vater hat mir von einem anderen Leben erzählt als meine Mutter. Geglaubt habe ich ihm – aber jetzt lebe ich das Leben, das meine Mutter prophezeit hat. Nüchtern, beschwerlich, traumlos. Der bunte Luftballon ist längst geplatzt.

4

Fast die ganze Nacht lag ich wach. Irgendwann kam Werner ins Bett, drehte mir den Rücken zu und zog die Bettdecke mit einem Ruck zu sich. In dieser einen Bewegung lag alles, was er mir zu sagen hatte: Ich bin im Recht, und du bist eine Versagerin. Ich rollte mich zusammen, zog mein Nachthemd bis zu den Füßen und passte auf, dass ich Werner nicht zu nahe kam. Tausend Gedanken gingen mir durch den Kopf. Ich beschuldigte mich und verteidigte mich. Auch das Wort »Scheidung« hallte in mir wider, für einen Moment war ich erleichtert. Natürlich, man konnte sich doch scheiden lassen! Zwei Wohnungen, Tanja, die die Wochenenden bei Werner verbringt, und ich, ich war wieder frei. Alles tun können, was man gerne tat. Keine Rechenschaft mehr ablegen, keine Kompromisse mehr schließen müssen. Frei. Aber was tat ich damit Tanja an? Und Werner? Auch wenn er mich manchmal gemein behandelte, so waren ich und Tanja doch alles, was sein Leben ausmachte. Ich erinnerte mich an einen Abend, als wir mit Tanja in der Eisdiele saßen. Tanja fragte ihn, wo er als kleiner Junge gelebt und gewohnt habe. Er sah sie an, mit einem Ausdruck im Gesicht, der mir ins Herz schnitt. Das kann ich dir nicht erzählen, sagten seine Augen. Und du wirst das auch nie erleben, niemals, so lange noch ein bisschen Atem in mir ist. Er fuhr ganz sacht mit einem Finger Tanjas Scheitel nach und lächelte sie an.

»Meine Mama musste viel arbeiten«, log er, »auch nachts, deshalb war ich oft allein.«

»Ganz allein in der Wohnung?«, fragte Tanja. »Hast du dich da nicht gefürchtet?«

»Doch. Manchmal. Und deshalb kam ich in ein …« Er unterbrach sich, überlegte und redete weiter. »Na ja … in so eine Art Internat. Weißt du, was das ist?« Und er erklärte Tanja, wie lustig es in so einem Internat zugehe, die niedlichen Zimmer, in denen immer vier Jungs auf einmal schliefen, die netten Lehrer und die Wochenenden, an denen man zusammen Ausflüge machte oder Fußball spielte.

»Und deine Mama ... war die da nicht traurig?«

»Aber ja doch«, sagte Werner. »Deshalb hat sie mich ganz oft besucht. Und mir Schokolade mitgebracht und Spielsachen und all so was.«

»Und dein Papa?«

Werner schwieg, bis Tanja unruhig hin und her zappelte.

»Wo war dein Papa?«

»Ja, weißt du ...« Er hatte schon seine Kaffeetasse am Mund, setzte sie aber wieder ab und wusste nicht, was er sagen sollte.

»Werners Papa ist krank geworden und gestorben«, warf ich schnell dazwischen.

»So wie Opi?«, fragte Tanja.

»Ja, so wie dein Opa.«

In dieser Nacht lag Werner so schlaflos wie ich heute. »Sie hat nicht mal gewusst, wer es war«, sagte er bitter und starrte zur Decke.

Ich erinnerte mich auch an den Tag unserer Hochzeit. Ich im weißen Seidenkleid, Werner im dunklen Anzug, Ricki und Elke waren unsere Trauzeugen. Werners Mutter wurde nicht eingeladen. »Wozu auch«, meinte Werner. »Die verdirbt uns nur das ganze Fest. Die wär' doch vor der Trauung schon blau wie ein Veilchen.« Er holte meine Mutter und mich in einem blumengeschmückten Mercedes ab, den Ricki ihm besorgt hatte, und war so aufgeregt wie ein kleines Kind. Wir hatten die Hochzeit auf einen Tag gelegt, an dem auch das Frühlingsfest stattfand. Und wieder schoss mir Werner rote Papierrosen, und wieder fuhren wir Achterbahn. Was für ein Aufruhr! Mein Brautschleier flatterte im Wind, und Werner riss die Arme hoch und schrie: »Ich hab' die schönste Frau von Greifenbach geheiratet!« Ich warf den Brautstrauß hinab zu den Leuten, die, klein wie Zwerge, dastanden und zu uns heraufgafften.

Ich zog mir die Decke noch enger um die Schultern. Damals war ich glücklich. Endlich weg von Mutter, die von Jahr zu Jahr grauer und trauriger geworden war. Endlich das Leben voll! Ja, da ahnte ich noch nicht, dass ich mein Leben in einer Küchenschublade verstecken sollte. Da verlangte man noch nicht von mir, ständig nur vernünftig zu sein. Da glaubte ich noch an Papas Spruch, den er mir einmal aus der Zeitung vorlas. Dass der vernünftige Mensch sich der Welt anpasst, der unvernünftige aber versucht, die Welt sich anzupassen. »Denk immer dran, Doris!«, sagte er. »Sei unvernünftig!« Oh ja, Papa, schrie es in mir, als wir in der Achterbahn saßen und der Wind um unsere Ohren pfiff. Wir würden versuchen, die Welt uns anzupassen. Wir würden das Kunststück schaffen. Werner mit seiner Stärke, ich mit meiner Lebenslust und meiner Phantasie. Nicht mehr allein, sondern zu zweit durch die Zeit, von uns selbst erschaffen, weil wir uns liebten.

Am nächsten Morgen kletterte Tanja zu uns ins Bett und weckte uns. Ich wusste im ersten Moment nicht, wo ich mich befand. Ich hatte von unserem Gartenhaus am Fluss geträumt. Werner baute ein Floß, doch plötzlich saß ich nicht mit ihm, sondern mit Ricki auf diesem Floß. Wir trieben einen mächtigen Strom entlang. Es war dunkel, in der Ferne bemerkten wir die Lichter einer großen Stadt. Ich erkannte, dass Werner vor uns auf einem anderen Floß dahintrieb, und hatte ein schlechtes Gewissen, weil ich mich nicht auf dem richtigen Floß befand. Ein wenig später wanderten wir durch die große Stadt, viele Menschen um uns herum, deren Sprache ich nicht verstand. Ich fragte, ob irgendjemand Werner gesehen habe, aber niemand gab mir Antwort. Ricki hatte seinen Arm um mich gelegt, und mir war beim Gehen so wohl und leicht, obwohl ich ständig nach Werner Ausschau hielt. Mir schien es, als sei er nirgendwo und überall.

Als würden hunderte von Augen mich beobachten, Augen, die zu Werner gehörten und mir das Gefühl gaben, aus Glas zu sein. Und trotzdem war mir so federleicht. Ich war frei. Weil mir egal war, was er sah.

Ich wandte den Kopf zu Werner. Tanja saß auf seinem Bauch und hielt ihm die Nase zu.

»Aufwachen!«

Werner war bereits wach und grinste Tanja an.

»Ich habe Geburtstag«, sagte Tanja.

»Geburtstag? Ich glaube, den habe ich glatt vergessen«, meinte Werner.

Tanja machte ein langes Gesicht. Ich stand auf und ging zum Schrank. Werner hievte Tanja mit einem Ruck neben sich und deckte sie zu. »Na, dann ... Herzlichen Glückwunsch, meine Süße!« Ich holte Tanjas Geschenk aus dem Schrank, setzte mich aufs Bett und küsste sie auf die Nasenspitze. »Alles Gute, mein Spatz!« Ich drückte ihr das Geschenk in die Hände. Tanja streifte Schleife und Papier ab und zog ein Kleid hervor, das ich ihr genäht hatte.

»Habe ich selbst genäht«, sagte ich und wagte zum ersten Mal an diesem Morgen einen Blick in Werners Augen. Er sah durch mich hindurch. Ah, ja. Die Delinquentin befand sich immer noch in Ungnade.

Tanja freute sich und versuchte, das Kleid über ihren Schlafanzug anzuziehen. Ich half ihr dabei. Da holte auch Werner ein Päckchen aus seiner Nachttischlade. Er hatte die Pantoffeln mit den Hasenohren besorgt, die Tanja sich schon lange wünschte. Sie warf ihre Arme um seinen Hals und juchzte auf. »Danke, Papi!«

Jetzt sah er mich an. Ich bemühte mich, diesem Blick auszuweichen, denn ich ahnte, was mir signalisiert wurde. Siehst du, wurde mir bedeutet, das verstehe ich unter einem glücklichen Zuhause. Du, ich, Tanja. Wir drei. Und diese Wohnung, unsere

Freunde, der Job. Die Feten im »Havanna«, die Urlaubsreisen, mein Fußballclub. Und das alles soll nichts wert sein? Weil du ein Filmleben willst?

Tanja fragte: »Und wo ist mein Geburtstagskuchen?«

»Bei Omi«, sagte ich. »Da gibt es noch mal Geschenke. Und einen Kinderpunsch ... und ganz ... ganz ... viele Gummibärchen.«

Tanja quietschte vergnügt, während Werner wieder einen Blick auf mich abschoss. Mitten ins Herz. Und die Delinquentin schuldbewusst.

Während des Frühstücks redeten er und ich nur das Nötigste. Plötzlich kletterte Tanja von ihrem Stuhl, bückte sich und hob den zerrissenen Slip, der zwischen zwei Küchenschränkchen geraten war, auf. Hielt ihn stirnrunzelnd hoch. »Warum hast du's kaputtgemacht«, fragte sie mich.

Werner nahm den Slip und warf ihn in den Abfallkübel. »Weil Mama oft was kaputtmacht«, sagte er mit ausdruckslosem Gesicht.

Mir lagen so viele Antworten auf der Zunge. Aber ich hielt sie zurück. Tanja saß bei uns. Auch eine Frage der Liebe, wenn man schwieg.

5

Als ich am Abend zu meiner Mutter kam, war ich müde, erschöpft und stinksauer auf meinen Filialleiter. Ich hatte ihm von Tanjas Geburtstag erzählt und ihn gebeten, mich früher gehen zu lassen. Tanja hatte ein paar Freundinnen in die Wohnung meiner Mutter eingeladen, und ich hätte so gern die kleine Geburtstagsparty mitgefeiert. Girlanden aufgehängt, Schokoladenpudding gekocht und Schwimmkerzen angezündet. Aber Wagenbauer lehnte ab. Eine Lieferung sei angekommen, die Inventurlisten müssten auf den neuesten Stand gebracht werden ... »Tut mir Leid, Frau Wengler«, sagte er. »Aber es geht einfach nicht.«

Ich holte aus meiner Tasche den Stoffhasen, den ich für Tanja noch rasch gekauft hatte, und schlich zur Tür.

Drinnen hörte ich Werner etwas von einem Bausparvertrag erzählen, den er gerne abschließen würde. »Oh«, antwortete meine Mutter, »das war auch mein Traum damals. Aber mein Mann ... Na ja, du weißt ja ...«

Ich öffnete die Tür einen Spalt und hielt den Hasen ins Zimmer. »Hallooo«, krächzte ich mit tiefer Stimme. »Wo ist denn hier das Geburtstagskind?«

Schweigen. Ich trat ein und sah mich um. Werner und Mutter saßen am Tisch, auf Tanjas Geburtstagstorte waren die Kerzen heruntergebrannt, benutzte Tassen standen herum.

»Wo ist Tanja?«

»Schon im Bett«, antwortete meine Mutter mit einem vorwurfsvollen Blick und stellte die Tassen zusammen. »Sie hatte doch ihre Freundinnen da. Und jetzt ist sie todmüde.«

Ich ging zu ihr und küsste sie auf die Wange. Ihre Haut, von Fältchen durchzogen, ihr stumpfes dunkles Haar, ihr Körper, das alles war so nah und flößte mir Unbehagen ein. Sie befand sich jenseits der Grenze, die zwischen uns bestand, auf der richtigen Seite, während ich schon wieder einmal nach Entschuldigungen suchte. Ich wandte den Kopf zu Werner, aber der sah mich gar nicht an.

»Wagenbauer hat mich nicht weggelassen. Auch nicht, als ich sagte, dass Tanja Geburtstag hat.« Ich setzte mich, nahm einen benutzten Teller, schnitt mir ein Stück Torte ab und begann zu essen.

»Magst du auch noch ein Stück?«, fragte meine Mutter und lächelte Werner an.

Er zögerte ein wenig und nickte dann. »Aber immer.«

Mutter holte eine saubere Gabel und einen frischen Teller aus dem Schrank, schnitt ein Stück Torte ab und stellte es Werner hin. Er schob sich ein Stück davon in den Mund und ließ es auf der Zunge zergehen.

»Bist 'ne tolle Köchin.« Von mir nahm er immer noch keine Notiz, und Mutters Blick wanderte zwischen ihm und mir hin und her. Unbehagliche Stille, da Werners letzter Satz eindeutig mir galt. Die Delinquentin verwendete nämlich ausschließlich Fertigteigpackungen, etwas, das meine Mutter mit Abscheu von sich wies. »Selbstgemachtes ist doch viel besser«, pflegte sie zu sagen. »Da weiß man, was drin ist.«

Wie gesagt – er nahm keine Notiz von mir. Die Zeit der Bestrafung also. Ich hatte gestern sein Geschenk zurückgewiesen, heute wies er mich zurück. Aber ich war nicht in der Stimmung, reumütig Buße zu tun. Aufsässig war ich, weil mir alles so sinnlos erschien. Dass ich einem Typen wie dem Filialleiter schöntun musste, um doch wieder nur eine Abfuhr zu kriegen. Dass ich mir schon wieder anhören durfte, was für eine Stümperin in Sachen Kochkunst ich war. Dass meine Mutter dasaß wie die heilige Erika, Verkörperung der guten Frau schlechthin – das alles nagte an mir und trieb meinen Blutdruck hoch. Ich nahm noch eine Gabel Torte, stopfte sie mir in den Mund und sagte: »Ich geh' mal hoch zu Tanja.« Griff nach dem Stoffhasen und ließ sie allein sitzen, diese beiden, die sich so einig in ihrem Urteil über mich waren. Während ich die Treppe hinaufstieg, hörte ich meine Mutter fragen: »Redet ihr nicht miteinander?«

»Ach, du weißt doch.« Werner lachte ein bisschen verlegen. »Man hat's nicht leicht mit deiner Tochter. Sie ist nicht wie die Mutter. Leider.«

Wie konnte er es wagen, mich bei ihr schlecht zu machen? Hatte ich seiner Mutter erzählt, dass er mich ohrfeigte? Oder mich so heftig in den Arm boxte, bis er anschwoll und blau wurde? Ich wollte schon wieder nach unten rennen und mir gehörig Luft machen, da hörte ich, wie sie im Radio einen Tango spielten und Werner Mutter fragte: »Ein Tänzchen, gnädige Frau?«

Sie lachte. Ich beugte mich übers Treppengeländer. Werner zog Mutter an sich, legte einen Arm um ihre Taille und führte sie in übertriebener Tangohaltung quer durchs Zimmer. Und Mutter befand sich im siebten Himmel. So einen Mann hatte sie sich immer gewünscht! So eine Frau hatte Werner sich immer gewünscht! Verdammt! Warum heirateten die beiden eigentlich nicht?

Ich ging die letzten Stufen hinauf und betrat, immer noch zornig, Mutters Schlafzimmer. Tanja, mit müden kleinen Augen, sah mir entgegen. Ich setzte den Stoffhasen aufs Bett, ihr Gesicht leuchtete auf, sie drückte den Hasen glücklich an sich.

»Für mich?«

»Der wollte unbedingt mit. Weil du Hasen doch so gerne magst.«

Ich nahm ihr Lieblingsbuch vom Nachtkästchen. »Soll ich noch vorlesen?«

Sie nickte.

Ich schlug das Buch auf. »Der kleine Hase sollte ins Bett gehen«, las ich vor, »aber er hielt sich noch ganz fest an den langen Ohren des großen Hasen. ›Rate mal, wie lieb ich dich habe‹, sagte er.«

Tanja umklammerte die Ohren des Stoffhasen, ein Lächeln um den Mund.

»›Oh‹, sagte der große Hase, ›ich glaub nicht, dass ich das raten kann.‹ – ›So sehr‹, sagte der kleine Hase und breitete seine Ärmchen aus, so weit er konnte … Der große Hase hatte viel längere Arme. ›Aber ich hab dich sooo sehr lieb‹, sagte er.«

Ich umarmte Tanja und legte mein Kinn auf ihren Kopf. Mein Baby. Meine Kleine. Sie roch nach Zahnpasta und Kamillencreme, und mir ging das Herz über, als ich sie so im Arm hielt. »So lieb hab ich dich auch.«

»Ich dich auch«, antwortete sie.

Ich deckte sie zu, löschte das Licht und verließ das Zimmer.

»Wo geht ihr denn hin?«, rief sie mir nach.

»Wir feiern deinen Geburtstag.«

»Ohne mich?«

»Abends müssen kleine Hasen ins Bett.«

Sie gluckste fröhlich, und ich ging wieder die Treppe hinab. Da hörte ich, dass das Hohe Gericht noch beim Lieblingsthema war.

»Immer hat sie ihren eigenen Kopf«, schimpfte Werner. »Und ständig will sie weg. In die Kneipe, in ihren Scheißtheaterverein, zu einer Freundin …«

»Das hat sie von ihrem Vater. Der war auch ständig auf Achse.«

»Weißt du … sie hat so überhaupt keinen Draht für zu Hause. Mal schön kochen und ordentlich aufräumen. Oder irgendein Kuchenrezept ausprobieren – nichts.«

Mutter seufzte. »Ich red' mit ihr.«

Ein seltsames Gefühl beschleicht einen, andere über sich auf diese Weise sprechen zu hören. Als würden sie unerlaubt in unser Innerstes eindringen, und hilflos ausgeliefert müssen wir zusehen, wie sie ins Freie zerren, was ihnen missfällt. Auch jene Dinge, die uns lieb und teuer sind oder die einfach zu uns gehören, weil wir eben die sind, die wir sind. Was Werner nicht erzählte, war beispielsweise, dass ich die ganze Wohnung alleine tapeziert hatte. Dass ich mir große Mühe gegeben hatte, lustige Bezüge für die alten Polsterstühle zu nähen. Dass ich mit Tanja immer akkurat und pünktlich zum Arzt ging und fast verrückt wurde vor Sorge, wenn sie nur ein bisschen Fieber oder Schnupfen bekam. Dass ich sehr oft unsere Freunde einlud und sie sich bei uns wohl fühlten. Dass ich im Drogeriemarkt Geld verdiente, obwohl mir diese Arbeit verhasst war. Dass ich mir Geschichten ausdachte, sie aufschrieb und sie Tanja am Abend vorlas. War das nichts? Gott, es war so ungerecht! Und deshalb lockte eine böse Stimme in mir mit dem Gedanken: Geh doch weg! Lass dich scheiden! Nimm Tanja und leb in einer anderen Stadt! Dann haben sie wirklich Grund, über dich herzuziehen. Wunderbar, dieser kurze Augenblick, angefüllt mit Wut und Rebellion!

Doch als Werner aus der Tür trat, mir einen seiner eisblauen Blicke sandte und sagte: »Gehen wir?«, fielen all diese aufrührerischen Gefühle in sich zusammen wie Asche. Die Realität hatte mich wieder eingeholt. Und Realität war: Da unten stand mein Mann, so selbstgerecht, dass er fast aus seinem Hemd platzte. Und meine Mutter stand hinter ihm, im wahrsten Sinne des Wortes, und blickte ähnlich kühl zu mir herauf.

»Amüsiert euch gut!«, sagte Mutter, aber sie sagte es nur zu Werner.

Ich biss die Zähne so stark zusammen, dass meine Zunge sich gegen den Gaumen drückte. Sonst hätte ich geredet, und das wäre sicher nicht gut gewesen.

6

Wie den Abend beschreiben, der so lustig begann, wie die folgende Nacht, die mein ganzes Leben veränderte? Die meiste Zeit stand ich bei Ricki an der Bar, wir tranken Wein und alberten herum. In mir war immer noch diese Wut, aber ich bildete mir ein, gut damit zurechtzukommen. Ich trank die Wut nieder, bis sie nur mehr ganz klein und unbedeutend war. Hier stand ich, in meinem kurzen Rock, den hohen Stiefeln, die Leute waren nett zu mir, sie tippten mir auf die Schulter, begrüßten mich, sagten mir, wie gut ich aussehen würde, ich tanzte und flirtete und ließ Werner völlig links liegen. Er saß bei Elke und den anderen in der Nische, in der sie immer saßen und das Greifenbacher Tagesgeschehen durchhechelten. Manchmal blickte

Werner zu mir herüber, und ihm missfiel, was er sah. Er konnte es nicht leiden, wenn ich so aufgedreht am Tresen stand und mein Temperament überkochte. Aber es war mir egal. Mit dem genau richtigen Pegel Alkohol hatte ich – ähnlich wie in meinem Traum – das Gefühl, völlig frei zu sein. Nichts, was mich einengte. Werner? Vergiss ihn! Wer war ich denn? Was war ich? Eine Sklavin? Und meine Mutter! Was kümmerte mich, was in ihrem Kopf vorging? Hatte sie je auch nur einen Gedanken daran verschwendet, wie es in mir aussah? Auch an Tanja dachte ich. Ich liebte sie, und sie liebte mich, was sonst war wichtig? Ich war mir sicher, dass ich bei ihr alles richtig machte. Und wer weiß, was ich sonst noch alles richtig machte? Also. Ich war frei. Alles in Ordnung, Doris, sagte ich mir, solange du weißt, was du willst.

Aus den Scheinwerfern, die an der Decke seitlich der Tanzfläche angebracht waren, strömten gelbe und rote Lichtbahnen. In Rickis dunklem Haar gleißten bunte Fünkchen. Es tanzte sich auch so leicht an jenem Abend. Als wären meine Füße über dem Boden geschwebt. Oh, ich fühlte mich wohl! Ich schloss die Augen und bewegte mich im Takt, sog die Musik förmlich ein. Berauschte mich an dem Gedanken, dass ich mich auf einer Trennlinie befand, auf der einen Seite die Enge meines Lebens, auf der anderen Seite die Freiheit, das Abenteuer. Es bedurfte doch nur eines mutigen Schrittes, um auf die richtige Seite zu gelangen. Und ich war doch mutig? Hatte schon viel überstanden. Den Tod meines Vaters, die Bitterkeit meiner Mutter und Werners mörderische Zornesausbrüche.

Später saß ich wieder bei Ricki an der Bar, wir sprachen über Politiker, obwohl ich gestehen muss, dass ich mich damals nicht viel um Politik kümmerte. Ein Haufen Leute, die hohles Zeug redeten und denen es nur darum ging, an der Macht zu bleiben. Dann erzählte Ricki, sein Vater wolle unbedingt, dass er nach Berlin umsiedele und in seine Immobilienfirma eintrete.

»Das machst du doch nicht? Du gehst doch nicht weg?«, fragte ich erschrocken.

Ricki sah mich auf diese besondere Weise an, die mir immer kleine Schauer über die Haut jagte.

»Wärst du traurig?«

Ja. Plötzlich fühlte ich mich todtraurig. Die Euphorie der vergangenen Stunden verflüchtigte sich. Von wegen – frei. Ich saß nach wie vor in der Falle. Und Ricki ging vielleicht nach Berlin. Meine Kehle wurde eng. Da lachte er, hob mich vom Barhocker, legte meine Arme um sich und tanzte mit mir. Leise sagte er: »Na, hör mal! Wie kann ich nach Berlin gehen, wenn *du* hier bist?«

Wir sahen uns in die Augen. Er nahm mich ganz sanft bei der Hand und führte mich zur Theke zurück. Schweigend tranken wir, schweigend lauschten wir der Musik. Eine beredte Stille. Ich lächelte ihn an, und wieder nahm er meine Hand und drückte sie an sein Gesicht. Da bemerkte ich Werner, der zu uns herübergekommen war. Er schüttelte Ricki an der Schulter. »Hey! Was mein ist, ist noch lange nicht dein.« Es sollte ein Spaß sein, und doch schwang in seiner Stimme ein anderer Klang als sonst. Er sah auf die Uhr.

»Komm, Doris! Wir müssen morgen wieder raus.«

Ricki ließ meine Hand los. »Morgen ist gut. In ein paar Stunden.«

»Ich mag aber noch nicht nach Hause«, sagte ich störrisch.

»Jetzt komm.« Werner zog mich vom Barhocker.

Ich riss mich unwirsch los und umarmte Ricki zum Abschied. Dann schlüpfte ich in meine Jacke und ging mit Werner zum Ausgang. Kehrte noch mal um, tänzelte mit kleinen Sambaschritten an Elkes Tisch, umarmte Elke und verabschiedete mich von den anderen. Werner stand wartend an der Tür, mit hartem Blick. Beklommen registrierte ich, dass er ziemlich betrunken war.

7

Die Straße vor dem Lokal. Ein Zeitungsständer war umgefallen und lag am Boden. In einem Hinterhof miaute eine Katze. Aus dem »Havanna« war ein Rod-Stewart-Lied zu hören. Unsere Schritte hallten wider und verfingen sich zwischen den dunklen Häusern. Werner versuchte, den Autoschlüssel ins Schloss zu stecken, der Schlüssel fiel zu Boden. Ich blieb ein paar Meter vom Auto entfernt stehen.

»Du kannst nicht mehr fahren. Du bist völlig zu.«

»Quatsch«, sagte er. Ein neuer Versuch, aber der Schlüssel wollte nicht ins Schloss.

»Ohne mich«, sagte ich.

»Du steigst jetzt ein!« Er hatte die Tür nun doch aufgekriegt, aber ich machte kehrt und ging zum Lokal zurück. Plötzlich spürte ich seine Hände, die mich an der Schulter packten und festhielten. Ich bückte mich und kam frei. Da griff er nochmals zu, bekam mich an meiner Jacke zu fassen und schleuderte mich gegen eine Hauswand. Ein dumpfer Schmerz in meinem Rücken. Wir starrten uns an.

»Kannst dich ja wieder bei deiner lieben Schwiegermutter beschweren!«, zischte ich. In diesem Augenblick hasste ich ihn so sehr, dass ich keine Furcht mehr empfand.

Er lachte verächtlich auf, hob die Schultern, ging zum Auto, stieg ein und fuhr wie ein Verrückter davon. Ich aber stand da, das Rod-Stewart-Lied schmeichelte sich auf die Straße. Ich begann zu summen. »I am sailing, I am sailing …« Zum Teufel mit Werner! Ich ging zum »Havanna« zurück.

8

Und schnurstracks auf Ricki zu und trank von seinem Glas. Legte meine Arme um seinen Hals und begann zu tanzen.

»Zoff?«, fragte er mitfühlend.

»Wir haben nur noch Zoff.«

Ich lächelte, als sei mir alles egal, und das war es im Grunde auch, zumindest in diesem Moment. Er zog mich eng an sich.

Ich suchte seinen Blick. »Manchmal habe ich das Gefühl, ich steh' am Abgrund. Ein kleiner Schritt und … schwupps … ich lieg' unten.«

Sein Gesicht wurde ernst, der Druck seiner Hände verstärkte sich.

Ich sagte leise: »Aber du fängst mich auf, oder?«

Ich küsste ihn ganz sacht auf den Mund und schloss die Augen. Und spürte seine Lippen auf den meinen. Der erste Kuss, den wir uns auf diese Weise gaben, in all den Jahren.

Elke sah zu uns herüber. Sie ähnelte jetzt meiner Mutter. Missbilligung, ihr ganzes Gesicht ein einziger Vorwurf. Rickis Körper an dem meinen, Elkes Blicke, die Gewissheit, etwas zu tun, das Konsequenzen haben würde, die Freiheit in meinem Kopf, das schwebende Gefühl – dies alles überforderte mich. Als sei ich ein Computer, den man mit zu vielen Daten gespeist hatte und der es nicht fertig brachte, die Daten zu verarbeiten. Ich drückte mich enger an Ricki. Sein Atem berührte mein Ohr.

»Lass uns hier weggehen!«, sagte er leise.

Ich nickte.

Man könnte meinen, wenn man seinen eigenen Mann sexuell ablehnt und dann bei vollem Bewusstsein dessen, was man tut, mit einem anderen Mann schläft, erwarte einen eine orgiastische Feier, eine Art Befreiung von den alten Vorbehalten, eine Glückseligkeit, wie man sie in Filmen sieht – und auf Liebesfilme war ich ja spezialisiert. Der Held und die Heldin verschmelzen zu einer Einheit, dem Zuschauer vermittelt sich der Eindruck, dass die füreinander bestimmten Menschen auch zum genau richtigen Zeitpunkt zueinander finden. Und schön sind sie, während sie sich leidenschaftlich umarmen, sich entkleiden und sich dann auf jede nur erdenkliche Weise lieben. Sie verlieren auch nichts von ihrer Schönheit, wenn körperliche Erfüllung ihre fotogenen Körper durchpulst und sie anschließend in glücklicher Erschöpfung, eine Zigarette rauchend, über ihre Gefühle sprechen.

Bei Ricki und mir war es anders. Wir wollten miteinander schlafen, keine Frage. Und trotzdem bin ich mir auch heute noch nicht sicher, ob es reines körperliches Begehren war oder einfach der Wunsch, Nähe zu spüren. Und da man schlechthin immer meint, das Sichöffnen und das Eindringen in einen anderen Körper sei es, was einen nahe bringt, schliefen wir miteinander. So sanft, wie vorher unsere Küsse gewesen waren. Ich genoss es. Nicht als orgiastisches Großereignis, aber als etwas, das mir zeigte, dass ich weder frigide noch gefühlskalt war. Und doch – Ricki erfuhr wenig über mich und ich nichts über ihn.

Ich blieb eine Weile neben ihm liegen. Er hatte die Augen geschlossen, sein Gesicht wieder glatt, sehr ernst, sein Atem so leise, dass ich ihn nur ahnte. Hinter den Fenstern das erste Tageslicht. Graue Nebelschleier auf den Bäumen. Novemberfeuchtigkeit. Rickis Wohnung im Dämmerlicht. Unsere Kleider lagen am Boden. An einer Wand neben der Tür hingen zwei Bilder: Aquarelle ... sanfte Farben ... angedeutete Nacktheit ... träumerische Mienen ... selbstversunkene Körper. Ich erinnerte mich an eine Ausstellung, zu der mein Vater mich einmal mitnahm. Er liebte Aquarelle. »Die luftigste malerische Sprache«, sagte er zu mir, »auch flüchtig, wie unsere Träume.«

Ein Auto hielt. Zeitungen wurden in Briefkästen gesteckt. Das Auto fuhr wieder an. Ich musste nach Hause. Ich stand auf, setzte mich ans Fußende des Bettes, zog meinen BH an, meinen Schlüpfer, den kurzen Rock, die Bluse. Dann die Stiefel. Der Reißverschluss machte beim Hochziehen ein hässliches Geräusch, als gehöre diese Nacht endgültig der Vergangenheit an. Ricki bewegte sich nicht. Ich trat ans Bett, setzte mich und strich ihm übers Gesicht.

»Ich muss gehen.«

Er öffnete die Augen. Noch heute spüre ich diesen Blick. Fern. Distanziert. Als habe das graue Dämmerlicht, der feuchte Novembermorgen, all jene Gefühle in weite Ferne gerückt, die noch vor ein paar Stunden für uns wichtig gewesen waren. Keine Bewegung machte er. Er nahm nicht meine Hand, er setzte sich nicht auf, er sah mich nur an mit diesem fernen Blick, regungslos, in sich gekehrt. Im Grunde befand ich mich allein auf diesem Bett, er war nicht vorhanden, er hatte schon Abschied genommen. In einem winzigen Moment der Klarheit begriff ich, dass ich für mich allein eine Entscheidung treffen musste. Sollte ich über diese Nacht glücklich sein oder unglücklich? Sollte ich ein schlechtes Gewissen haben? Oder sollte ich alles, was geschehen war, so sehen wie Rickis Aquarellbilder. Träumerisch. Flüchtig.

»Tut's dir Leid?«, fragte ich, sachlich, kühl, nicht weil ich sachlich und kühl sein wollte, sondern weil ich dachte, dies sei die einzige Möglichkeit, Ricki zu zeigen, dass ich seine Distanz akzeptierte.

84

Fast unmerklich zuckte er mit den Achseln und gab ein kleines Geräusch von sich. Dann, mühsam: »Soll ich dich nach Hause fahren?«

»Nein. Ich laufe die paar Schritte. Tut mir ganz gut.«

Ich wartete. Wieder keine Reaktion von ihm. Da nahm ich seine Hand und drückte einen Kuss darauf. Ließ sie zurück aufs Bett fallen, stand dann auf, holte meine Tasche, legte mir die Jacke um die Schultern und ging die geschwungene Treppe, die zur Eingangstür führte, hinab. Ein ziehender, feiner Schmerz, von dem wir Menschen immer annehmen, er habe mit dem Herzen zu tun. Ich fühlte mich einsam. So einsam, als sei ich zu Hause bei Werner, wenngleich diese Einsamkeit von anderer Art war, weil Werner sich wenigstens mitteilte, wenn auch noch so grob, Ricki es aber vorzog, sich hinter seiner schweigenden Nonchalance zu verbergen. Er ließ mich tatsächlich gehen, ohne sich zu erkundigen, was ich nun tun, was ich Werner sagen würde ... Wieder dieser ziehende Schmerz. Die bittere Erkenntnis, dass man letztendlich immer allein sein würde, dass man vereint dennoch kein Ganzes erreichen konnte. Dieses bestürzende Wissen machte mich immerhin immun gegen meine Angst. Denn noch vor ein paar Minuten verspürte ich unsägliche Angst. Noch nie war ich über Nacht ausgeblieben, und es bedurfte nicht allzu großer Phantasie, sich vorzustellen, wie Werner reagieren würde. Wir würden streiten. Ich würde sagen, dass ich mich zuerst im »Havanna« und dann noch in einer anderen Bar herumgetrieben habe. Er würde mir wieder an den Kopf werfen, dass ich eine liederliche Frau sei und eine schlechte Mutter, obwohl Tanja diese Nacht gar nicht bei uns zu Hause schlief. Ich würde mich verteidigen. Und er würde wieder zuschlagen – wahrscheinlich. Und dann?

Als ich die Wohnung betrat, leise, in der vagen Hoffnung, er würde schlafen, brannte überall Licht. Im Flur, in der Küche – ich zog meine Jacke aus, ging zum Spülbecken, ließ Wasser in den Teekessel laufen, schaltete den Herd an und stellte den Kessel auf die Kochplatte. Gott, war ich müde! Ich strich mein Haar glatt – in diesem Augenblick tauchte Werner im Flur auf. Er trug noch seine Jeans und sein Hemd, das er bis zu den Ellbogen hochgekrempelt hatte. Auf den Wangen blonde Bartstoppeln, er sah erschöpft aus, dennoch waren seine Gesichtszüge angespannt, seine Augen hellwach und eindringlich. Er lehnte sich an den Türrahmen.

»Wo warst du?«

»Ich bin noch mal zurück ins ›Havanna‹.«

»Ich auch.« Schweigen. Dann: »Du bist mit Ricki weg, hab' ich gehört.«

Nun gut, Elke hatte es ihm gesagt.

Er schüttelte verächtlich den Kopf. »Was bist du bloß für ein Flittchen! Du bist verheiratet. Du hast ein Kind. Und treibst dich nächtelang rum.«

Ich zog mich an die Spüle zurück. Seine Lippen wurden dünn. »Und? War's schön mit Ricki?«

Ich wusste nicht, wie ich reagieren sollte. Einfach abwarten, bis der Sturm sich legte? Ich versuchte es mit Nachgiebigkeit. Trat auf ihn zu. »Bitte, Werner …«

Seine großen Hände waren so schnell bei mir, dass ich nicht ausweichen konnte. Er packte mich bei der Schulter und gab mir einen so heftigen Stoß, dass ich mit Rücken und Kopf an den Küchenschrank krachte. Ich stöhnte keuchend auf.

»Ja, genau das ist es. Deshalb funktioniert es nicht bei uns. Mit dir kann man nicht reden«, schrie ich ihn an.

»Ach so. Aber mit ihm konntest du reden.« Er verschränkte die

Arme vor der Brust. »Es wird dir nichts nützen, wenn du meinem besten Freund hinterherläufst. Der mag nämlich keine Flittchen.« Seine Lippen jetzt nur noch ein Strich. »Und Flittchen, die's nicht bringen, schon gleich gar nicht.« Höhnisches Lachen.

In das Pfeifen des Teekessels hinein hörte ich mich voll ohnmächtiger Wut sagen: »Wer sagt denn, dass ich's nicht gebracht habe?« Und dann, weil er mich hämisch musterte und mit einem heftigen Ruck den Kessel vom Herd schob: »Es kommt immer auf den Mann an, ob man's genießt oder nicht.«

Mit einem zornigen Aufschrei stürzte er sich auf mich und schleuderte mich durch die Küche. Ich stieß gegen die Wand. Er packte mich nochmals, ich spürte, wie seine Muskeln anschwollen. Ich torkelte und prallte gegen den Herd. Meine Hand fuhr über die heiße Kochplatte, ich schrie auf, eine Hitzewelle fuhr durch meinen Körper. Werner stürmte an mir vorbei aus der Wohnung. Ich hielt meine Hand hoch und sah sie entsetzt an. Die Haut warf bereits Blasen und platzte auf. Ich schluchzte und musste vor Schmerz würgen. Aber trotzdem – ich hatte es überstanden. Dachte ich.

11

Denn plötzlich, ich verbinde gerade meine Hand, durchfährt mich ein heißer Gedanke. Bilder in meinem Kopf verknüpfen sich. Werner läuft nicht durch die Straßen, um klaren Verstandes zu werden. Nein. Werner rast zu Ricki. Er will sich Gewissheit verschaffen. Oh, ich sehe die Szene vor mir. Wie er die Treppen hochläuft, wie er die Hand nicht mehr von Rickis Klingel nimmt, Ricki, der die Tür öffnet und Werner anstarrt. Werner, mit gepresster Stimme: »Du fickst also meine Frau?« Ricki in stummer Ratlosigkeit. Sein schuldbewusstes Gesicht.

Werner versetzt ihm einen Kinnhaken. »Du Dreckschwein. Es lebe die Freundschaft, oder?« Ricki torkelt zurück. Werner stürmt davon. Ricki blickt ihm schockiert nach …

Ich beginne zu zittern. Er wird sich in eine Raserei hineinsteigern, die mit nichts, was jemals vorgefallen ist, zu vergleichen sein würde. Was tue ich nur? Das Zittern wird stärker. Ich gehe an der offenen Schlafzimmertür vorbei. Nein. Nicht das Schlafzimmer. Ich blicke mich um. Wo bin ich sicher? Lieber Gott, hilf mir! Soll ich zu meiner Mutter fahren? Nein, nein! Tanja ist bei ihr. Außerdem würde Mutter es nicht verstehen. Zu Elke? Ihr vorwurfsvolles Gesicht. Sie ist selbst in Ricki verliebt. Nicht zu Elke, aber wohin dann?

Ich betrete das Kinderzimmer, schließe die Tür und kauere mich auf Tanjas Bett. Nehme irgendein Märchenbuch, starre die Seiten an, ohne einen Buchstaben zu entziffern. Mein Herz schlägt bis zum Hals. Angst, noch nie im Leben hatte ich solch grauenhafte Angst. Dann Zorn. Er verdrängt die Angst. Ich bin eine erwachsene Frau, ich bin Doris, ich bin Doris Wengler, geborene Henrich. Kein Mensch hat das Recht, über mich zu bestimmen, auch nicht mein Mann. Die Ehe ist keine Besitzurkunde. Er kann mir Vorwürfe machen, mich verachten, sich von mir scheiden lassen. Aber er darf nicht zuschlagen. Keiner darf zuschlagen. Die Stimme meines Vaters. »Gewalt ist die Waffe der Dummen, Doris.« Mein Gott, was nützen kluge Sprüche! Jetzt, hier, auf diesem Bett. Werners verzerrtes Gesicht taucht vor mir auf, als er mich gegen die Wand stieß. »Ich hasse dich«, flüstere ich. »Ich hasse dich, ich hasse dich.«

Dann höre ich ihn zurückkommen. Höre, wie er mich sucht. Seine Schritte in der Küche, im Schlafzimmer, im Flur. Die Tür öffnet sich. Er mustert mit einem Blick das Zimmer, sieht mich auf dem Bett kauern, die Beine angezogen, das Buch in der Hand, die kleine Tischlampe brennt und wirkt blass im Morgenlicht. Werner schaut und schaut mich an. Geht aufs Bett zu.

Unten auf der Straße Autos, die vorüberfahren. Eine Frau ruft einen Namen. Ein Rollladen wird hochgezurrt. Werner steht vor mir. Lächelt. Böse, seine ganze Wut sitzt in den Augen. Er zieht langsam seinen Ledergürtel aus der Hose. Sieht mich unentwegt an.

»Das tust du nicht«, flüstere ich und ziehe meine Beine noch enger an den Körper. Mit einem Schritt ist er bei mir, lässt sich halb auf mich fallen, packt mich grob am Hals, drückt meinen Kopf aufs Kissen.

»Wenn du's mit anderen treiben kannst, dann auch mit mir.« Wieder ein Lächeln, gemein dieses Mal. Mein Gott, er war doch nie gemein! Jähzornig, ja. Rasend vor Zorn. Aber gemein?

Ich stemme meine Füße gegen seinen Körper, schreie laut »Nein!« und schleudere ihn zurück. Er stürzt wieder auf mich zu, packt mich, zerrt mich hoch. Ich wehre mich. Er legt all sein Gewicht in seinen Körper und wirft mich gegen die Wand. Meine Beine geben nach. Wieder packt er mich, schleudert mich durchs Zimmer, ich gleite aus und falle mit dem Rücken auf Tanjas Bauklötzchen, die am Boden liegen. Stechende Schmerzen, mein Kopf dröhnt. Ich schlage um mich, schreie. Seine Finger krallen sich in meine Arme, halten sie fest. Ich liege auf dem Rücken, zwischen seinen Knien, und er drischt hoch aufgerichtet mit dem Gürtel auf mich ein. Trifft mich am Kopf, im Gesicht, am Oberkörper. Ich drehe das Gesicht zur Seite, ich versuche, mich zu befreien, aber er ist so stark, so stark. »Nein!«, schreie ich abermals. Er keucht, schluchzt, während er zuschlägt. »Oh, doch! Du wirst schon sehen, wie ich's tu, du … blöde … billige … beschissene … Nutte …!«

Ich beginne zu weinen, stoßweise, mein Mund öffnet sich, kein Ton kommt heraus. Werner lässt sich auf mich fallen, hält mit seinen Armen die meinen zurück, meine verletzte Hand brennt wie Feuer. Dann küsst er mich. Beißt in meine Lippen, Haut platzt auf. Seine Zähne schlagen gegen die meinen. Er richtet sich wieder auf. Packt mit einer Hand meine Bluse und reißt sie mittendurch. Schiebt meinen Rock hoch. Zerrt mir die Strumpfhose herunter. Ich versuche, sie festzuhalten, aber ich kriege meine Arme nicht frei. Jetzt schreie ich wieder. Er öffnet den Knopf seiner Hose, zieht den Reißverschluss auf.

»Nein! Nein!« Ich will nach ihm treten. Die Strumpfhose zerreißt. Er spreizt meine Beine. »Nein«, nur noch ein Wimmern. Ich versuche ein letztes Mal, mich zu befreien. Da holt er aus und schlägt mir den Handrücken mit voller Wucht ins Gesicht. Blut schießt aus meiner Nase. Ich bin wie betäubt vor Schmerz. Ich wehre mich auch nicht mehr. In meinem Kopf ist völlige Stille. Tränen, Blut und Speichel – und er zwängt sich in mich hinein und zerreißt mich fast mit seinen wütenden Stößen. Sein Gesicht über mir. Seine Augen, dieser Ausdruck, ich bin wie gelähmt vor Angst. Du gehörst mir, sagen seine Augen, und wenn du das nicht akzeptierst, tret' ich die Tür ein und mach' alles kaputt. Ich lasse den Kopf zur Seite fallen, ich will sie nicht mehr sehen, diese Augen. Sein ganzes Gewicht liegt schwer auf mir. Seine Hüften rammen gegen die meinen, seine Stöße werden immer heftiger, alles in mir brennt und schmerzt, er verfällt in einen regelmäßigen Rhythmus, und ich schreie, schreie, schreie, obwohl kein Ton zu hören ist. Das wirst du mir büßen!, schreie ich. Tot will ich dich sehen, verrecken sollst du! Oh Gott, warum hilfst du mir nicht, warum bringst du ihn nicht um, so wie er mich umbringt?

Dann erschlafft sein Körper. Er keucht. Schweiß tropft von seiner Stirn auf mein Gesicht und vermischt sich mit meinem Blut und den Tränen. Er steht auf, zieht sich die Hose über den Hintern, schließt den Reißverschluss und verlässt das Zimmer.

12

Ich kroch zur Zimmerecke neben dem Fenster, durch das jetzt helles Morgenlicht fiel, lehnte mich sitzend an die Wand, die Beine ausgestreckt. Die zerrissene Strumpfhose hing noch an meinen Fußknöcheln, der Rock, hochgeschoben, schnitt ins Fleisch. Meine Bluse lag in zwei Lappen über meinen entblößten Brüsten. Zwischen meinen Beinen, auf den Schenkeln, sein Sperma, vermischt mit Blut. Hinter meiner Stirn schwarze Blitze, meine Augen brannten, mein Mund schmerzte. Ich blickte wie tot auf Tanjas Teddybären und Puppen, die, ordentlich aufgereiht, neben mir am Boden saßen, und konnte nicht mehr atmen. Tränen quollen aus meinen Augen, obwohl ich viel zu entsetzt war, um wirklich zu weinen. Alle Kraft hatte mich verlassen. Ich konnte mir nicht vorstellen, je wieder auf eigenen Beinen zu stehen. Oder mich im Spiegel anzuschauen. Ich kam mir völlig nackt vor. Gedemütigt. Missbraucht. Wie oft hatte ich dieses Wort schon gelesen, leichtfertig ausgesprochen, mein Gott, aber erst jetzt wusste ich, was es bedeutete. Nämlich Qual, Schmerz, Scham und eine so unbändige Wut, dass ich dachte, sie müsse mich verbrennen. Ich werde dich umbringen!, schrie es in mir. Ich werde ein Messer nehmen und es wie ein Schwert in dich hineintreiben, wie du deinen verdammten Schwanz in mich hineingetrieben hast. Ich werde dich mit Füßen treten und auf dich spucken. Verflucht sollst du sein bis zum Ende deiner Tage! Seine Mutter kam mir in den Sinn, als sie mich fragte: »Ist er immer noch so … zornig?« Sie hatte es gewusst. Sie sollte ebenso verflucht sein wie er. Diese ganze Brut sollte verflucht sein, ich würde sie hassen bis zu meinem letzten Atemzug.

Ich weiß nicht, wie lange ich so saß. In der Wohnung war es still. Dann hörte ich Schritte. Ich starrte blicklos auf meine geschwollenen Handgelenke. Mir war egal, was geschah. Ein scharfes Einatmen. Ich hob mühsam den Kopf.

Es war Ricki. Er sah mich dermaßen entsetzt an, dass sich sein Entsetzen auf mich übertrug, obwohl ich geglaubt hatte, nie mehr irgendetwas fühlen zu können. Ich drehte Kopf und Oberkörper zur Wand und verbarg mein Gesicht hinter den Händen, so sehr schämte ich mich, dass man mir das hatte antun können. Ganz tief in mir nistete sich der Gedanke ein, dass einer anderen Frau das hätte nicht passieren können. Dass ich selbst dran schuld war, wenn ich jetzt wie ein Stück Dreck im Zimmer meiner Tochter am Boden saß, anstatt in meiner sauberen weißen Schürze im Drogeriemarkt zu stehen. Dass die aufgeplatzten Wunden, die dunklen Male, das Blut, das Sperma äußerlich zeigten, was ich innerlich war: minderwertig.

Ricki kam zu mir, beugte sich über mich und strich mit einer zarten und vorsichtigen Bewegung mein Haar zur Seite. Sein Blick jetzt auf meinen nassen Schenkeln, auf meinen entblößten Brüsten. Abscheu in seinem Gesicht. Ich begann wieder zu weinen. Er fasste unter meine Arme und half mir auf. Stützte mich und führte mich zum Bett. Mir knickten die Beine ein, so sehr schmerzten mein Bauch und mein Unterleib. Langsam ließ er mich aufs Bett gleiten, half mir, mich hinzulegen und deckte mich zu. Streichelte mein Gesicht. Seine Hände waren benetzt von meinen Tränen, Blut an seinen Fingern, Blut, das immer noch aus meiner Nase rann. Plötzlich schien mir, als seien diese Hände das Einzige, das mich noch mit dem Leben verband. Ich hielt sie fest. Zog sie an mein Gesicht heran und schloss die Augen. Ich war zerstört. Leer. Nichts mehr da, an das ich glauben konnte. Nur noch diese Hände.

13

Ricki wartete, bis ich aus dem Badezimmer kam. Ich hatte, zusammengekauert in der Wanne, geduscht, hatte ein paar Schmerztabletten geschluckt und dann im Kleiderschrank nach dem Nächstbesten gegriffen, das ich finden konnte.

»Was willst du jetzt tun?«, fragte er.

»Ich muss zu meiner Mutter, solange Tanja noch in der Schule ist. Sie soll mich nicht so sehen …« Ich deutete auf mein Gesicht.

»Ich werde sie wohl eine Weile dort lassen.« Meine Stimme hörte sich rau an, mein Hals begann zu schmerzen.

Er nickte. Plötzlich spürte ich es wie einen kalten Hauch: Er wünschte sich fort aus diesem Zimmer, das nach einem anderen Leben stank, nach einem, das er nicht kannte und mit dem er nichts zu tun haben wollte. Es passte nicht zu seinen Designermöbeln, zu seiner Espressomaschine, zu seinen schicken Autos und seinen Freundinnen mit den glatten Gesichtern. Als würde ich plötzlich schärfer sehen als vorher, als würden die Farben andere sein und das Licht greller. Wie er dastand, wie er alles in sich verschlossen hielt, die Ritzen dicht gemacht, damit mein stinkendes Leben nicht zu ihm drang. Er hatte nur ein Problem, und das war nicht ich, das war Werner. Ihn liebte er. Er war sein bester Freund.

Von diesem Moment an funktionierte ich wie jene Aufziehpuppe, die ich als Kind besessen hatte. Man zog sie mit einem Schlüssel am Rücken auf und – klack-klack-klack lief sie mit steifen Beinen durchs Zimmer. Fiel um, wenn irgendetwas im Weg lag. Bei mir hatte man den Schlüssel auch aufgezogen, und nichts durfte mehr im Weg liegen, sonst blieb ich liegen für immer.

Als wir die Wohnung verließen, begegnete uns eine Nachbarin. Ich drehte meinen Kopf zur Seite. Neben meinem Mund zeigte sich bis hinab zum Kinn bereits ein dunkler Bluterguss, die Haut war aufgeplatzt, meine Nase geschwollen und rot verfärbt, an der Kehle zeichneten sich die Druckstellen ab.

Vor dem Haus verabschiedeten wir uns. »Ich ruf' dich an«, sagte ich.

Er blickte mir nach. Ich ging zu meinem Auto, stieg langsam und mühselig ein, das Fleisch an meinen Schenkeln pochte, in meinem Unterleib zog sich alles zusammen, ein Schmerz, der bis in den Rücken ausstrahlte. Für einen kurzen Moment sah ich mein Gesicht im Rückspiegel. Blass, die Lippen zusammengepresst, die Augen voller Hass. Meine Bewegungen wie in Zeitlupe. Der Wagen sprang an, ich fuhr aus der Parklücke und hatte ständig Werner im Kopf, wie er voller Wut auf mich herunterschaute und mich fast auseinander riss mit seinen wütenden Stößen.

Ein Mann ging vorbei. Er glich Werner. Alle Männer glichen Werner. Mein Herz tat bei dem Gedanken, dass ich nie mehr sein konnte wie vorher, so weh, dass ich wieder zu weinen begann.

14

Dann saß ich am Tisch meiner Mutter, an dem ich schon so viele Male gesessen und mit ihr gesprochen hatte. Ungebügelte Wäsche lag darauf, daneben stand das Bügeleisen. Ich sah den schmiedeeisernen Leuchter, der in der Mitte des Erkers von der Decke hing, die hellen Spitzenvorhänge und den getrockneten Blumenstrauß auf dem Fensterbrett. Staubbällchen lagen zwischen den Halmen.

Meine Mutter stand in der Mitte des Raums und blickte mich zutiefst bestürzt an. Der Thermostat an der Heizung knackte. So friedlich, diese Wohnung, so vertraut. Fast war mir, als sei auch Vater wieder da – zum Greifen nah, wie er an der Tischkante lehnte und Mundharmonika spielte, während ich lange Zahlenreihen in ein Schulheft schrieb.

Ich verbarg mein Gesicht in den Händen. Mutter bewegte sich jetzt, ging nervös zur Couch und ordnete die Kissen neu an, strich über verblichenen Stoff, wandte sich dann zu mir und sagte, was ihr schon die ganze Zeit auf der Zunge lag: »Und da wunderst du dich? Wenn du von einem anderen Kerl kommst?«

Und wieder weinte ich. Die Tränen tropften auf meine graue Jacke. Bitte, Mama, flehte ich innerlich. Hilf mir!

Sie setzte sich zu mir an den Tisch und strich mir unbeholfen über den Arm. Ihre Stimme jetzt sanft, mitfühlend. »Das wird schon wieder gut werden, Doris. Wenn ihr euch in Ruhe aussprecht …«

Ich nahm die Hände vom Gesicht und starrte sie an. Sie war meine Mutter, und ich durfte sie nicht verabscheuen. Aber jetzt, in diesem Moment, verabscheute ich sie genauso, wie ich Werner verabscheute. Ich schüttelte ihre Hand von meinem Arm und stand auf. Ging weg von ihr.

Sie kniff die Lippen zusammen. »Was willst du denn tun? Dich scheiden lassen? Du musst doch auch an Tanja denken!«

Der Zorn machte meine Kehle so eng, dass ich kaum sprechen konnte. »Das ist alles, was dir einfällt?«, fuhr ich sie heiser an. »Ich sitze bei dir am Tisch, mein Mann hat mich verprügelt und vergewaltigt …« Ich schluchzte auf, zog mit einer heftigen Bewegung den Rock hoch, streifte die Strumpfhose bis zu meinen Knien hinab, die Beine gespreizt, und deutete auf die blauen Male, die Blutergüsse, die Kratzer auf meinen Schenkeln.

Meine Mutter wandte den Kopf ab.

»… und du sagst, ich muss auch an Tanja denken?«

Sie saß immer noch da, mit abgewandtem Kopf.

Mein Gott … was ging hier vor? Was, um Himmels willen, ging hier nur vor? Gab sie mir die Schuld? Ja, das tat sie, ich sah es an ihren Augen, an ihren Händen, die sie zu Fäusten geballt hatte, an ihrem Gesichtsausdruck, der eine Mischung aus Ablehnung und Hoffnung war. Sie hoffte, dass ich zur Vernunft kam. Dass ich nichts aus diesen vier Wänden hinaustrug. Dass die Leute nicht hinter ihr her tuscheln würden. Dass dieser Akt grausamer

Realität, Sexualität in ihren Augen, mit der ich sie konfrontierte, wieder aus ihrem Leben verschwand. *So* wollte sie nicht an Werner denken, den sie liebte wie einen Sohn, aber auch liebte wie jenen Mann, den sie nie hatte. Sie wollte, dass dieser Moment des Unbegreiflichen möglichst schnell vorüberging, und deshalb klammerte sie sich an meine Schuld. Mit einem anderen Kerl im Bett! Und da wunderst du dich?

Ja. Sie ließ mich im Stich. Ich erinnerte mich an einen bestimmten Tag, ich war vielleicht in Tanjas Alter. Mutter und Vater stritten um Geld. Vater hatte bereits seinen Mantel an, er wollte mit mir ins Marionettentheater gehen und hatte mir noch rasch ein Brot gestrichen. Sie machte ihm Vorwürfe und sagte, es sei völlig unsinnig, mich schon wieder in ein Theater zu schleppen. Nichts als Flausen würde er mir in den Kopf setzen. Ich müsse Hausaufgaben machen, für sie Einkäufe erledigen, das sei es, was ich tun müsse. Schließlich sei sie berufstätig und erwarte, dass auch wir uns ein bisschen ins Zeug legten. Vater lächelte und meinte, wir blieben doch nur zwei Stunden weg, er habe sich so auf diesen Nachmittag gefreut. Er schnitt das Brot in kleine Streifen, weil er wusste, dass ich es so am liebsten aß, und hielt mir einen Streifen hin. Mutter blickte mich nur an. Wenn du das Brot nimmst, wenn du anschließend mit ihm gehst, kannst du mich vergessen, warnte mich ihr Blick. Ich stand zwischen den beiden, ratlos, voller Angst. Ich wollte so gern die Hand ausstrecken, um das Brot entgegenzunehmen, ich wollte so gern mit Vater zu den Marionetten gehen, aber ich wagte nicht, meine Mutter zu erzürnen. Ich wollte sie auch nicht verletzen, weil ich fühlte, dass ein Quäntchen Wahrheit auch auf ihrer Seite lag. Und obwohl ich wusste, wie sehr ich Vater wehtat, schüttelte ich den Kopf und wies ihn zurück. »Ich bleib' da. Ich helfe Mama.« Noch heute erinnere ich mich an den Ausdruck in seinen Augen. Er legte das Stück Brot auf das Brettchen zurück und verließ schweigend die Wohnung.

Ja, ihn hatte ich im Stich gelassen, aber niemals meine Mutter. Weil ich hoffte, weil ich spürte, dass er die Menschen und das, was in ihnen vorging, besser verstand als sie. Also würde er auch mich verstehen. Sie aber erschien mir so einsam und schwach in ihrer Verbitterung, so hilflos in ihrer Ungerechtigkeit, dass ich es nicht übers Herz brachte, sie zu enttäuschen. Oft manövrierte sie mich in solche Situationen. Sie vertrat die Ansicht, dass sie mehr für mich tat als er. Also hatte ich sie gefälligst zu lieben. Mehr zu lieben als ihn.

»Ich lasse Tanja ein paar Tage hier«, sagte ich. »Sag ihr, ich bin krank geworden und dass ich sie jeden Tag anrufe.« Dann ging ich schnell hinaus und knöpfte meine Jacke zu. Durch die Tür sah ich, wie sie zur Spüle ging, einen Lappen nahm und immer wieder über die silbernen Hähne fuhr.

Ihr Anblick und die Sinnlosigkeit, die in ihren Bewegungen lag, lähmten mich. Am liebsten wäre ich in diesem Moment gestorben. Einfach wegtauchen, dachte ich, nichts mehr wissen, nichts mehr müssen, nichts mehr wollen. Hast du dich auch so gefühlt, Papa, als du dich umgebracht hast? So endlos traurig, so einsam, so verzweifelt? Mit dieser Sperre im Kopf, damit die schrecklichen Bilder, die dich quälen, nicht wiederkehren?

Ich nahm hastig meine Handtasche und verließ das Haus. Ich ertrug es einfach nicht mehr, meine Mutter zu sehen. Ich wollte auch nicht mehr an sie denken. Ich konnte nicht einmal mehr das Wort »Mutter« denken.

Ich rief im Drogeriemarkt an und bat um ein paar Tage Urlaub. Wagenbauer redete wie ein Buch auf mich ein. Dass ich morgen wieder kommen müsse, die Weihnachtsartikel seien eingetroffen, die Kassenkraft liege mit einer Grippe zu Hause, Elke sei völlig überfordert. Ich fluchte innerlich. Warum hatte ich mich nicht einfach krankgemeldet?

»Okay, dann bis morgen«, sagte ich und legte schnell auf.

Als ich die Wohnung betrat, bemerkte ich sofort, dass Werner hier gewesen war. Die Türen zu seinem Schrank standen offen, leere Bügel hingen darin, die Seitenfächer waren leer. Die Schublade, in der wir unsere Papiere aufbewahrten, hing heraus, seine Sporttasche fehlte.

Für einen Moment spürte ich Erleichterung. Und dann völlige Hilflosigkeit. Als verkörperten der leere Schrank und die Schublade, die er aus ihrer Schiene gerissen hatte, das Leben, das nun folgen würde. Nichts mehr in Ordnung, nichts mehr heil.

Ich räumte die Küche auf. Dann zog ich die Betten ab. Eine unsinnige Tätigkeit, schließlich war unser Bett nicht Schauplatz des Geschehens gewesen. Aber es erinnerte mich an die vielen Nächte, die eine Vorstufe waren zu dem, was heute mit uns geschehen war. Und ich wollte nicht erinnert werden. Nicht durch Werners Geruch, nicht durch eines seiner Haare auf dem Kissen, durch nichts, was mit ihm zu tun hatte.

Nur mein Bett erhielt ein frisches Laken, nur mein Kissen, meine Zudecke wurden bezogen. Über Werners Bett breitete ich ein buntes Leinentuch, legte Bücher darauf und meine Liedertexte. Dann ging ich ins Kinderzimmer. Als ich auf die Bauklötzchen am Boden blickte, auf den verrutschten Teppich, wurde mir übel. Ich öffnete das Fenster und atmete tief die kühle Luft ein. Verzweifelt war ich bemüht, meine Gedanken auszuschalten und nur Naheliegendes zu planen. Das Zimmer in Ordnung zu bringen, beispielsweise. Die zerrissene Wäsche, die Strumpfhose in den Wäschekorb zu stopfen. Die Verletzungen in meinem Gesicht mit einer entzündungshemmenden Paste zu bestreichen. Nochmals Schmerztabletten zu schlucken. Eine Tasse Tee zu trinken. Ich tat, was ich tun musste, nur um meine Gedanken auszusperren. Aber irgendwann gab es nichts mehr zu tun. Ich saß am Küchentisch, draußen dunkelte es bereits, die Straßenlampen gingen an. In der Wohnung war es still. Und mit der Stille kamen die verdrängten Gedanken. Und die sagten mir: So geht das nicht, Doris! Das darfst du nicht mit dir anstellen lassen! Du musst dich wehren! Sonst bleibst du ein beschissenes Opfer dein Leben lang.

Aber wie wehrt sich eine verheiratete Frau, deren Mann sie vergewaltigt hat? Was? Ach ja! Sie geht zur Polizei. Sagt, mein Mann hat mich vergewaltigt. Ich habe zwar den ganzen Dreck abgewaschen, aber in mir drinnen ist gewiss noch eine Menge von dem Zeug, das Sie für Ihre Untersuchung brauchen. Sie glauben mir nicht? Sehen Sie doch die blauen Male! Die Kratzer! Die Schwellungen!

Mir fielen Filme über vergewaltigte Frauen ein. Die Bilder, wenn sie unter der Dusche standen und das Wasser über ihren Körper rann. Damals hatte ich immer voller Verachtung gedacht: wie blöd von denen. Jedes kleine Kind wusste doch, dass die Polizei Beweise benötigte. Und jetzt hatte ich genauso irrational gehandelt. Hatte mich gerubbt und geschrubbt und gewartet, bis dieses entsetzliche Zittern nachließ, das mich so schüttelte, dass mein ganzer Körper bebte. Ich hatte alles wegwaschen wollen. Meine Tränen, den Rotz, der mir aus der Nase lief, das Blut, Werners Schweiß, die klebrige Feuchte zwischen meinen Beinen und den Geruch daran. Weg! Weg mit allem! Damit ich wieder wurde, wie ich vorher war. Sogar den Kopf hatte ich unters Wasser gehalten in der Hoffnung, dass auch die Erinnerung an das Geschehene fortgewaschen würde.

Also die Polizei. Dann der Arzt. Ich musste auch zum Arzt gehen. Aber zu welchem Arzt? Zu unserem Hausarzt? Dr. Arnold? Der hatte mir schon die Schutzimpfungen verabreicht und meine Masern kuriert, er befreite Mutter von ihren Kreuzschmerzen und verschrieb Werner all die Salben, die er für seine Sportverletzungen benötigte. Wenn ich zu ihm in die Praxis kam, behandelte er mich immer noch wie das kleine Mädchen, das ich einmal war. Und jetzt sollte ich in diesem Zustand bei ihm auftauchen? Sollte ihm die ganze traurige

Geschichte erzählen? Ihm, den Greifenbachs scheinbare Idylle so eingelullt hatte, dass sie sich sogar in seinem Gesicht spiegelte? Rote Bäckchen, ein herzliches Lachen, vergnügte Augen, weil die Welt im Großen und Ganzen doch ein netter, beschaulicher Ort war. Nicht wahr, Doris? Und einen lieben Gruß an die Familie ...

Ein fremder Arzt? Name? Kasse? Bitte füllen Sie zuerst den Fragebogen aus! Ein tastender Blick auf meine Verletzungen. Der Herr Doktor wird gleich ... nehmen Sie doch noch einen Moment Platz! Und dann in das fremde Gesicht hinein, in die fremden Augen, meine Geschichte. Ich bin Doris Wengler, zweiunddreißig Jahre alt, mein Mann und meine Mutter nennen mich eine Hure, ich bin vergewaltigt worden.

15

Am nächsten Morgen mussten wir im Drogeriemarkt als Erstes die Rollwagen mit Sonderangeboten beladen und ins Freie schieben. Dutzende billiger Plastikgestecke. Plastiktannenzweige, Plastiknüsse, grellrot gefärbte Kerzen. Weihnachten? Das kam mir wie ein Hohn vor.
Während wir die Wagen hinausschoben, spürte ich Elkes Blick. Auch Wagenbauer hatte mich gemustert, aber es war schließlich nichts Neues, dass ich Schrammen im Gesicht hatte. Ich kam mir so billig vor. Asozial. Ich wusste, was Wagenbauer dachte. Pack. Das schlägt sich und verträgt sich. Deshalb war ich zornig, als ich meinen Wagen vor die Tür schob. Ich knallte ihn an die Hauswand, ein paar der Kränze fielen zu Boden. Ich hob sie auf.
»Ich hasse diese Plastikdinger. Da stell' ich mir doch lieber eine Kerze ins Zimmer.«
Elke sah mich wütend an. »Jetzt hör auf mit dem Scheiß! Meinst du, ich seh' nicht, was los ist?«

Ich schluckte. Zündete mir eine Zigarette an. Ich fror. Wir trugen nichts über unseren Arbeitskitteln, und es war kalt.

»Also?«, fragte Elke.

Ich zuckte die Achseln. »Das Übliche.«

Elke zog ihre Lippen ein, runzelte die Stirn – sie war eindeutig verlegen.

Ich sprach ja nicht nur von mir, sondern auch von Werner, den alle für einen netten Kerl hielten, der hilfsbereit war, der die Autos der Freunde umsonst reparierte, auch Elkes Auto. Der nette Werner. Nein. Es musste raus. Ich musste es sagen. Einen Moment zögerte ich noch, dann sagte ich es. »Er ... er hat mich vergewaltigt.«

Elke lächelte, so überrascht war sie. Sie dachte wohl, ich mache einen Scherz.

»Werner? ... Wieso vergewaltigt?«

Alles lag in dieser Frage. Wieso muss dich dein Mann vergewaltigen? Geht das überhaupt? Wenn ich einen Mann hätte, also, der müsste mich nicht vergewaltigen.

Ich blies in meine kalten Hände. »Weil ich gestern erst morgens nach Hause gekommen bin. Ich war bei Ricki.«

Einen Moment Schweigen. Dann senkte sie den Kopf. »Ach so. Ja, dann ...«

Stille. Die Welt ausgeschaltet. Obwohl Leute an uns vorbeigingen, Autos vorüberfuhren. Elke hielt den Kopf immer noch gesenkt, ihre Mundwinkel nach unten gezogen. Verachtung. Ich spürte sie mehr, als dass ich sie sah. Dann schaute sie mich an und sagte: »Mein Gott, Doris, dir ist doch wirklich nicht mehr zu helfen!«

Es war wie ein Schock. Ihr Gesicht dem meinen so nah ... Ihre klaren Augen, die Wangenknochen, auf denen sie wie immer ein bisschen zu viel Rouge verteilt hatte, die Sommersprossen auf ihrer Nase. Was hatte sie gesagt? Unter meinem Blick senkte sie den Kopf wieder, trotzig, als sei ihr bewusst, was sie mir antat, als müsse sie trotzdem auf diese Art reagieren, weil sie so und nicht anders empfand.

In mir explodierte alles. Ich warf die Zigarette zu Boden. »Seid ihr jetzt alle verrückt geworden?«, schrie ich.

16

Ich wurde Elkes Blick und den Ausdruck ihres Gesichts nicht los. Völlig verwirrt stand ich in meiner weißen Kittelschürze am Bistrotisch einer Konditorei, trank ein paar Tassen Kaffee und rauchte eine Zigarette nach der anderen.

Ich hatte manches erwartet. Ja, auch die Reaktion meiner Mutter. Ich versuchte mir vorzustellen, wie es gewesen wäre, wenn sie mich in den Arm genommen und getröstet hätte. Ich sah, wie sie mir voller Mitgefühl übers Gesicht strich, wie sie empört über Werners Brutalität den Kopf schüttelte und mich zum Arzt brachte. Ich sah sie im Telefonbuch blättern und die Adresse eines Anwalts herausschreiben. Sie kochte mir Fleischsuppe wie damals als Kind, wenn ich krank im Bett lag. Sie sagte mir, wie sehr sie mich liebe und dass sie immer für mich da sein würde. Schönes Märchen. Denn ganz tief in meinem Inneren hatte ich, schon als ich zu ihr fuhr, geahnt, dass dies Wunschträume waren. Da nisteten so viele unverrückbare Dinge in ihrem Kopf: Ehemänner wie Werner sind Beschützer; sie können keine Vergewaltiger sein. Eine Frau betrügt ihren Mann nicht. Schande innerhalb der Familie hat ein Geheimnis dieser Familie zu bleiben. Die Tatsache, dass mein Vater sich das Leben genommen hat, hätte sie sehr viel besser verkraftet, wenn dieser Selbstmord nicht in der Zeitung breitgetreten worden wäre. Was für ein Unglück! Obwohl sie sich keinerlei Schuld gab, konnte sie sich doch ausrechnen, was hinter ihrem Rücken gesagt wurde. Dass Selbstmord immer ein Notruf sei. Dass die Familie doch hätte wissen müssen, wie es um diesen armen Menschen stand. Wochenlang hatte sie sich kaum aus dem Haus getraut, hatte, als sie wieder zu arbeiten begann, etwas von »endogenen Depressionen … stoffwechselbedingt, Sie wissen schon …«, gemurmelt und schwer daran getragen, dass sie auf diese Art und Weise ins Gerede kam. Und jetzt das! Eine Tochter, die ihren Mann betrog. Eine Prügelei. Eine Vergewaltigung.

Ja. Ihre Reaktion war vorhersehbar. Aber Elke! Meine beste Freundin! Die mir ihre Männergeschichten anvertraute. Die mir Ratschläge gab, wenn ich mit Werner in Streit geriet. Die mit mir lachte und tratschte, die mir zum Geburtstag meinen Glücksstein schenkte, die mehr von mir wusste als jeder andere Mensch. War sie eifersüchtig, weil es Ricki war, mit dem ich geschlafen hatte? Jedoch – war ihre Eifersucht stärker als ihr Mitgefühl? Gab es Solidarität unter Frauen nur, solange kein Mann dazwischentrat? Grauenhafter Gedanke. Oder war sie über meinen Seitensprung tatsächlich moralisch entrüstet? Obwohl sie ja all die Monate schon wusste, wie es zwischen mir und Werner stand. Und – wichtigste aller Fragen – gestand sie Werner zu, mich zu vergewaltigen, wenn ich mit einem anderen Mann schlief? Sagte sie sich: Recht geschieht ihr, warum betrügt sie ihren Mann?

Den ganzen Vormittag über zerbrach ich mir den Kopf, was nun geschehen sollte. Bei jedem Schritt spürte ich das schmerzhafte Brennen zwischen meinen Schenkeln, in meinen Schläfen hämmerte es, die Wunden in meinem Gesicht, besonders jene neben den Lippen und an der Nase, taten scheußlich weh. Ich versteckte mich im Drogeriemarkt hinter einem Regal, stand nur da und starrte auf die Preisschilder der verschiedenen Zahnpastatuben. Gegen Mittag bat ich Wagenbauer, mich nach Hause gehen zu lassen. Sein Blick! Auf mein Gesicht, auf die Male am Hals – ich kam mir vor wie ausgespuckt. Wenn er jetzt gesagt hätte, ich dürfe nicht gehen, ich glaube, ich hätte zu schreien begonnen.

Hätte geschrien und geschrien, die ganze Welt hätte ich zusammengeschrien. Aber er murmelte nur: »Ist auch besser, so wie Sie aussehen«, und wandte sich verächtlich wieder irgendwelchen Auftragslisten zu.

Zu Hause verkroch ich mich. Ich lag zusammengerollt wie eine kranke Katze auf meinem Bett, meine Gedanken irrten im Kreis. Es erschien mir absurd, dass draußen vor der Tür das Leben weiterging, als sei nichts geschehen. Ich hörte Autos vorbeifahren, Kinder schrien, ein Hund bellte. Ich spürte meine geschwollenen Lippen, sie klebten an den Zähnen, meine verbrannte Hand fühlte sich an wie ein Klumpen, der mir am Arm hing. Ich dachte mir eine Geschichte aus. Dachte mir aus, wer alles aufstehen und wie beim Jüngsten Gericht Werner beschuldigen würde. Meine Mutter, Elke, Ricki, all die Freunde aus dem »Havanna«, Wagenbauer, sogar Frau Koschnik mit ihrer Einkaufstasche und dem gutmütigen Gesicht stand da, deutete mit dem Finger auf ihn und schrie: »Du Scheißkerl!«

Ich schob die Geschichte weg. Sie tat zu weh, um sie in all ihrer Unwirklichkeit zu Ende zu denken. Aber sie hatte auch ihr Gutes; denn sie machte mich zornig. Mein Herz schlug immer schneller, so dass ich fast keine Luft mehr bekam. Ich setzte mich auf und sagte laut: »Das darfst du dir nicht gefallen lassen!« Ich lauschte meiner eigenen Stimme nach und wiederholte: »Das lässt du dir nicht gefallen!« Eine Weile blieb ich ganz ruhig. Dann wiederholte ich es noch einmal: »Das lässt du dir nicht gefallen!«

Ich ging ins Badezimmer, kramte meine zerfetzte Wäsche aus dem Korb, stopfte sie in einen Stoffbeutel, zog meine Jacke an und verließ das Haus.

17

Das Untergeschoss des Bahnhofs. Die Menschen hasten aneinander vorbei. Es riecht nach Zigarettenrauch, abgestandenem Bier und feuchten Klamotten. Auch auf meiner Lederjacke liegt Nässe. Es regnete, als ich zum Auto ging.

Die Kabine mit dem Fotoautomaten liegt am Ende des langen Gangs. Ich ziehe den roten Vorhang zur Seite, hole Silbergeld aus meiner Börse, ziehe den Vorhang zu und nehme die Sonnenbrille ab, die ich trage, um mein Gesicht zu tarnen. Ich blicke in den Spiegel. Ich komme mir fremd vor. Alt. Böse. Kalt. Und voller Hass.

Ich werfe die Münzen ein, es blitzt ein paar Mal auf, die ersten Bilder, die mein zerschundenes Gesicht zeigen. Dann schiebe ich meinen Pullover hoch bis zum Hals, die Blutergüsse längs des Schlüsselbeins bis zu meinen Brüsten werden sichtbar. Wieder werfe ich Münzen ein, wieder blitzt es kurz auf. Nun steige ich auf den Hocker, zerre meinen Rock nach oben und rolle die Strumpfhose bis zu den Knien. Ich muss mich an der Wand festhalten, weil der Drehhocker wenig Platz bietet und wackelt. Ich will wieder eine Münze einwerfen, als der Vorhang zur Seite geschoben wird und ein älterer Mann mit fettigem Haar und einer Baskenmütze hereinsieht. Er grinst.

»Locker vom Hocker, oder wie?«, sagt er und schaut meine nackten Schenkel an.

In diesem Moment bricht all die Wut aus mir hervor, die sich den ganzen Tag angestaut hat. Brennend heiß, feuerrot. Am liebsten würde ich um mich treten und den Spiegel bespucken. Ich zerre meinen Rock nach unten, springe auf den Boden und schubse den Mann mit aller Gewalt aus der Kabine.

»Verpiss dich!« Wieder schubse ich ihn. Er ist so überrascht, dass er mit offenem Mund rückwärts den Bahnhofsgang entlangstolpert.

»Ich hol' die Polizei!«, kreische ich.

Der Mann sieht sich Hilfe suchend nach ein paar Passanten um, die ihn misstrauisch mustern. »Die spinnt doch«, sagt er empört.

Die Situation ist grotesk. Ich muss wie eine Furie wirken. Ich schnaube in seine Richtung und stampfe mit dem Fuß auf. In diesem Moment verkörpert er für mich alle beschissenen Männer auf der ganzen beschissenen Welt. Ich hätte nicht die geringste Schwierigkeit, ihn umzubringen. Ich werfe ihm noch mal einen vernichtenden Blick zu, gehe in die Kabine zurück und ziehe mit einem Ruck den Vorhang zu. Steige wieder auf den Hocker und fotografiere meine Schenkel, auf denen die Blutergüsse sich wie dunkle Striemen abzeichnen.

Dann warte ich auf die restlichen Fotos. Als ich sie aus dem Apparat ziehe und anblicke, wird mir übel. Galle sammelt sich in meinem Mund. Diese Art von Bildern, versehen mit schreienden Überschriften, findet man in Boulevardzeitungen. Ich wirke wie eine Prostituierte, vermöbelt und gequält von ihrem Zuhälter. Kaum zu glauben – das bin ich. Doris. Ich heirate heute die schönste Frau von Greifenbach …, höre ich Werner in den dunklen Nachthimmel brüllen, während ich lachend meinen Brautstrauß in die Luft werfe. Und jetzt? Schmutz! Der letzte Dreck! Mein Gesicht, mein Körper … Was hat man mir angetan? Was hat er mir angetan? Alles ist zu Ende, zunichte gemacht, nichts Schönes wird es mehr in meinem Leben geben, weil es kein Vertrauen mehr gibt.

Am liebsten würde ich die Fotos vernichten. Aber sie stellen ein Beweisstück dar, so weit bin ich in meinen Gedanken bereits.

Ich suche ein Schließfach, lege die zerrissene Wäsche hinein, die Fotos darauf, sperre ab und stecke den Schlüssel in meine Brieftasche. Als ich die Treppen, die ins Freie führen, hinauflaufen will, fällt mein Blick auf eine Telefonzelle. Ich kehre um und rufe Ricki an. Obwohl ich mich noch genau an seine Distanz erinnere, als er mir in meiner Wohnung gegenüberstand, hoffe ich – eine winzig kleine Flamme der Hoffnung –, dass es doch noch einen Menschen gibt, der zu mir hält. Ganz warm wird mir bei dem Gedanken, Rickis Stimme zu hören, mich mit ihm unterhalten zu können, mich von ihm trösten und mir Mut zusprechen zu lassen.

Doch er ist nicht da, oder er will nicht abnehmen, der Anrufbeantworter ist eingeschaltet.

»Ricki. Wenn du da bist, dann nimm doch ab!«, sage ich flehend. Nichts. Ich warte noch ein paar Sekunden, dann lege ich auf. Die Enttäuschung legt sich wie Blei auf meinen ganzen Körper. Er hat sich nicht mehr bei mir gemeldet. Warum?

Ich bleibe in der Telefonzelle stehen, den Hörer in der Hand. Plötzlich weiß ich es, auch wenn ich die Erkenntnis den ganzen Tag verdrängt habe: Ich bin allein. Keine Hilfe. Allein, allein, allein.

Mein Blick fällt auf ein Plakat mit den Nummern der Polizei und der Notdienste. Du kannst nicht allein sein, bettelt eine Stimme in mir. Weil du's allein nicht schaffen wirst. Doch eine andere, böse Stimme sagt: Scheiß auf die anderen! Pack deine Koffer! Nimm Tanja, und lass dieses gottverdammte Nest hinter dir! Fang ein neues Leben an!

Ein neues Leben – das gibt es nicht. Weil man das alte mit sich herumschleppt. Weil das alte Leben in deinem Kopf sitzt und in deinem Herzen, dann könntest du dir höchstens deinen Kopf abhacken und dir dein Herz herausreißen. Also muss ich es mit dem Leben aufnehmen, das ich habe, ich muss der Wahrheit ins Gesicht sehen. Die wahre Frage lautet demnach: Wie kann ich zulassen, dass man mich vergewaltigt, ohne dass es für den Täter Konsequenzen gibt?

Aber der Täter ist dein Mann, flüstert wieder eine dieser Stimmen. Na und?, keift die zweite. Er hat eine Straftat begangen. Es muss doch so etwas wie Sühne geben!

Sühne ... Ändert Sühne etwas an dem Geschehenen? Nein. Aber vielleicht an dem Kommenden?

Ich verlasse die Telefonzelle und setze mich auf eine Bank, neben der ein Abfallkorb steht. Bananenschalen liegen darin, leere Cola-Dosen, verbrauchte Fahrscheine. Mir wird bewusst, dass es unwichtig ist, wie andere Menschen mich beurteilen. Es geht auch nicht um Tanja, denn letztendlich ist ihr Wohlbefinden eng verknüpft mit dem meinen. Nein, es geht um mich. Ausschließlich um mich. Ich muss mich entscheiden. Dazu gehört auch die Frage, ob ich Werner jemals verzeihen kann. Ob ich mich jemals wieder von ihm berühren lassen kann. Sofort erinnere ich mich an seine Augen, nur eine Handbreit von meinem Gesicht entfernt, diese Augen, die nicht mich sehen, sondern in wütender Konzentration auf den Orgasmus warten, während seine Hüften auf mich niederfahren und seine Stöße mich auseinander reißen. Ich sehe seine Wangen, die sich während seines heftigen Atmens aufblähen. Ich spüre noch einmal Tanjas Bauklötzchen, die sich in meinen Rücken und meinen Hintern bohren. Fühle die Pein. Die Erniedrigung. Die bodenlos schwarze Verzweiflung.

Nein! Nie wieder! Er soll mich nie wieder berühren, nie wieder in meine Nähe kommen. Ich hasse ihn, ich will, dass er für seine Tat bezahlt.

Aber eine Anzeige? Ihn vor den Kadi schleppen? Irgendwann einmal wird Tanja es erfahren. Alles in mir sträubt sich dagegen. Ich mag Werner hassen – aber sie? Er ist ihr Vater. Ein zärtlicher, netter, verständnisvoller Vater. Sie braucht ihn. Sie braucht den Schutz der Familie. Keine geschändete Mutter, keinen schandbaren Vater. Und wieder die Frage: Was wird dann aus mir? Herrgott!, flehe ich. Sag mir doch, was ich tun soll!

Ich sitze eine Ewigkeit so da und betrachte die vorübergehenden Leute, ohne sie wirklich wahrzunehmen. Dann fasse ich einen Entschluss: Ich werde mit einem Anwalt sprechen. Das bedeutet noch keine Anzeige, beruhige ich mich. Das bedeutet nur, dass ich nicht mehr so grauenhaft allein bin, dass jemand da ist, der mir zuhört ... wirklich zuhört.

18

Stefan Danzers Namen und seine Adresse fand ich im Telefonbuch. Nicht unter den protzigen, dick umrahmten Einträgen wie dem der Kanzlei Brettschneider am Marktplatz. Nein. Sein Eintrag war klein, dezent, so dass ich die Hoffnung nähren konnte, seine Rechnung würde es auch sein. Ich rief ihn an und vereinbarte einen Termin für den Spätnachmittag. Ich fühlte mich erleichtert. Schon eine halbe Stunde vorher bog ich in die kleine Straße ein, in der sein Büro lag. Ich ging an dem Haus vorbei, betrachtete die graue Fassade, die Fenster, die paar ausgetretenen Steinstufen, die zur Eingangstür führten. Da drinnen saß jetzt einer, der mir helfen würde. Der auf mich wartete, sich meine Geschichte anhörte und mir das grauenhafte Gefühl nahm, auf keine Menschenseele mehr zählen zu können. Zum ersten Mal, seit Werner mich gepackt und zu Boden geworfen hatte, wichen die Erstarrung und auch das Entsetzen, das wie eine dunkle Wolke auf mir lag.

In Danzers Büro, einem kleinen Raum, standen einige Regale, ein dunkelbrauner Schrank, aus dem Akten quollen, und ein Schreibtisch, vor dem ein Besucherstuhl stand. Überall lagen Stöße von Papier und Bücher mit Gesetzestexten herum, in denen blassgelbe Merkzettel steckten.

Er saß hinter seinem Schreibtisch. Ein dicker Mann, und doch empfand man ihn anders. Er wirkte eher kompakt, als sei alles am richtigen Platz, die Muskeln, das Fleisch, die abfallenden Schultern, der wuchtige Kopf. Das Haar trug er kurz geschnitten, auf der Stirn traten ein paar Adern hervor. Das dunkle

Hemd war am Kragen aufgeknöpft, darunter trug er ein weißes T-Shirt. Er sprach leise, beruhigend, sehr sachlich.

»Sind Sie schon lange verheiratet?«

»Acht Jahre«.

»Und Ihr Mann? Hat er Sie schon öfter verprügelt? Oder erst in letzter Zeit?«

»Na ja ... nicht gerade verprügelt«, antwortete ich zögernd.

Er blickte mich abwartend an.

»Er ist sehr jähzornig, wissen Sie? Und wenn ihm was nicht gepasst hat, dann kam's schon vor, dass ihm die Hand ausrutschte. Schon immer. Und immer tat's ihm sofort wieder Leid.«

Danzers Gesicht verriet keinerlei Regung. Das machte mich nervös.

»Sie sind also ohne ihn nochmals zurück in die Kneipe?«

Ich nickte. Jetzt sah er mich aus halb geschlossenen Augen an, als traue er mir nicht über den Weg. »Und wegen so einer Lappalie verprügelt und vergewaltigt er Sie?«

Ich biss die Zähne zusammen. Was war er? Werners Fürsprecher?

»Es gibt überhaupt keinen Grund, einen anderen zu verprügeln und zu vergewaltigen, oder seh' ich das falsch?«, antwortete ich ruppig und bohrte meine Nägel in die Handflächen.

Wieder keine Reaktion von ihm. Vielleicht hätte ich doch zu Brettschneider gehen sollen? Vielleicht hatte ich mich in ihm getäuscht? Dieser Mann war kein Mensch, sondern eine Maschine. Keinerlei Mitgefühl. Nur dieses unbewegte Gesicht, der forschende Blick, als wolle er mich sezieren.

»Haben Sie mit ihm noch mal darüber gesprochen?«

Wie bitte? Ich beugte mich vor. Flüsterte: »Komm, Liebling. Lass uns doch noch ein bisschen über diese blöde Vergewaltigung reden. Das war gar nicht lustig, weißt du?«

Ich ließ mich zurückfallen und sah ihn feindselig an. Doch er blieb unbeeindruckt und wachsam. Bei all meinem Zorn – ich konnte es ihm nicht verdenken. Da war ja tatsächlich etwas an meiner Geschichte, das stutzig machen musste. Aber ich war seine Klientin. Warum verhielt er sich bei all seinen Vorbehalten mir gegenüber nicht netter?

»Ich kapier's trotzdem nicht«, sagte er. »Handgreiflich werden ... gut. Hat er öfter getan, und Sie haben's ihm verziehen. Aber vergewaltigen?«

Tja ... Des Pudels Kern. Es half nichts, ich musste deutlicher werden. Also erzählte ich ihm, Werner und ich hätten in letzter Zeit nur noch Zoff miteinander gehabt, weshalb ich nicht mehr mit ihm schlafen wollte.

Natürlich. Das verstand er. »Aha.« Er nickte. »Und wo ist Ihr Mann jetzt?«

»Im Vereinsheim von seinem Fußballclub wahrscheinlich. Dort gibt's eine Kneipe und ein paar Fremdenzimmer.«

»Gibt es Zeugen für die Vergewaltigung?«

»Klar. Ich habe vorher Einladungen verschickt.«

Wieder keine Reaktion. Er sah mich durchdringend an, als wolle er alles, was ich von mir gab, aufsaugen, filtern, isolieren und identifizieren. Das machte mich noch nervöser.

»... Ricki«, sagte ich. »Das ist ein Freund von uns. Der kam, um nachzusehen. Als alles schon vorbei war.«

»So früh am Morgen?«

Ich erklärte ihm, dass Ricki sich auch in der Kneipe aufgehalten habe. Dass er Werners bester Freund sei. Dass er wohl aus Sorge um uns nachgesehen habe. »Er kennt Werner, wenn der sauer ist«, schloss ich.

Danzer überlegte, nickte nachdenklich und atmete dann durch. »Na, das ist doch großartig. Dann haben wir ja einen Zeugen.« Er zündete sich eine Zigarette an. »Und Ihre Tochter war bei der Oma, sagen Sie?«

»Da ist sie immer nach der Schule. Oder wenn wir abends ausgehen.«

Wieder dieser nachdenkliche Blick und das fast unmerkliche Nicken. »Das wird schwer.« Kleines Lächeln jetzt. »Aber wir haben diesen Ricki ... das ist nicht schlecht ... gar nicht schlecht.« Dann, nach einer Pause: »Und Sie sind wirklich davon überzeugt, dass Sie Ihren Mann anzeigen wollen?«

Machte er Witze? Ich fühlte, wie meine Augen nass wurden. »Überzeugt? Überzeugt bin ich, dass ich im Drogeriemarkt zu wenig verdiene. Und dass mir die Farbe Gelb nicht steht. Aber ob ich meinen Mann anzeige und meine Familie kaputt-mache ...« Ich schluckte und bemerkte nun doch Mitgefühl auf seinem Gesicht. Nur ein kleines Zwinkern der Augen, ein Ein-ziehen der Lippen, aber es tat gut. Ja, nicht wahr? Wie genüg-sam man doch wurde.

Ich stand auf und ging zur Tür. »Ich gebe Ihnen morgen Be-scheid.«

Er nickte und sah mir nach.

Schweiß auf meiner Stirn, unter den Achseln. Er war der Ein-zige, auf den ich zählen konnte. Dieser dicke Mann hinter seinem Schreibtisch, der nicht wusste, ob er mir trauen konnte, war alles, was mir geblieben war.

19

Herrgott, war ich ratlos. Ruhelos lief ich durch die Straßen und zermarterte mir das Gehirn, schwankte hin und her zwischen Zorn und Hoffnung. Wozu hatte ich diesen sonder-baren Anwalt aufgesucht? Dass er mich unter die Lupe nahm wie eine Verbrecherin? Ich erwartete, dass er mich in meiner Meinung bestätigte, dass er mir überhaupt erst eine Meinung gab. Dass er im Brustton der Überzeugung sagte: »Sie haben gut daran getan, Frau Wengler, sofort zu mir zu kommen. Ihr Mann muss bestraft werden.« Aber nein. Er gab die Verantwortung an mich zurück. *Und Sie sind wirklich überzeugt davon, dass Sie Ihren Mann anzeigen wollen?*, äffte ich ihn nach, während ich einen Park durchquerte. Hoch über meinem Kopf am dunklen Himmel ein Flugzeug. Fluchtgedanken. Dieses Flugzeug, verheißungsvoll in eine lichtblaue Zukunft schwebend, und unten die sich entfernende, versunkene Vergangenheit. Flucht als Ausweg. Ich blieb stehen. Konnte man in einer immer währenden Gegenwart leben und die Vergangenheit vergessen? Oder nützte es, wenn man die Vergangenheit einfach verdrängte, tief in sich verschloss? Ich begriff, dass die Fragen nach dem Warum sowieso ein Leben lang bleiben würden und nicht restlos beantwortet werden konnten. Auch das Misstrauen würde bleiben. Und der Schmerz, da ich meine Fähigkeit zu vertrauen verloren hatte. Was ich tun konnte, war, einen bestimmten Weg einzuschlagen. Wenn ich das, was mir geschehen war, annahm als etwas, das Teil meines Lebens war – das pathetische Wort »Schicksal« mochte ich nicht einmal denken –, dann hatte ich auch das Recht auf die Einsicht der anderen. Nicht Rache wollte ich, sondern Sühne.

Das aber bedingte Ehrlichkeit. Doch ich war nicht ehrlich. Dass ich mich so elend fühlte, lag auch daran, dass mich nicht die Fragen, die Danzer gestellt hatte, beunruhigten, sondern die Fragen, die er nicht gestellt hatte. Zum Beispiel: Haben Sie mit diesem Ricki geschlafen? Wann? Ach! In der gleichen Nacht, als Ihr Mann Sie vergewaltigte? Ja, ich hätte ihm davon erzählen müssen. Sonderbarerweise hielt nicht Scham mich davon ab, sondern die Befürchtung, dass er Scham bei mir voraussetzte für etwas, das ich in meinem Inneren als richtig betrachtete, das ich nicht rückgängig machen wollte und das nur durch mich zu beurteilen war.

Ich kam an dem freien Platz vorbei, auf dem im Frühjahr das Festzelt, die Achterbahn und die Schießbuden aufgebaut wurden. Ich dachte an all jene Augenblicke, da Werner und ich glücklich gewesen waren. Dachte daran, wie alles begann. Die ersten Disco-Abende. Das erste Mal, als wir uns küssten. Als wir miteinander schliefen … schnell musste es gehen, weil meine Mutter nur im Kino um die Ecke war. Der Abend, als er mir sagte, er wolle mich heiraten. Die Kataloge, die wir nach billigen Möbeln durchforsteten. Das silberne Medaillon, das er mir an dem Tag schenkte, als ich ihm sagte, ich sei schwanger. Tanjas Geburt – er stand an meinem Bett und weinte. Seine Tränen tropften auf die Bettdecke, und er, der starke Kerl, machte sich gar nichts daraus, im Gegenteil. Er grinste die Frau im Nachbarbett an und meinte, seine Tochter sei einfach zum Heulen schön. Dann unsere erste gemeinsame Urlaubsreise nach Spanien. Tanja saß auf seinen Schultern, er stapfte durch den Sand und wandte sich immer wieder mit strahlendem Gesicht zu mir um. Ja, da hatten wir den Höhepunkt erreicht und ahnten nicht, dass der Weg von nun an nach unten führte. Weil ich nicht funktionierte. Weil er immer öfter zuschlug. Sein Glück hing einfach von anderen Dingen ab als das meine. Er sehnte sich nach einer gesicherten Existenz und nach Geborgenheit in der Familie und im Freundeskreis. Das klingt großartig, viele Menschen besitzen weder das eine noch das andere. Wir besaßen es – in Werners Augen. Tagsüber arbeiten, abends ein bisschen fernsehen, zwei-, dreimal die Woche Sex auf die Schnelle und dann natürlich die Freunde im Fußballclub. Ja, er hatte erreicht, was er sich ersehnte, und benahm sich wie ein wohlhabender Gutsherr, dessen Bilanzen zwar stimmten, den es aber wenig scherte, wie es im Inneren der Leute aussah, die mit ihm lebten. Was für ihn richtig war, musste dies auch für die anderen sein. Manchmal schien mir, das ganze Unglück der Welt bestehe nur darin, dass jeder glaubt, sein Weg sei zwangsläufig auch der richtige Weg für den anderen.

Ich stand vor Rickis Auto-Center. Auf dem großen Hof glänzten feucht die Pflastersteine, graue Pfützen bildeten sich durch den Regen.

Werner arbeitete in der Halle an einem roten Kombiwagen. Geschickt lockerte er mit einem Schraubenschlüssel eine Radmutter und klopfte mit den Knöcheln rostige Stellen ab. Ich blieb stehen und beobachtete ihn. Er sah aus wie immer. Wie konnte er das? Wie konnte er dastehen, den Rost vom Wagen klopfen und so tun, als sei nichts geschehen? Ich vergrub meine Hände in den Jackentaschen.

Da bemerkte er mich. Er richtete sich auf, nahm einen alten Lappen und rieb sich den Rost von den Fingern. Blickte mich dabei unverwandt an und kam auf mich zu. Als er in mein zerschundenes Gesicht sah, verengten sich seine Augen zu kleinen Punkten, als wollten sie nicht wahrnehmen, was sie sahen. Alles an Werner schwitzte Unbehagen aus. Er schwieg, stand nur so da.

»Ist dir klar, was du getan hast?«, fragte ich endlich.

Sein Gesicht verfinsterte sich. »Es tut mir Leid, echt. Aber weißt du auch, was du gemacht hast? Was du mir angetan hast? Das ist doch viel schlimmer als das …« Er unterbrach sich und zuckte mit den Achseln.

»… als das bisschen Vergewaltigung?«, brach es aus mir hervor. Mochte sein, dass ich vorher gezweifelt hatte. Dass ich schwankend gewesen war, unsicher, voller selbstquälerischer Fragen. Dass ich gehofft hatte, seine bedingungslose Reue würde mich vor einer Entscheidung retten. Aber nun hoffte ich nicht mehr. Nun wusste ich, dass andere Menschen ihm klarmachen mussten, dass ich nicht sein Eigentum war. Dass es verwerflich war, einer Frau Gewalt anzutun, egal, welche Gründe er dafür aufzählen mochte.

Ich drehte mich um und ging weg.

DRITTES KAPITEL

1

Ein grauer Tag. Das Zimmer der Kriminalbeamtin war spärlich möbliert. Ein paar Aktenschränke, zwei Schreibtische, an einem saß Frau Beck, die mich vernahm, an einem anderen eine junge Frau, die alles mitschrieb, was wir besprachen.

Stefan Danzer hatte neben mir Platz genommen. Er trug einen Trenchcoat und einen gestreiften Wollschal. Sein Gesicht blieb während der ganzen Vernehmung ausdruckslos. Die Hauptperson war ich: Doris Wengler, die ihren Mann wegen Körperverletzung und Vergewaltigung anzeigte.

Hannelore Beck war eine Frau um die vierzig. Sympathisch. Mit dunklen Haaren und einem netten, einfühlsamen Lächeln. Ich hatte meine Sonnenbrille abgenommen, obwohl es mir schwer fiel. Die Haut um meinen Mund und die blutunterlaufenen Stellen unterm Auge taten immer noch weh. Ohne meine große Brille fühlte ich mich völlig preisgegeben, ich konnte die Demütigung und die Schande nicht bei mir behalten, ich zeigte sie her. Was war das für eine Person, mit der man so umspringen konnte – meine Freunde hätten gesagt: umspringen musste?

»Das Ganze fand also vor drei Tagen statt ... am elften November?«, fragte sie.

Ich nickte. »Ich weiß, ich hätte gleich kommen sollen. Aber ich wollte erst nachdenken. Ich habe ein Kind, wissen Sie ...« Ich schluckte mühsam, um ein bisschen Speichel in meinen trockenen Mund zu kriegen. Ich dachte an Tanja, die jetzt bei meiner Mutter saß, am Küchentisch, die Buntstifte ausgebreitet. Sie wusste nicht, dass hier in diesem trostlosen Zimmer ihre kleine Welt, ihr Hort, ihre Sicherheit, kaputtgehen würden. Ich hatte ihr am Telefon erzählt, dass ich krank sei. Nichts Schlimmes. Aber Husten und Schnupfen, und dass ich sie nicht anstecken wolle. Tanja schickte tausend Küsschen durchs Telefon, auch an Papa, natürlich auch an Papa, und mir liefen die Tränen übers Gesicht, als ich ihr versprach, ihm alles auszurichten.

»Als Ihr Mann ins Kinderzimmer kam, wie war er da bekleidet?«

»Hose, Hemd, Schuhe …«

Hannelore Beck blickte auf ihre Notizen. »Er hat den Gürtel aus seiner Hose gezogen, Sie an den Haaren gerissen und auf den Boden geschmissen.«

»Ja«, antwortete ich rau.

»Dann hat er sich auf Sie gesetzt und mit dem Gürtel auf Sie eingeschlagen. Dabei hat er Sie beschimpft. Er riss Ihnen die Bluse auf und hat versucht, Sie zu küssen.«

Das alles klang fremd. Als säße ich im Kino, und auf der Leinwand rollte der Film ab. Ich sah, wie Werner mich packte, ich spürte Tanjas Bauklötzchen in meinem Rücken, ich hörte das Knacken meiner Knochen im Gesicht.

»Was war anschließend?«

»Er hat mich mit der Hand ins Gesicht geschlagen.«

Wieder ein Blick auf die Notizen. »Dann hat er Ihnen die Strumpfhose und den Schlüpfer vom Leib gerissen und Ihre Schenkel auseinander gedrückt.«

Ich schloss gequält die Augen. »Ja … Genügt das jetzt nicht?«

Eine kleine Regung bei Danzer. Die erste. Sein Gesicht sagte mir: Nein, es genügt nicht.

Hannelore Beck musterte mich mitfühlend. »Möchten Sie eine Tasse Kaffee?«

Ich nickte. Sie stand auf, holte eine Tasse und schenkte aus einer Warmhaltekanne Kaffee ein. »Sie auch?«, fragte sie Danzer.

Er bewegte sich und ächzte. »Anwälte sind alle Gastritiker, wussten Sie das? Aber trotzdem, gern, danke.«

Als wir unseren Kaffee hatten, setzte sich Hannelore Beck wieder hinter ihren Schreibtisch. »Gut. Machen wir weiter! Wo waren seine Hände genau, als er Ihre Schenkel auseinander drückte?«

Ich stellte mit einem Ruck die Tasse ab. »Was?«

»Wo waren sie? An den Knien? Weiter oben?«

Ich blickte sie empört an. Was sollte diese beschissene Frage?

»Hören Sie ... Es ist besser, wir klären im Vorfeld alles ab. Ihre Aussage muss hieb- und stichfest sein. Das ist auch gut für Sie, glauben Sie mir!«

Mühsam beruhigte ich mich. Ließ den Film wieder abspulen. »Er warf mich auf den Boden – ich fiel auf die Bauklötzchen meiner Tochter, es tat scheußlich weh. Als er mir die Strumpfhose herunterreißen wollte, drückte er sein Knie in meinen Bauch. Anfangs habe ich mich gewehrt, aber dann nicht mehr. Wissen Sie ... seine Augen ... Da war so ein Ausdruck ... so schrecklich ...« Ich schwieg.

»Welches Knie? Das rechte oder das linke?«

Ich erstarrte. Glaubte sie wirklich, man konnte rechts und links auseinander halten, während der eigene Mann über einem hockte und vorhatte, einem alles zu nehmen, was man besaß? Körperliche Unversehrtheit, Würde, Stolz, den eigenen Willen?

»Das ist doch scheißegal, welches Knie, verdammt noch mal! Er riss mir alles vom Leib, holte seinen Schwanz raus, presste mir mit beiden Händen die Schenkel auseinander – die Schenkel! nicht die Knie, nicht die Beine, die Schenkel! – und ... stieß in mich hinein. Und fragen Sie mich jetzt nicht, ob's sein eigener Schwanz war und wo sich seine Eier in dem Moment gerade befanden ...«

Ich sprang auf und rannte aus dem Zimmer. Zur Treppe. Nach

den ersten paar Stufen holte Danzer mich ein. Ich zitterte und versuchte, den Reißverschluss meiner Jacke hochzuziehen. Befreite mich zornig aus Danzers Griff und ging ein paar Stufen weiter. Seine Stimme hielt mich auf.

»Frau Wengler! Sie können nicht einfach hergehen und sagen: ›Ich bin vergewaltigt worden, und damit hat sich's.‹ Das wäre genauso, als würden Sie sagen: ›Ich bin ausgeraubt worden, aber ich verrate nicht, wo das war und was der Räuber genau gemacht hat.‹«

»Das ist ja wohl was anderes!«, fauchte ich ihn an.

»Im Prinzip nicht. Jede Anzeige erfordert ein Protokoll. Und ein Protokoll ist die schriftliche Zusammenfassung der wesentlichsten Ereignisse. Es dient Ihrer eigenen Glaubwürdigkeit vor Gericht.«

»Und es ist ein wesentliches Ereignis, welches Knie mir mein Mann in den Bauch gerammt hat!«

»Natürlich. Denn wenn es beide Knie gewesen wären, wäre es ihm sehr viel schwerer gefallen, Ihnen den Rock hochzuschieben und die Strumpfhose zu zerreißen. Die Glaubwürdigkeit – sag' ich Ihnen doch.«

Ich atmete heftig aus. Er hatte ja Recht, verdammt. Ich sah es ein. Aber etwas einzusehen hieß noch lange nicht, dass man es über sich brachte zu tun, was erforderlich war. Plötzlich fühlte ich mich so schwach und müde, dass ich mich am liebsten auf die Treppenstufen gesetzt hätte.

Danzer wartete. Eine ganze Weile lang sahen wir uns an, dann nickte ich und ging wieder mit ihm nach oben. Bevor wir das Vernehmungsbüro erreichten, trat eine Journalistin aus einem der Zimmer. Die gleiche Journalistin, die Werner nach dem Fußballspiel interviewt hatte. Die »Greifenbacher Nachrichten« waren ein Provinzblatt. Da machte ein Redakteur an einem Tag die Sportreportage und am anderen das Interview mit dem Bürgermeister.

Danzer kannte die Jounalistin. Er grinste. »Hallo, Jola. Was für eine Freude an diesem trüben Tag!«

Sie lächelte ihn an. »Wie geht's dir denn?«

Er hob die Schultern. »Na ja … du weißt ja.«

Jola musterte mich neugierig, sie schien sich an mich zu erinnern und schaute verstohlen auf das Schild an Hannelore Becks Büro. »Kommissariat für Sexualdelikte«.

»Trinken wir mal wieder ein Bier zusammen?«, fragte sie.

»Klar. Auch zwei.« Danzer seufzte. »Tja, wir müssen wieder rein.«

Sie warf mir noch einmal einen forschenden Blick zu und wandte sich zur Treppe. Drehte sich aber noch einmal um, als wir das Büro betraten.

2

Nach einer weiteren endlosen Stunde reichte mir Hannelore Beck ein Merkblatt. »Hier können Sie alles über Ihre Rechte nachlesen. Sie können sich auch an unsere Frauenbeauftragte wenden. Oder Sie rufen mich an.«

Ich nahm das Blatt und steckte es ein.

»Als Nächstes müssen Sie noch einmal zum Arzt«, sagte Danzer.

Ich erschrak.

»Er ist von der Justiz. Er wird Sie auch gynäkologisch untersuchen.«

Gynäkologisch. Und was würde er finden? Konnte er überhaupt noch etwas Verwertbares finden? Etwas Verwertbares … Säure stieg mir vom Magen in den Mund. Was tat man meinem Körper an? Auf was reduzierte man ihn? Und mich?

»Wozu das alles?«, fragte ich verzweifelt. »Glauben Sie, ich habe mir selbst ins Gesicht geschlagen, meine Hände um meinen

Hals gelegt, in meine Brüste gebissen? Außerdem – was soll man noch finden? Ist doch schon einige Zeit vergangen?«

»Da wird es natürlich immer schwieriger«, sagte Hannelore Beck. »Aber die Verletzungen an der Vagina, die Prellungen, die Blutergüsse … das alles wird der Gynäkologe in seinem Bericht festhalten. Eventuell noch vorhandene Spermaspuren beweisen allerdings nur dann etwas, wenn ihr Mann bestreitet, mit Ihnen geschlafen zu haben.«

»Er hat nicht mit mir geschlafen, er hat mich vergewaltigt.«

»Entschuldigen Sie, so habe ich es nicht gemeint.«

Danzer nahm die Schultern zurück. »Es werden wahrscheinlich ein paar Beamte in Ihre Wohnung kommen. Zur Sicherung der Beweise.«

»Welche Beweise?«

»Der Tatort.« Hannelore Beck lächelte mich beruhigend an. »Der Boden. Ihr Mann hat Sie an den Haaren gerissen … also werden Haare herumliegen. Und es müsste auch noch Sperma am Boden sein.«

Man kann sich als Außenstehender schwerlich vorstellen, wie einem zu Mute ist, wenn man hört, dass Beamte durch deine Wohnung gehen und nach Haaren und Sperma auf einem bunten Flickenteppich suchen werden, auf dem sonst deine Tochter spielt. Als würde einem auch noch das Letzte genommen, das man besitzt: der Schutz und die Intimität des Zuhauses. Der Ort, an dem du die Tür hinter dir schließt und die Welt draußen lässt. Außerdem zuckte immer noch der schreckliche Gedanke durch mein Gehirn, dass man auch Rickis Sperma in mir finden könnte. Ich wurde so nervös, dass sich in meinen Händen der Schweiß sammelte.

Danzer beobachtete mich misstrauisch. Wie ein Jagdhund nahm er die Fährte auf. Ich roch nach Angst. Er zog die Augen zusammen, sein Blick ging mir durch und durch.

»Es ist nur … Ich habe das Zimmer aufgeräumt hinterher. Es ist doch das Zimmer meiner Tochter. Sie sollte nicht …« Ich verstummte.

Hannelore Beck stand auf und legte mir ihre Hand auf den Arm. »Das sind Spezialisten. Machen Sie sich keine Sorgen! Und – Kopf hoch! Ich kann mir vorstellen, wie schwer das alles für Sie ist.«

Wirklich? Konnte sie das? Die ruhige Gelassenheit, die sie ausstrahlte, erzählte mir etwas anderes. Ich blickte auf ihre Hände. Sie trug zwar keinen Ehering, aber auf ihrem Schreibtisch stand ein Foto, das einen Mann und einen Jungen auf einem Segelboot zeigte. War ihr Mann auch bei der Polizei? Rechtsanwalt? Ein Versicherungsangestellter? Hatte sie noch mehr Kinder? Eltern, die für sie da waren? Schwiegereltern, die sie mochten? Ja, bestimmt. Ihr Lächeln besaß die Leichtigkeit in sich ruhender Menschen. Sie strahlte Geliebtwerden aus, hatte nichts von einem Opfer an sich und musste daher auch nicht die Distanz erleiden, die man um die Opfer herum aufbaut aus lauter Angst, dem Leid und dem Nachdenken darüber zu nahe zu kommen. So wie Ricki Distanz aufgebaut hatte. Und Elke. Und meine Mutter. Und Danzer, ja, auch er. Einen professionellen Abstand, weil Mitleiden die Urteilskraft schwächen konnte. Okay, Hannelore Beck spürte die Gräben, die man um mich gezogen hatte, und wollte sie überwinden. Das fand ich anständig. Und deshalb mochte ich sie und blieb doch gleichzeitig misstrauisch. Denn wie konnte sie mich verstehen? Wie konnte ein Satter den Hungrigen verstehen?

Sie hatte mich beobachtet. »Mag sein, dass Sie mir das jetzt nicht glauben«, sagte sie. »Aber wenn Sie jahrelang die Arbeit tun, die ich tue, dann werden Sie entweder zum mitfühlenden Menschen oder zum Zyniker.« Wieder das kleine warme Lächeln.

Ja, sie war also ein mitfühlender Mensch. Doch wie weit konnte man mitfühlen? Bis zu dem Augenblick, da einem der eigene

Mann die Faust ins Gesicht schlägt? Oder bis zu dem Moment, da er einem den Schlüpfer zerreißt? Oder konnte man fühlend mitgehen bis zum Ende des Wegs? Bis an den dunklen Ort, wo dir nichts mehr bleibt als Schmerzen, Angst und Ekel?

Ich konnte nicht zurücklächeln. Und das tat weh. In einem anderen Leben hätten wir Freundinnen sein können.

3

Die Kriminalbeamten sicherten also die Spuren. Ich stand wie eine Fremde am Fenster und sah ihnen zu. Sie fotografierten, sie nahmen mit einer Pinzette Haare vom Boden auf und steckten sie vorsichtig in ein Plastiktütchen. Bauklötzchen für Bauklötzchen wurde untersucht, einige davon ebenfalls in eine Plastiktüte gesteckt. Danzer stand neben mir, die Hände in den Taschen seines Trenchcoats.

»Und wie geht's jetzt weiter?«, fragte ich.

Er wandte mir sein Gesicht zu und seufzte. »Jetzt wird Ihr Mann vorgeladen. Kann sein, dass er selbst hingeht, kann sein, dass er sofort einen Anwalt einschaltet und eine schriftliche Aussage macht.« Er kicherte. »Wahrscheinlich nimmt er den Brettschneider. Der macht was her vor Gericht.« Dann merkte er, dass seine Heiterkeit mich irritierte. Eine verlegene Geste mit der Hand. »Diese Aussage können wir prüfen«, sagte er und räusperte sich. »Durch Akteneinsicht.«

Die beiden Beamten gingen in die Küche. Wir folgten ihnen. Sie schabten Hautreste von der Kochplatte. Ich glaubte, den Schmerz wieder zu spüren, der durch meine Hand gefahren war. Ich zog sie an die Brust, als wolle ich sie schützen.

»Dann erfahren wir auch, was dieser Ricki sagt«, meinte Danzer und putzte sich die Nase. Aber ich merkte, dass er mich beobachtete. Ich wandte mich um und sah aus dem Fenster.

»Was ist los?«

Ich zuckte mit den Achseln.

»Er ist ein sehr brauchbarer Zeuge. Vielleicht sollte ich sogar selbst mit ihm sprechen.« Erschrocken drehte ich mich um. Er steckte sein Taschentuch ein. Wieder dieser aufmerksame Blick. Er traute mir nicht. Er ahnte, dass ich etwas verbarg.

»Ob das gut ist?«, fragte ich. »Ich meine … na ja. Er ist der beste Freund meines Mannes.«

Jetzt sah er mir in die Augen. »Der Ihre auch?«

Nein, der meine nicht. Liebhaber sind selten gute Freunde. Aber das konnte ich Danzer nicht erzählen. Außerdem – war Ricki überhaupt ein Liebhaber? Hatte unsere Nacht etwas mit Liebhaben zu tun? Hannelore Beck würde es als One-night-stand bezeichnen.

»Ich weiß nicht. Wir werden ja sehen.«

Die Beamten hatten die Arbeit beendet und zogen ihre Mäntel an. Sie verabschiedeten sich, und Danzer ging mit ihnen. Ich war wieder allein, aber nicht so allein wie noch vor ein paar Minuten, als fremde Menschen in meiner Wohnung umhergingen, um nach Spuren zu forschen, die bewiesen, dass ich die Wahrheit sagte. Ich schämte mich so. Männer, die nach Sperma, Speichel und Blut suchten. In meiner Wohnung, die mir nun nicht mehr gehörte, deren Vertrautheit beschädigt worden war, deren Tür jetzt offen stand. In die jeder hereinschauen konnte und den Schmutz sah, da mochte ich putzen und aufräumen, so viel ich wollte.

4

Die Untersuchung durch den Gerichtsmediziner ließ ich völlig apathisch über mich ergehen. »Eine ganzkörperliche Untersuchung«, hatte mir Danzer erklärt. Alles wurde festgehalten. Die Würgemale am Hals, die Blutergüsse, die Prellungen, ein Hämatom unterhalb des Brustbeins, die blauen Striemen, die Gesichtsverletzungen. Sogar Funktion und Aussehen der Augen wurden geprüft. »Wenn Ihr Mann Sie gewürgt hat«, erklärte mir der Arzt, »bilden sich in den Augen rote, punktartige Verfärbungen.« Er tastete die Rippen ab und entdeckte auf meinem Rücken etliche blaue Flecke. Ich erklärte ihm, dass ich auf die Bauklötzchen meiner Tochter gefallen sei. Er nickte und verschanzte sich hinter Sachlichkeit, aber ich konnte trotzdem Mitgefühl in seinem Gesicht erkennen.

Bei der gynäkologischen Untersuchung wandte ich den Kopf zur Seite und biss die Zähne zusammen. Man ging äußerst vorsichtig mit mir um, trotzdem verspürte ich Schmerzen. Ich machte keinen Mucks, ich wollte nur, dass alles so schnell wie möglich vorüberging. Das Einzige, das ich mit Bestimmtheit wusste, war, dass sich niemand hier in diesem sterilen Zimmer wirklich etwas aus mir machte. Vielleicht hatte man mit mir Mitleid, für ein paar Sekunden oder Minuten, aber im Grunde war ich ein Fall unter Fällen. Ich sah das ein. Trotzdem brachte mich das Gefühl der Einsamkeit fast um.

Als ich alles überstanden hatte, fuhr ich nicht nach Hause, sondern besuchte das Grab meines Vaters. Ein dummer, sentimentaler Einfall, aber da alles Gefühl in mir erstorben war, schien mir dies der einzige Weg zu sein, wieder etwas zu empfinden.

Es war völlig windstill. Ein paar blasse Sonnenstrahlen fielen auf die Gräber. Ein Hund kam mir entgegen und blieb mit schief gelegtem Kopf vor mir stehen. Ich kraulte das weiche Fell hinter seinen Ohren, da schnappte er nach meiner Hand. Erschrocken zog ich sie zurück, Tränen stiegen mir in die Augen. Wieder diese sentimentale Regung, das Selbstmitleid, als gäbe es kein Lebewesen mehr auf der Welt, das mir freundlich gesinnt war. Ich kam mir so klein und verachtenswert vor. In der Ferne ein Pfiff – der Hund machte kehrt und trabte den Weg zurück.

Papas Grab war mit Tannengrün abgedeckt. Eine Schale mit Winterpflanzen stand auf der Marmorplatte. Ich horchte in mich hinein. Regte sich etwas in meinem Inneren? Konnte ich irgendeine Verbindung zum Leben aufnehmen – oder zum Tod? Nein. In mir blieb alles kalt und still. Ich bückte mich, zupfte ein paar braune Ahornblätter von den Tannenzweigen und warf sie in einen Abfallkorb. Dann verließ ich den Friedhof.

5

Ich musste zu Ricki, musste mit ihm sprechen. Ich malte mir aus, wie er mir die Tür öffnete, wie seine Augen mich voller Mitgefühl anblickten, wie er mich in die Wohnung führte, mir fürsorglich einen Stuhl zurechtrückte, wie er mich fragte, ob ich einen Kaffee wolle, und mir tröstend übers Haar strich. Mir aufmerksam zuhörte, nickte und mir versprach, der Polizei die Wahrheit zu erzählen und zu schildern, wie er mich an jenem Morgen vorgefunden hatte. In meiner Einbildung spürte ich, wie er mich in den Arm nahm, ganz leicht wurde mir bei diesem Gedanken ums Herz. Ja, er hatte mich gern. Das Wort »Liebe« mochte ich nicht denken, weil es mir so entrückt war. Aber er hatte mit mir geschlafen. Was gab es Intimeres, als in den Körper eines anderen Menschen einzudringen, erfüllt von Leidenschaft und Zärtlichkeit? Was versprach mehr Nähe, als diesen Körper aufzunehmen? Was bedeutete denn Nähe anderes, als dass man näher und näher an den anderen herankam? Man begehrte nicht nur den Körper, sondern auch den Kern, die Wahrheit über diesen Menschen. Vorausgesetzt, man meinte es ehrlich. Und wir hatten es doch ehrlich gemeint?

Es war früh am Morgen. Ich musste erst kurz vor neun im Drogeriemarkt sein, also hatte ich mich entschlossen, sofort zu

Ricki zu gehen. Die Straßen waren immer noch feucht vom Nebel, Autos mit eingeschalteten Scheinwerfern fuhren vorbei. Während ich die Treppen zu Rickis Wohnung hinaufstieg, klopfte mein Herz. Ich war voller Hoffnung, aber tief in mir flackerte auch die Angst. Ich fühlte mich seiner Reaktion überhaupt nicht sicher und gestand mir ein, dass er mir trotz meiner Philosophien über menschliche Nähe nie wirklich nah gewesen war. Das gab es. Es gab Menschen, die sich mitteilten, und Menschen, die nur beobachteten. Die ihre Schlüsse aus den Reaktionen der anderen zogen und danach handelten. Ricki war ein Beobachter. Er zog unsichtbare Grenzlinien zwischen sich und seinen Mitmenschen, aber er wusste das so geschickt zu bemänteln, dass man meinte, er sei dabei, er sei mit seinem Leben mittendrin in deinem Leben. Das war er auch – als Sezierer, als einer, der dein Herz freilegt, ohne das seine in Gefahr zu bringen.

Ich klingelte. Ich überlegte, wie ich wohl auf ihn wirken würde. Seitlich meines Mundes bis hin zum Kinn hatte sich Schorf gebildet, auch die Spuren der Blutergüsse unterm Auge waren noch zu sehen. Nach ein paar Sekunden, die mir endlos vorkamen, öffnete er. Er trug einen gemusterten Morgenmantel aus Seide, sein dunkles Haar fiel ihm in die Stirn. Es ist interessant zu beobachten, wie der andere reagiert, wenn er die Tür öffnet und nicht weiß, wer draußen steht. In meinem Fall wurde sofort eine Sperre errichtet. Wieso kommst du her?, fragten seine Augen.

Er trat zur Seite, und ich ging an ihm vorbei hinein ins Wohnzimmer. Er folgte mir. Schwieg.

»Warum hast du nicht zurückgerufen?«, sagte ich endlich.

Direkte Konfrontation verabscheute Ricki. Abweisend antwortete er: »Ich musste erst mit mir selbst klarkommen«, und ich konnte mir vorstellen, was dieses Eingeständnis ihn kostete. Er gab die Deckung auf, wohl oder übel, und das wiederum ärgerte ihn.

Ich lächelte, vielleicht eine Spur zu spöttisch, aber ich hatte nicht mehr die Geduld, psychologisch geschickt vorzugehen. »Die Polizei wird dich vorladen. Und wenn du dann aussagst, dass ich bei dir war und mit dir geschlafen habe, dann musst du auch sagen, wie du mich vorgefunden hast. Du hast doch ...« – ich schluckte – »... du hast das Blut gesehen und meine nassen Schenkel und ...« Ich verstummte.

Nun war Rickis Gesicht völlig verschwunden, durchsichtig fast, nicht mehr vorhanden. Die Angst in mir wurde groß. Er schaltete die Espressomaschine ein. »Willst du einen Kaffee?«

Ich schüttelte den Kopf, und die Angst ... die Angst in mir schwoll an, als sei aus einem kleinen Bach ein reißender Strom geworden.

Ricki sagte: »Ich habe nur die Flecken an deinem Hals und im Gesicht gesehen.«

»Das stimmt doch nicht«, presste ich hervor.

Rickis Wut traf mich völlig unvorbereitet. »Herrgott! Er ist mein bester Freund. Ich habe mit seiner Frau geschlafen. Und jetzt soll ich ihn auch noch vor Gericht in die Pfanne hauen?«

Ich starrte ihn an, kein Wort brachte ich heraus.

»Das tu' ich nicht. Niemals!«, rief Ricki zornig.

Wie edel. Wie ganz und gar verständlich. Es war also egal, was ein Mann seiner Frau antat. Egal, ob er sie ins Gesicht schlug, ihr die Haare in Büscheln vom Kopf riss, ob er sie würgte, biss und ihren Körper gewaltsam benutzte. Egal, ob er sie zerstörte. Zumal der Mann dies alles tat, weil er, der gute Freund, mit dieser Frau geschlafen hatte. Das spielte keine Rolle, oder nein, es spielte eine entscheidende Rolle. Denn wenn man dem Mann schon sein Spielzeug wegnahm und selbst damit spielte, dann konnte man ihn hinterher nicht »in die Pfanne hauen«. Dann musste man verschweigen, dass der Mann das Spielzeug kaputtgemacht hatte – das ihm eindeutig gehörte, da führte kein Weg dran vorbei, oder? Also war man ihm so oder so Solidarität schuldig. Denn es kam nicht auf das Spielzeug an, sondern auf die Freundschaft. Auf diese edle Männerfreundschaft. Die man sich nun erst wieder verdienen musste. Denn man hatte das Spielzeug widerrechtlich benutzt. Ja. Man hatte es zwar nicht beschädigt, aber benutzt.

Ich verstand. Und nickte und drehte mich um und ging aus der Wohnung. Wie schmutzig hatte ich mich gefühlt, als Werner mich vergewaltigte. Aber nun fühlte ich mich noch schmutziger. Als sei ich gerade zum zweiten Mal vergewaltigt worden.

6

Als ich an diesem Abend aus dem Drogeriemarkt kam und Wagenbauer die große gläserne Tür abschloss, stand Werner plötzlich hinter mir, packte mich bei den Schultern und schüttelte mich, dass ich mit den Zähnen aufeinander stieß.

»Du zeigst also deinen eigenen Mann an?«, schrie er, außer sich. Unwillkürlich hielt ich die Hände schützend vor meinen Kopf, als erwartete ich wieder Schläge. Aus den Augenwinkeln sah ich, wie Wagenbauer neugierig und voller Abscheu zu uns herüberstarrte.

Ich riss mich los und ging ein paar Schritte weiter.

Werner blieb auf gleicher Höhe. »Du ziehst die Anzeige zurück. Sonst erzähle ich jedem hier in der Stadt, was du gemacht hast. Dann erfährt es auch Tanja.«

»Dann erfährt sie auch, was du gemacht hast.«

Werner blickte mich wütend an. »Ich bin ausgerastet. Okay, das war Scheiße. Aber ich glaube, jeder Richter wird mich verstehen.«

Da konnte ich nicht widersprechen. Wenn der Richter ein Mann war?

Jetzt änderte Werner die Taktik. Er legte mir beide Hände

auf die Schultern, ganz sanft nun, und sagte: »Doris ... Bitte, nimm die Anzeige zurück! Du machst alles kaputt, verstehst du ... Bitte!«

Sein Gesicht war dem meinen ganz nah. Dieses Gesicht. Wie hatte ich es geliebt. Es flößte mir Vertrauen ein – damals. In den hellen Augen spiegelte sich die ganze Welt. Jede Reaktion, ob Wut, Trauer, Freude, Liebe – alles sah man bei Werner zuerst in den Augen. Dafür hatte ich ihn auch geliebt.

Ich schüttelte den Kopf.

»Warum denn nicht?« Er strich mir über die Wange. Ich zuckte zurück. Ein Reflex, der mir ins Herz schnitt. Wie lange würde es wohl dauern, bis nicht mehr die Furcht in mir explodierte, wenn ein Mann mich berührte?

»Weil ich nicht kann«, sagte ich. »So wie du nicht anders konntest, als mich so ... zuzurichten.«

Ich schloss meine Hände zu Fäusten und ließ ihn stehen. Ging einfach die Straße weiter, die nass war wie am Morgen, ging vorbei an den Weihnachtsdekorationen der hell beleuchteten Läden, ging einfach weiter und weiter, ohne Hoffnung, denn auch Ricki war keine Hoffnung mehr für mich am Ende dieses langen Tages, der im Dunkeln begonnen hatte und im Dunkeln endete.

7

Ich nahm die Post aus dem Briefkasten und stieg die Treppen zu unserer Wohnung hinauf. Mein Körper war steif, hart, mein Kopf noch voll düsterer Gedanken. Ich konnte mich gar nicht mehr daran erinnern, wie das war, als ich nach der Arbeit nach Hause kam und mir nur überlegen musste, was ich Werner zum Essen vorsetzte oder welche Knöpfe ich auf mein neu geschneidertes Kleid nähen würde. Jetzt waren meine Tage eine einzige Bedrohung, lang, kalt und voller Zweifel. Nächste Woche sollte ich zum ersten Mal wieder einen Abend im Theaterkeller verbringen, nachdem ich mit Lansky gesprochen und ihm gesagt hatte, dass ich eine Erkältung hätte und nicht kommen könne. Bis dahin würden meine Wunden abgeheilt und meine Blutergüsse so weit verschwunden sein, dass ich sie überschminken konnte. Aber wollte ich überhaupt weitermachen? Auf der Bühne tanzen und ein Liebeslied singen? Es kam mir so abwegig vor, als würde ich in einem Prinzessinnenkleid den Leuten Zuckerwatte anbieten, damit sie nicht merkten, dass ich unter dem Kleid Lumpen trug und meine Taschen voller Steine waren.

Als ich vor der Wohnungstür stand, kramte ich in meiner Handtasche nach den Schlüsseln. Plötzlich standen sie hinter mir. Kai, Uwe und Carsten, drei Spieler aus Werners Mannschaft. Kai packte mein Kinn und drückte meinen Kopf gegen die Wohnungstür. Ich war vor Schreck wie gelähmt und ließ meine Handtasche los. Geldbörse, Lippenstift, Puder, alles fiel zu Boden.

»Lass Werner in Ruhe, sonst kannst du was erleben«, zischte Kai, während Uwe voller Wut auf meine Puderdose trat. Ein knirschendes Geräusch, während der Dritte, Carsten, tatenlos zusah und es mit der Angst bekam.

»Das reicht«, sagte er. Kai gab mir einen verächtlichen Stoß.

»Komm, hauen wir ab!«, meinte Carsten. Sie liefen die Treppe hinunter, ich hörte, wie die Eingangstür zufiel. Ich zitterte so, dass ich kaum die Schlüssel halten konnte. Erst als die Wohnungstür offen war, wagte ich es, mich zu bücken und die Sachen aufzuheben, die am Boden lagen. Dann schloss ich die Tür hinter mir und stand eine Weile blicklos im Flur. Ich erinnerte mich daran, wie Kai mich bei der letzten Weihnachtsfeier des Vereins zum Tanzen aufgefordert und seinen Körper eng an den meinen gepresst hatte. Wenn Werner zu uns herüberschaute, lockerte er seine Haltung und tat so, als würde er über ein kleines Witzchen, das ich erzählt hatte, lachen. Und Uwes Trikots. Die hatte ich mal ein halbes Jahr lang gewaschen und gebügelt, weil seine Mutter im Krankenhaus lag. Und Carsten schüttete mir immer sein Herz aus, wenn er Liebeskummer hatte. Stets hatten mir diese Scheißkerle das Gefühl gegeben, mich zu mögen. Richtig stolz hatte mich ihre Zuneigung gemacht. Und jetzt?

Ich stand immer noch am gleichen Fleck. Mein langer dunkler Tag war noch nicht zu Ende. Er hatte mit Ricki und seiner Freundschaft zu Werner begonnen, und er endete mit drei jungen Männern, die sich ebenfalls als Werners Freunde bezeichneten. Ich aber war eine Frau, die einen der ihren bedrohte. Die zur Polizei gegangen war, um dem Freund zu schaden. Nichts mehr zählte. Nicht, dass Ricki mir ins Ohr geflüstert hatte, ich sei die Frau, die er unendlich bewundere, es zählte auch nicht, dass ich Werners Fußballfreunde akzeptiert und auf eine nette, spielerische Weise bemuttert hatte. Einen der ihren bedroht – und schon katapultierten sie mich zurück auf den Platz, der mir zustand.

Ich stellte meine Handtasche auf den Boden und ging zum Telefon. Während ich die Nummer meiner Mutter wählte, versuchte ich krampfhaft, die gespenstische Szene im Treppenhaus zu vergessen. Lieber stellte ich mir vor, was Tanja jetzt gerade tat. Wahrscheinlich saß sie mit meiner Mutter auf der Couch, den Stoffhasen im Arm, und sah fern. Dieses Bild hatte etwas Tröstliches. Ich konnte sogar die Wärme im Zimmer fühlen und den Duft der Orangen riechen, die meine Mutter für Tanja geschält hatte.

Sie nahm ab. »Ja, hallo?«

»Mutti, kann ich Tanja sprechen?«

»Moment.« Ich hörte, wie sie die Tür zum Wohnzimmer schloss. Dann sagte sie leise: »Sie liegt schon im Bett.« Und, etwas vorwurfsvoll: »Ist ja schon nach acht«, was so viel bedeuten sollte wie: »Wenn du so spät anrufst, brauchst du dich nicht zu wundern.«

Ich glaubte nicht, dass Tanja schon im Bett lag und schlief. Mutter hatte die Wohnzimmertür zugemacht, damit Tanja nicht hörte, dass sie mit mir telefonierte. Warum log sie mich an? Wollte sie nicht, dass ich mich um mein Kind kümmerte? Oder stellte ihre Verweigerung eine Art Bestrafung dafür dar, dass ich Werner gegen ihren Willen angezeigt hatte?

Ich fühlte mich müde und völlig kraftlos. »Ja, gut«, sagte ich. »Dann grüß sie morgen schön von mir!«

Ich legte auf. Und stand wieder da, unfähig, etwas zu tun. Stand da und sah mich in der leeren Wohnung um. Das war aus ihr geworden: drei Zimmer, still wie Gräber. Wo einst eine Familie lebte, wo gelacht, gespielt, geweint und gestritten wurde, lauerte nun das Schweigen. Ich setzte mich auf einen Stuhl, so wie ich war, die Schlüssel noch in der Hand, die gefütterte Jacke noch nicht ausgezogen. Was sollte aus uns allen werden? Die Last der Verantwortung – sie lag bei mir. Ich hatte den Stein ins Rollen gebracht. Oder doch nicht? Werners Grobheiten, mein Seitensprung, seine Schandtat, meine Anzeige ... Wo begann meine Schuld, wo endete sie, zu welchem Zeitpunkt hätte ich einen anderen Weg einschlagen, andere Konsequenzen ziehen können? Als wirbelte ich in einem Strudel, als versuchte ich, die Oberfläche des Wassers zu erreichen, so sehr bemühten sich die Gedanken in meinem Kopf um Klarheit.

Am nächsten Morgen, ich trank gerade eine Tasse Kaffee, klingelte es. Ich sah zur Uhr, denn ich war spät dran und wollte Wagenbauer nicht schon wieder Gelegenheit geben, an mir herumzumäkeln.

Meine Mutter stand draußen, ihr Blick verhieß nichts Gutes. Sie betrat den Flur und hielt mir die »Greifenbacher Nachrichten«

unter die Nase. Ein dicker Balken: »Beliebter Fußballtrainer im Zwielicht«. Im ersten Moment war ich so überrascht, dass ich gar keinen Zusammenhang herstellte zwischen dieser Überschrift und meinem Leben. Dann aber traf mich die Erkenntnis wie ein Schlag. Mein Magen schmerzte. Ich las: »Ausführlicher Bericht auf Seite 3«.

Ich blickte von der Zeitung zu meiner Mutter, die mich so vorwurfsvoll ansah, als sei ich es gewesen, die der Journalistin Jola Winter die ganze Geschichte brühwarm erzählt hatte.

Ich blätterte um. Wieder eine dicke Überschrift: »Grobes Foul oder Abseitsfalle?«. Darunter hatten sie ein Bild von Werner, Tanja und mir abgedruckt, auf dem wir am Rand des Fußballplatzes standen und uns über einen Sieg der Mannschaft freuten. Jola Winter – ich erinnerte mich, wie Danzer und ich sie im Polizeiflur getroffen hatten und wie neugierig sie mich gemustert hatte.

Und dann dachte ich an Werner. Wie er seine Werkstatt betrat. Wie er aus seiner Jacke schlüpfte und sie an einen Haken hing. Wie er die Auftragslisten durchging, um sich ein Bild zu machen, welche Reparaturen auf dem Tagesplan standen. An die Zeitung dachte ich, die er achtlos auf seinen Schreibtisch warf. An die Überschrift, sein Stutzen, seine gerunzelte Stirn, die hastige Bewegung, mit der er die Zeitung entfaltete, an seinen Zorn – wahrscheinlich trat er gegen eine Kiste oder einen Stuhl – und an seinen Hass, den er nun gegen mich hegen musste. Denn dass *er* die Sache nicht breitgetreten hatte, war mir bewusst. Er würde, genau wie meine Mutter, annehmen, dass ich die Schuldige war.

Meine Mutter sagte verächtlich: »Willst du es vielleicht auch noch im Radio bekannt geben?«

»Ja, glaubst du denn, die haben das von mir?«

»Du liebst doch große Auftritte«, sagte sie, riss mir die Zeitung aus der Hand und verließ die Wohnung.

8

Und wieder einmal kam ich zu spät zur Arbeit. Ich hatte mir am Kiosk die Zeitung besorgt, in der Cafeteria im Bahnhof Kaffee getrunken und den Artikel gelesen. Jola Winter, die nicht preisgab, woher sie ihre Informationen hatte, hielt den Bericht neutral. War Doris Wengler wirklich vergewaltigt worden oder nur verprügelt? Und rächte sie sich jetzt durch falsche Beschuldigungen an ihrem Mann? Um vielleicht bessere Bedingungen bei einer Scheidung zu erreichen? War der beliebte Fußballtrainer Werner Wengler wirklich ein Vergewaltiger? Hatte er das nötig? Am meisten regte ich mich über die Überschrift auf. »Grobes Foul« – damit war die Vergewaltigung gemeint. Mein Leben ein Fußballspiel. Grobes Foul! Den Gegenspieler absichtlich in die Hacken treten. Ihn am Trikot festhalten und zu Boden reißen. Grobe Fouls wurden zwar vom Schiedsrichter geahndet, von den Zuschauern aber meist als unumgehbar betrachtet.

Auf dem Weg zur Arbeit bildete ich mir ein, alle Leute blickten mir nach. Ein paar, die mich kannten, taten dies auch, verstohlen, um gleich wieder wegzusehen, wenn ich ihnen in die Augen schaute. Als ich beim Drogeriemarkt ankam, fühlte ich mich völlig erschöpft. Ausgelaugt. Ich blieb einen Moment stehen, so verzweifelt war ich.

Und da sah ich sie. Sie standen an der Kasse, die Köpfe über die Zeitung gebeugt. Wagenbauer, Gertrud, die Kassenkraft, die wieder gesund war, und ein Lieferant. Ich atmete tief durch und öffnete die Tür.

»Guten Morgen«, sagte ich forsch und musterte verächtlich die Zeitung. Wagenbauer verdrückte sich, Gertrud tat so, als würde sie Kleingeld zählen, nur der Lieferant schaute mir ungeniert ins Gesicht und dann auf meinen Busen. Wahrscheinlich stellte er sich vor, wie Werner mir mit einem Ruck die Kleidung vom Leib riss. Wahrscheinlich hatte er eine Erektion dabei.

Eine Menge Kundinnen waren bereits im Laden. Auch Frau Koschnik und einige andere, die fast jeden Tag bei uns einkauften. Ich spürte ihre Blicke im Rücken, während ich trotzig durch die Gänge marschierte, um im Büro meine Jacke abzulegen.

Elke stand am Ende einer Regalreihe und klebte Preisschildchen auf Seifenstücke. Eingekniffener Mund.

»Die neue Lieferung ist gekommen. Kannst gleich damit anfangen«, sagte sie, als ich vorüberging.

Ich drehte mich um. »Bist du jetzt neuerdings die Chefin hier?«

Sie sah mich feindselig an. Ich ließ sie stehen, ging ins Büro und hängte meine Jacke auf einen Bügel. Elke war mir gefolgt.

»Wieso steht das in der Zeitung?«, fragte sie.

»Warum wohl? Weil ich so pressegeil bin, wie meine Mutter meint. Weil ich nächtelang nicht nach Hause gehe und sogar meine Freunde mich für einen lockeren Vogel halten. So steht's doch da, schwarz auf weiß!«

»Von mir haben die das nicht.« Elke verzog beleidigt den Mund und ging zu ihrem Regal zurück. Erst jetzt bemerkte ich, dass ein paar der Kundinnen uns gefolgt waren und uns neugierig beobachteten. Wie ein verschrecktes Häuflein standen sie zusammen und starrten zu mir herüber.

»Was ist? Gibt es was umsonst?«, schrie ich sie an und stürmte an ihnen vorbei. Ich packte einen der Wagen, der mit Haushaltsrollen beladen war, schob ihn voller Wut den Gang entlang, er verhakte sich mit einem anderen Wagen, der seitlich stand, so dass Dosen mit Katzenfutter und in Plastik verpackte Kerzen zu Boden purzelten. Der Zorn trieb mir die Tränen in die Augen. Ich bückte mich und versuchte, die Dosen aufzuheben und wieder auf den Stapel zu legen. Meine Hände zitterten so, dass ich das Durcheinander nur noch vergrößerte.

Wagenbauer schoss um die Ecke. »Was ist denn los?«, fragte er ärgerlich.

Ich hielt den Kopf gebeugt und warf wahllos Kerzen und Katzenfutter in den Wagen. Wenn sie doch alle weggehen und mich in Ruhe lassen würden!

»Wissen Sie, Frau Wengler, ich halte es für das Beste, wenn Sie sich ein paar Tage freinehmen. So hat das keinen Zweck«, sagte Wagenbauer und packte mich ungeduldig am Ärmel. »Lassen Sie das alles liegen, wir machen das schon!« Und zu Elke gewandt: »Fassen Sie doch mit an!«

Elke warf mir einen verbissenen Blick zu und begann die Dosen zu einem ordentlichen Turm aufzubauen. Ich erhob mich und sah ihr eine Weile zu. Die Leute gingen weiter, ein paar tuschelten. Frau Koschnik, mit der ich so gerne Witze gerissen und nach deren Gesundheit ich mich stets erkundigt hatte, sah mich betreten an. Sie wusste nicht, ob sie mich ansprechen sollte. Ich stand stocksteif da und presste die Lippen zusammen. Da drehte sie sich um und ging mit ihrem Einkaufswagen weiter. Ich wollte mich bei Elke entschuldigen und ihr sagen, wie Leid es mir tat, ihr zusätzlich Arbeit zu bereiten. Aber sie hatte mir demonstrativ den Rücken zugewandt. Also ging ich ins Büro, schlüpfte in meine Jacke, nahm meine Handtasche und verließ den Drogeriemarkt. Keiner hielt mich auf. Keiner hatte ein Wort für mich übrig.

9

Ich wusste nicht, wo ich hin sollte. Nach Hause wollte ich nicht. Zu meiner Mutter konnte ich nicht, sie würde sich nur unnötig darüber aufregen, dass Wagenbauer mich fortgeschickt hatte. Und zu Ricki durfte ich nicht. Unser letztes Zusammentreffen hatte einen Grad an Fremdheit offenbart, der es mir unmöglich machte, ihn nochmals um Hilfe zu bitten. Ja, der Graben um mich wurde breiter und breiter.

Unschlüssig stand ich am Rand der Straße. Da rumpelte der alte Bus heran, der über Land fuhr und mit dem Papa und ich früher zu unserer Hütte gefahren waren. Ich stieg ein, kaufte eine Fahr-karte, setzte mich auf einen Fensterplatz und schloss die Augen. Als ich sie wieder öffnete, hatten wir Greifenbach schon hinter uns gelassen und fuhren eine Landstraße entlang. Die Bäume, grau von Frost, ohne Blätter. Die verschlammten Wege, die sich am Rand der Äcker entlangzogen, rau und still. Es war kalt im Bus, und ich zog die Jacke fester um mich. An der Wegkreu-zung, die zum Fluss führte, stieg ich aus und ging langsam den Pfad zum Wasser entlang.

Unsere Hütte lag verlassen. Andere Leute hatten sie gemietet und nutzten sie als Badehäuschen. Ich setzte mich auf die Bank und sah auf das dunkle Wasser.

Alles war meine Schuld. Dass Tanja nicht mehr bei mir sein konnte. Dass Werner in einem kargen Zimmer seines Fußball-clubs hauste. Dass meine Mutter sich nicht mehr auf die Straße traute aus Angst vor dem Tratsch der Nachbarn. Dass Elke mich verachtete. Dass die Freunde aus dem »Havanna« nicht mehr anriefen. Ich dachte an den verhängnisvollen Abend, an die Nacht mit Ricki, an Werners tödliche Wut, ich erinnerte mich daran wie an einen wirren Traum und versuchte, mir eine andere Geschichte vorzustellen. Wie ich vor dem »Havanna« stand und nicht mit Werner stritt, sondern zu ihm ins Auto stieg. Mich ins Bett legte und so tat, als sei ich todmüde. Ihn nicht abwehrte, wenn er, wie immer nach einem Kneipen-besuch, mein Nachthemd entschlossen nach oben schob, um sich meiner zu bedienen. Wie ich ihn gewähren ließ. Vielleicht sogar einen Orgasmus vortäuschte? Wie ich dann mit offenen Augen dalag und wartete, bis er einschlief. Mich ans Fenster setzte und noch eine Zigarette rauchte. Wieder zu Bett ging und ebenfalls friedlich einschlummerte.

Ja ... und nichts wäre passiert. Eine andere Doris Wengler. Hübsch. Hübsch angepasst. Mit einem Puppenlächeln für den Puppenbesitzer am nächsten Morgen.

10

Ich gehe ein Stück am Fluss entlang. Ein Schwarm Krähen fliegt über mich hinweg und stößt laute, heisere Schreie aus. Plötzlich kämpft sich die Sonne durch den Nebel. Ich kann die Helligkeit nicht ertragen. Schon seit geraumer Zeit sind mir am liebsten dunkle Tage. Dann scheint auch das Leben der anderen dunkler und nicht so weit von dem meinem entfernt. Mir fällt ein, dass sich mein Vater, kurz bevor er sich umbrachte, bei schönem Wetter nur noch im Schlafzimmer aufhielt. Er schloss die Vorhänge und zog die Säume sorgfältig übereinander, damit auch nicht der kleinste Sonnenstrahl ins Zimmer drang. Erst wenn es dämmerte, wagte er es, die Vorhänge zu öffnen. Einmal, als Mutter am Abend eine Freundin besuchte, verhängte er die Lampen im Wohnzimmer mit Zeitungspapier. »Warum machst du das, Papa?«, fragte ich ihn ängstlich. Er sah mich an, sein Blick wanderte zu einem Punkt an der Wand. »Das Licht tut meinen Augen weh.« Aber es waren nicht die Augen, die ihn schmerzten, es war die Seele, das wusste ich in jenem Moment. Ich nahm seine Hand, und er sah mich so voll stummer Verzweiflung an, dass sich mir die Kehle zuschnürte. Ich wollte ihm etwas Tröstliches sagen, aber ich brachte keinen Ton heraus.
Die Sonne verschwindet hinter zähgrauen Wolken. Ein Gedicht kommt mir in den Sinn. »Und meine Seele spannte weit ihre Flügel aus …« Von Papa vorgelesen. Vor langer, langer Zeit. Tröstliche Worte, aber unvorstellbar, dass Seelen fähig sein sollten, in der grausamen Helligkeit des Tages ihre Flügel auszubreiten. Hat mein Vater darum die Lichter gelöscht und die Vorhänge geschlossen? Damit seine Seele versuchen konnte, die Flügel auszuspannen?
Ich bleibe stehen, der Nebel senkt sich tief auf den Fluss. Hier draußen atme ich freier. Die Stadt mit ihren engen Mauern und

den Menschen darin, die diese Mauern auch in ihren Köpfen errichtet haben, scheint weit entfernt.

Später sitze ich zu Hause am Fenster und fühle mich verbunden mit der schwarzen Leere da draußen. Ein paar Sterne am Himmel. Jetzt kann man sogar Sterne kaufen, habe ich gelesen. Sie erhalten dann deinen Namen, der in einer Art Weltregister vermerkt wird. Ich stelle mir vor, einer der Sterne trägt meinen Namen. Ich stelle mir vor, wie meine Seele zu diesem Stern fliegt und alles mitnimmt, was mich belastet, es auf meinem Stern ablädt. Furcht, Kummer, Einsamkeit … alles landet auf meinem Stern, und mit jeder der gesammelten Erinnerungen, der schlimmen Augenblicke, der traurigen Bedeutungen verdunkelt sich der Stern. Sternenfinsternis. Das Gerümpel meines Lebens häuft sich auf meinem Stern an, und der Stern wird schwarz.

Später suche ich unsere Fotoalben, ich suche ein ganz bestimmtes, eines, das Werner gehört. Dann finde ich es. Billiger Plastikeinband, es enthält wenige Fotos. Wenn man die Fülle eines Lebens an Fotos messen wollte, wäre dies ein armseliges Leben. Nicht einmal halb voll ist das Album. Werner als nacktes Baby. Werner in einem Hinterhof, neben einem mickrigen Fliederstrauch stehend: ein trotziger Mund, zwei steile Falten auf der Stirn. Ein Klassenfoto: Ich entdecke sein Gesicht in der hintersten Reihe, spöttische Augen, ein schiefes Grinsen. Ein Ferienlager an einem See: er ein Grimassen schneidender dünner Bengel, nur mit einer Badehose bekleidet, das Haar so kurz geschoren, dass ich die Kopfhaut erkennen kann. Dann: an einer Verkehrsampel lehnend, neben sich ein Mofa, der stämmige Körper in einer Lederkluft, kein echtes Leder, da ich die brüchigen Stellen, unter denen rauer Stoff sichtbar wird, bemerke, ein Blouson, dreckige Stiefel, harter Blick, eine klobige Rüstung gegen alles Kindliche; denn die Wangen sind noch rund, die Oberlippe verfärbt von dünnem Flaum. Das Bild musste zu jener Zeit aufgenommen worden sein, als er seine Mutter verließ und nach einer Lehrstelle suchte. Dann nur noch Fotos vom Gardasee: Werner und Ricki. Werner und Ricki. Werner und Ricki.

Ich sitze da, das Album auf dem Schoß, und blicke auf dieses Stück armseliger Kindheit und Jugend. Eine Mutter, die herumhurt und trinkt, ein unbekannter Vater, ein Junge, der zu überleben versucht und sich mit einem Schutzschild umgibt. Trotz, Albernheit, Spott … Freundschaft. Ja, auch sie eine Rüstung, so wie die Ehe. Umgib dich mit Freunden und Familie, und du wirst unangreifbar. Die scheinbar logische Erkenntnis eines Kindes, eines Jugendlichen, eines Mannes, aufgewachsen in Verlassenheit. Werner hat das Gerümpel seiner Vergangenheit aus seinem Inneren genommen wie aus einem schäbigen Zimmer und es nicht ins Weltall geschickt, sondern tief im Garten des Vergessens begraben. Und hat dann das Zimmer nach seinen Vorstellungen neu gefüllt. Mit einem Freund, einer Familie und Kameraden. Aber ich … ich hatte das Zimmer verlassen. Ich zerrte ans Licht, was Werners Meinung nach nur in dieses Zimmer gehört.

Ich klappe das Album zu. Wenn es zu einem Prozess kommt, wird es keine Rüstung mehr für Werner geben. Er wird nackt sein. So wie ich.

11

Lange stand ich an der Straße, rauchte eine Zigarette und beobachtete die Menschen, die an mir vorüberhasteten. Der Geist der Vorweihnachtszeit … Glänzende Einkaufstüten baumelten an den Händen der Leute. Weiter vorn ein Christbaumverkäufer, ein kleiner Mann mit Schal und Strickmütze. Er stand inmitten seiner Fichten und Tannen wie ein vergessener

Zwerg in einem Wäldchen, das nur ein paar Meter des Bürgersteigs einnahm.

Ich näherte mich dem Polizeigebäude, immer noch zögernd, mit mir kämpfend. Zwei Polizisten traten ins Freie, blieben stehen und unterhielten sich. Ich warf meine Zigarette in die Sandschale und ging ins Gebäude hinein.

Hannelore Beck saß an ihrem Schreibtisch und telefonierte. »Ich habe die Gutachten da. Ich schick' sie Ihnen rüber, wenn ich sie gelesen habe.« Sie bemerkte mich und lächelte mir zu. Deutete auf einen Stuhl, und ich setzte mich. Sie verabschiedete sich und legte auf. Wieder ihr nettes Lächeln. »Frau Wengler. Wie geht es Ihnen?«

»Ich ziehe die Anzeige zurück«, platzte ich heraus.

Sie stutzte und sah mich prüfend an. Dann sagte sie: »Das können Sie nicht.«

Ich war völlig perplex. Ich hatte die letzten paar Stunden diesen Moment herbeigefiebert, hatte ihre Einwände bedacht, meine Antworten zurechtgelegt, so dass ich nun völlig aus dem Konzept geriet. »Was?«

Sie seufzte. »Sehen Sie … Sie haben uns eine Straftat gemeldet. Wenn wir der Meinung sind, dass sich ein konkreter Verdacht ergibt, teilen wir es der Staatsanwaltschaft mit. Die erhebt Anklage. Und alles geht seinen Weg.«

Und alles geht seinen Weg … Ich konnte das nicht akzeptieren. Was hieß: »Alles geht seinen Weg?« Wusste sie überhaupt, was es mich gekostet hatte, hierher zu kommen? Die vielen sich widerstreitenden Gedanken, mein verständlicher Wunsch nach Sühne, meine Angst, dadurch mehr und mehr ausgegrenzt zu werden, meine lange Reise in Werners Vergangenheit, meine Mühen, ihn trotz alledem zu verstehen – und wozu? Dass sie mir sagte, dass ich das Geschehene schon längst aus der Hand gegeben hatte? Ich hatte Werner angezeigt, wieso sollte ich diese meine Tat nicht rückgängig machen können? Weil er die seine auch nicht rückgängig machen konnte?

»Das ist die neue Rechtslage«, sagte Hannelore Beck. »Gott sei Dank, dass wir sie haben! Was meinen Sie, wie viele Frauen sonst von ihren Männern gezwungen würden, die Anzeige wieder zurückzuziehen?«

Ich dachte an den Abend, da Werner mir vor dem Drogeriemarkt aufgelauert hatte. Ja, ich verstand, was sie meinte. Aber ich war durch das Labyrinth meiner Zweifel geirrt, alle Welt hatte mich doch spüren lassen, dass man mir nicht glaubte, oder dass man mich nicht verstand. *Vergewaltigt? Wieso vergewaltigt?*, hörte ich Elke fragen.

Hannelore Beck stand auf und schenkte Kaffee ein. Sie stellte mir eine Tasse hin und setzte sich wieder. Trank. »Und es ist eine Schande, dass wir dieses Gesetz, das Vergewaltigung in der Ehe unter Strafe stellt, erst seit kurzem haben. Sexuelle Selbstbestimmung auch für Ehefrauen – ein Nein bedeutet ein Nein. 1997! So lange hat das gedauert! Man muss sich das mal vorstellen. Man muss sich mal vor Augen halten, was für ein Bild der Frau viele unserer Politiker bis dahin hatten. Der heilige Zorn könnte mich jedes Mal packen, wenn ich daran denke. Vor allen Dingen, weil ich befürchte, dass wir zwar die Rechtsänderungen durchgesetzt haben, dass aber das Denken noch weit hinterher hinkt. Und nicht nur bei Männern, glauben Sie mir!«

Ihr Ausbruch überraschte mich.

Sie verzog angewidert das Gesicht. »Der schlimmste Feind der Frauen sind … Frauen. Hören Sie sich mal um!« Sie äffte nach: »Die braucht sich doch nicht zu wundern … so wie die immer rumläuft. Rock grade mal so über den Po …« Sie stieß einen langen Seufzer aus. »Wann wird es endlich in den Gehirnen aller sitzen, dass nichts, gar nichts, eine Vergewaltigung rechtfertigt. Und wenn ich nackt durch die Stadt laufe, gibt dies keinem Mann das Recht, über mich herzufallen.« Sie atmete tief durch und blickte mich ernst an. »Frau Wengler ... Ihr eigener Mann hat sie vergewaltigt.«

Ja, ja, ja, das wusste ich doch. »Ich glaube, er würde so etwas nicht wieder tun«, stammelte ich.

»Sind Sie sicher?«, fragte sie ruhig.

Nein – das war das Erste, das mir durch den Kopf fuhr. Nein, ich war mir nicht sicher. Angenommen, ich würde bei ihm bleiben, würde er bei nächster Gelegenheit nicht wieder zuschlagen? Wenn ich ihm widersprach, wenn ich mit ihm stritt? Vielleicht würde er mich nicht mehr vergewaltigen, nicht mehr vergewaltigen *müssen*, weil ich schon aus purer Angst mit ihm schlafen würde, aber sein Verhalten würde er nicht ändern, da ihm ja die Einsicht fehlte. Es gab also kein früheres Leben, das man wieder aufnehmen konnte. Die Art Leben, die ich geführt hatte, endete in dem Moment, als er mich auf den Boden stieß und mir meinen Willen und meine Würde nahm. Und wenn ich mich scheiden ließ, wer garantierte, dass er nicht einer anderen Frau antat, was er mir angetan hatte? Mein mühsam errichtetes Gedankengebilde der vergangenen Stunden stürzte in sich zusammen.

»Er wurde doch auch schon früher handgreiflich«, setzte Hannelore Beck nach.

Plötzlich gestand ich mir ein, dass nicht nur mein Mitgefühl mit Werner mich hierher getrieben hatte. »Sehen Sie ... ich habe so Schiss ... Was da alles auf mich zukommt! Die Fragerei während des Prozesses ...«

Sie blickte mich mitfühlend an. Ich hielt ihren Blick nicht aus und sah auf meine Hände. Denn plötzlich wurde mir noch etwas klar: Ich war auch hierher gekommen, weil ich Angst davor hatte, wie sie – gerade sie – mich ansehen würde, wenn sie von meiner Nacht mit Ricki erfuhr. Doch dann überlegte ich mir, was sie gerade versucht hatte, mir zu erklären. Dass nichts, gar nichts, eine Vergewaltigung rechtfertige.

Das nahm mir die Last von der Seele. Ich lächelte sie zögernd an.

»Alles in Ordnung?«, fragte sie.

Ich nickte.

12

Ich rief Wagenbauer an und sagte ihm, dass ich am nächsten Tag wieder zur Arbeit käme. Seine Stimme klang neutral. »In Ordnung.« Mit dem Hörer in der Hand stand ich da – er hatte schon längst wieder aufgelegt – und überlegte, ob ich nicht doch Danzer gestehen sollte, dass da in jener Nacht noch ein bisschen mehr vorgefallen war, als er wusste. Wo war Danzer einzuordnen? Vertrat er die gleichen Ansichten wie Hannelore Beck? Er war ein Mann. Warum hatte ich mich eigentlich nicht an eine Frau gewandt? Aber die einzig akzeptable Anwältin in Greifenbach war CDU-Mitglied, eine scharfe Abtreibungsgegnerin und Verfechterin alter Tugenden. Rein instinktiv hatte ich bei ihr konservatives Denken vorausgesetzt, vielleicht zu Unrecht. Nein, nein, ich durfte Danzer nicht misstrauen. Und im Grunde spielte es wirklich keine Rolle, was vorher geschehen war, redete ich mir ein. Aber ich hatte kein gutes Gefühl dabei, gar kein gutes Gefühl.

Am Abend fuhr ich zu meiner Mutter. Tanja lief mir voller Freude entgegen, sie trug bereits ihren Schlafanzug, und ich drückte sie an mich, immer wieder. Ihr kleines Gesicht strahlte, und ich bemühte mich, nicht in Tränen auszubrechen. Kinder lieben so bedingungslos, sie vertrauen blind, sind gutgläubig und daher so verletzlich. Fast fühlte ich mich von Tanjas Unschuld bedrängt. Musste ich nicht alles tun, um ihre kleine Welt zu erhalten, egal, was mit mir geschah?

Später, als ich sie zu Bett brachte, schlüpfte ich aus meinen Schuhen und legte mich neben sie.

»Wann kann ich wieder nach Hause?«, fragte sie.

Ich strich ihr über die Wange. »Bald, meine Süße.«

»Wann ist bald?«

Ich versuchte abzulenken und griff nach ihrem Bilderbuch. »Soll ich dir vorlesen?«

Kinder sind jedoch bei aller Gutgläubigkeit auch hellsichtig. Tanjas Augen zeigten einen wachsamen Ausdruck. »Ich möchte, dass der Papa auch Gute Nacht sagt. Jetzt gleich.«

Ich kitzelte sie. »Jetzt gleich? Jetzt gleich wird geschlafen.« Sie quietschte vergnügt auf. Draußen im Flur hörte ich meine Mutter telefonieren. Ich schlug das Bilderbuch auf, bettete Tanja in meinen Arm und begann zu lesen.

»Dann hatte der kleine Hase eine gute Idee. Er machte einen Handstand und streckte die Füße am Baum hoch. ›Bis zu meinen Zehen hoch hab ich dich lieb‹, sagte er.«

Ich streckte meine Beine in die Luft. Tanja lachte, strampelte sich frei und tat es mir nach. »Ich hab dich auch lieb«, sagte sie. »Bis zu meinen Zehen hoch.«

Als ich zu meiner Mutter in die Küche kam, stand sie am Tisch und bügelte Tanjas Wäsche. Ich ging zum Kühlschrank, holte Mineralwasser heraus und schenkte mir ein Glas ein. Sie wollte etwas loswerden, das sah ich ihrem verkniffenen Gesicht an. So hatten ihre Augen immer gefunkelt, wenn sie Vater etwas unter die Nase reiben wollte. Unseren notorischen Geldmangel oder den Zustand der Wohnung, die er während ihrer Abwesenheit nicht ordentlich aufgeräumt hatte, oder den Plausch mit der hübschen Nachbarin, mit der er zu lange geredet hatte. Ich erinnerte mich, dass ich oft nebenan im Bett gelegen hatte, die Knie bis zum Kinn hochgezogen, die Hände ineinander verkrampft, ängstlich ihren streitenden Stimmen lauschend.

Ich schloss meine Finger fest um das Glas.

»Tausend Leute haben mich angesprochen«, sagte Mutter. »Und alle halten sie zu Werner.«

»Du doch auch. Macht eintausendeins.«

Mutter fuhr hoch. Sie sah jetzt aus wie eine wütende, böse Glucke mit aufgeplustertem Haar. »Wenn die erst wüssten, dass du bei Ricki gewesen bist.«

Sie werden's irgendwann wissen, Mama, dachte ich. Wenn es zum Prozess kommt ...

Ich stellte das Glas zur Seite. »Hast du dich eigentlich schon mal gefragt, warum ich bei ihm war? Könnte ja sein, dass ich einen Grund hatte?«

Sie verzog nur ein ganz klein wenig die Lippen. Für sie gab es keinen Grund, einen so netten, aufmerksamen Mann wie Werner zu betrügen. Für sie war Ehe etwas anderes als für mich. Sie dachte materieller. Schön, wenn auch noch Liebe mit im Spiel war und ein bisschen Romantik, dann hatte man Glück gehabt. Aber Liebe vergeht, pflegte sie zu sagen. Wenn man so dachte, war es nur natürlich, dass man im Mann in erster Linie den Versorger sah. Ich war immer anders gewesen, hatte andere Träume, ich wollte nicht zu den Leuten gehören, die einfach nur machten, was sie wussten oder was sie kannten, die nie über dieses Wissen und diese Erfahrungen hinausgingen und deshalb in die immer gleichen Sackgassen gerieten wie ihre Eltern und deren Eltern. Da war noch mehr, unendlich viel mehr in unserem Leben, und das musste man suchen. Für die einen war es vielleicht das große Abenteuer, das sie lockte, sie wollten um die Welt reisen, Genüsse, Leute und Bauwerke sammeln. Wieder andere fanden die Welt in Büchern und Theaterstücken, manche wollten Gutes tun, sie wollten die Menschen nicht konsumieren, sondern verstehen, in sie hineinschlüpfen und ihren Körper oder ihre Seele heilen. Wenn man arm war, dachte man bestimmt an das nächste Stück Brot. Und doch gab es in Armut lebende Menschen in Afrika, Asien, Australien, überall auf der Welt, die eine hohe Kultur besaßen, gerade weil sie nicht im Überfluss lebten und mehr begehrten, als nur zu existieren. Das alles ging mir durch den Kopf, als meine Mutter vor Verachtung für mich die Lippen verzog und mich abweisend anblickte.

»Eines weiß ich, Mutti. Wenn Tanja einmal in eine schlimme Geschichte gerät ... *ich* werde ihr helfen, egal, was die Leute sagen.«

Das traf sie. Sie setzte zu einer Erwiderung an, aber in diesem Moment klingelte es.

Sofort wurde ich misstrauisch. Hatte sie nicht vorher, als ich Tanja ins Bett brachte, telefoniert?

»Wenn das Werner ist, gehe ich.«

Meine Mutter antwortete nicht, sondern eilte auf den Flur, öffnete die Tür, und ich hörte Werner »Hallo, Erika« sagen. Und schon waren die beiden im Zimmer.

»Ihr setzt euch jetzt an einen Tisch und redet über alles!«, sagte Mutter energisch. Als hätten wir nur eben einen kleinen Streit zu bereinigen ... *Das kommt mir aber nicht mehr vor, Liebling, hörst du?*

»Da gibt's nichts mehr zu reden.« Ich griff nach meiner Jacke und zog sie über.

Werner wandte sich an meine Mutter: »Sie sieht nicht ein, dass sie auch Schuld hat.«

»Doris ... Du kannst ihn doch nicht für einen einzigen Fehler so bestrafen!«

»Einziger Fehler?«, schrie ich und fuhr zu Werner herum. »Immer, wenn dir was nicht gepasst hat, dann hast du gleich zugelangt. Von Anfang an.«

»Ja, gut ...«, er machte eine wegwerfende Bewegung mit der Hand. »Aber das andere ...«

»Das andere! Sag doch endlich, was es war: eine Vergewaltigung!«

Das Wort hing im Haus wie ein Messer. Mutters Gesicht fiel in sich zusammen. »Doris!«

»»Doris!'«, äffte ich sie nach. »Ich darf das Wort nicht mal in den Mund nehmen. Aber er darf's machen!«

Ich packte meine Handtasche und öffnete die Eingangstür. Ging hinaus und spürte, wie ich zitterte. Werner schrie mir nach: »Wenn du meinst, dein sagenhaft toller Ricki hilft dir, dann hast du dich geschnitten. Wir haben uns nämlich ausgesprochen.« Er knallte die Tür zu, und ich ging den Gartenweg entlang. Neben mir Blumenbeete, die mit Tannengrün abgedeckt waren. Schmutziger Schnee lag darauf.

Sie hatten sich also ausgesprochen. Ich fühlte mich erbärmlich. Wie das Gespräch wohl abgelaufen war? Ricki, der zu Werner in die Werkstatt kam, seine Hände lässig in den Hosentaschen, verlegenes Gesicht, bittende Augen. »Werner. Lass uns reden!« Hatte er erklärt, er habe an jenem Abend zu viel getrunken? Sei meinem Charme erlegen? Oder vielleicht, er habe Mitleid mit mir gehabt, da ich so durcheinander gewesen sei? Da habe er mich mit nach Hause genommen, und dann sei es halt passiert ... Mein Gott, ich weiß auch nicht, wie, Werner ... Hatte Werner ihn angeschrien, ihm eine Ohrfeige versetzt? Oder hatten sie sich wie vernünftige Menschen benommen, ernsthaft miteinander gesprochen und am Ende festgestellt, dass ihre Freundschaft trotz alledem noch bestand? Wie hatten sie über mich gesprochen? Wie mich eingereiht in die Geschehnisse? Wie mich beurteilt? Abgeurteilt? Als eine labile Frau, eine liederliche, verantwortungslose? Hatte mich Werner wieder eine Hure genannt? Hatte Ricki mich in Schutz genommen? Oder hatte er betont, dass die Sache an sich so schnell vorbei gewesen sei, dass sie keinerlei Bedeutung für ihn gehabt habe? Ein paar Gläser Wein zu viel, Kopf verloren ... unverzeihlich, gewiss, aber ohne Belang. Tut mir Leid, Werner, aber lass diese Sache nicht zwischen uns treten ...

Wie ich es auch drehte und wendete: Im Grunde schien ich nur eine »Sache« zu sein. Denn andernfalls hätte ich bei diesem Gespräch anwesend sein müssen, hätte auch eine Stimme gehabt. Eine Sache also. Eine, über die man sprach, über die man diskutierte, die man, wenn auch schweren Herzens, abhakte. Die aber nicht *zwischen* die beiden trat, was hieß, dass Ricki vor Gericht nicht die Wahrheit sagen würde. Sicher, sein Freund habe in seiner Enttäuschung und Wut seine Frau geschlagen. Aber mehr könne er dem Gericht nicht sagen, mehr habe er nicht wahrgenommen. Zerrissene Wäsche, Blut und Nässe auf den Schenkeln? Nein, keine Erinnerung daran ... Genau dies bedeutete: »Wir haben uns nämlich ausgesprochen.«

An diesem Abend betrank ich mich. Das heißt, ich versuchte mich zu betrinken. Ich ging ins »Havanna«, setzte mich an die Theke und bestellte einen Cognac nach dem anderen. Aber irgendetwas stimmte nicht in meinem Kopf. Je mehr ich trank, desto klarer sah ich. Als würden meine Blutbahnen streiken, oder als sei in meinem Kopf der Wille, die Biologie zu unterdrücken, stärker als die Biologie selbst. Ein paar meiner Freunde grüßten mich, kamen aber nicht zu mir herüber. Persona non grata. Ich wollte sie nicht enttäuschen. Ich war doch ein Luder, noch dazu eines, das seinen Mann ans Messer lieferte. Ich war der Kontrast zu ihrer moralischen Haltung. Daher flirtete ich mit einem Vertreter auf Durchreise und schüttete immer mehr Cognac in mich hinein. Als mein Klarheitsgrad das erträgliche Maß überschritten hatte, hielt ich ihm einen Vortrag über biologische Wunder, über Alkohol, der – trank man ihn in völliger Erkenntnis des Seins – sich in chemischer Umwandlung befand und in den Adern zu Wasser gerann. Ich wusste gar nicht, woher ich all die Worte nahm, sie perlten nur so aus meinem Mund und beeindruckten den Vertreter grenzenlos. Er forderte mich zum Tanzen auf. Als er dann jedoch seine Hand auf meinen

Hintern legte und ich seinen weingetränkten Atem roch, als seine Augen den meinen immer näher kamen, waren es Werners Augen, es durchfuhr mich wie ein Blitz, und die Stelle, auf der die fremde Hand lag, brannte wie Feuer. Ich machte mich frei, wir standen voreinander, ohne uns zu bewegen. Ich konnte kaum atmen. Vor mir ein kräftiger Mann in eng sitzenden grauen Hosen, einem offenen Hemd, ein goldenes Kettchen um den Hals. Mit großen Händen. Als er sie ausstreckte, um mich wieder an sich zu ziehen, wurde mir übel. Ich lief zur Theke zurück, zahlte und verließ das Lokal.

Draußen atmete ich heftig, wie unter Ekel. Feiner Nieselregen fiel auf mein Gesicht, auf meinen Kragen und lief den Hals hinab. Ich war eine Sache. Eine beschädigte Sache. In Abwägung dessen, was wichtiger war – die Beschädigung oder die Freundschaft –, hatte man sich zur Freundschaft bekannt. War doch verständlich, oder?

13

In gewissem Sinn war es tröstlich, wieder im Drogeriemarkt zu sein. Die Arbeit war wie ein Korsett, das mich zusammenhielt. Keine Zeit für Grübeleien. Ich packte Waren von den Wagen in die Regale, tauschte Preisschilder aus, füllte den Ständer mit den Plastiktüten nach und putzte die Eingangstür. Elke hielt sich von mir fern. Das tat weh. Anscheinend bedeutete eine Männerfreundschaft doch etwas anderes als die Freundschaft zwischen zwei Frauen. Wie sonst hätte es sein können, dass Werner Ricki sogar vergab, mit seiner Frau geschlafen zu haben, während Elke mir nicht vergab, mit Ricki ins Bett gegangen zu sein. Sie versteckte sich hinter moralischer Entrüstung und schien insgeheim der Ansicht, dass ich mein Unglück verdiente. Hannelore Beck hatte also Recht. Ich hegte auch früher schon den Verdacht, dass Männer sich andere Prüfsteine setzten, wenn sie befreundet waren. Die Beute »Frau« war kein Prüfstein. Weibliche Freundschaften aber scheiterten sehr oft am Beutegut »Mann«. »Lass einen Mann ins Spiel kommen«, hatte meine Mutter früher immer gesagt, »und du wirst sehen, wie schnell du deine beste Freundin verlierst.«

Wagenbauer musterte mich misstrauisch und war ständig hinter mir her. »Hier noch die neu gelieferten Seifen, Frau Wengler ... da drüben räumen wir die Kartons weg ... und die Sonderangebote müssen noch ausgezeichnet werden.« Ein kleiner, nichts sagender Typ, auf der Straße würde sich nicht mal eine Achtzigjährige nach ihm umdrehen, aber hier war er unumschränkter Herrscher. Der Hahn inmitten gackernder Hühner.

Ich packte gerade billige Krippenfiguren und Weihnachtskugeln aus, als meine Mutter, Tanja an der Hand, auf mich zukam. Tanja juchzte auf, riss sich los und stürmte auf mich zu.

Ich fing sie auf. »Na? Schule schon aus?«

Tanja nickte und drückte ihre Arme fest um meinen Hals. Ich lächelte. Was konnte mir eigentlich passieren, solange ich mein Kind im Arm hielt und wusste, dass es mich lieb hatte?

Meine Mutter stand jetzt vor mir. Ich stellte Tanja auf den Boden. Mutter sah sie aufmunternd an. »Tanja will dir was sagen. Nicht wahr, Tanja?«

Tanja griff nach meiner Hand und meinte schmeichelnd: »Ich will, dass wir wieder alle drei zu Hause sind. Auch der Papa.«

Ein fragender Blick zu meiner Mutter ... Ja, sie hatte es richtig gemacht – meine Mutter lächelte.

Die Wut, die ich nicht zeigen durfte, fraß mich fast auf. Jetzt hetzten sie also Tanja auf mich! Benutzten deren Unschuld, um mich gefügig zu machen. Oh, ich konnte mir gut vorstellen, wie die Szene weitergelaufen war, nachdem ich Mutter und Werner verlassen hatte. Er gibt Tanja einen Gutenachtkuss, sie fragt, wann wir wieder alle zu Hause seien, er antwortet: »Das hängt ganz von der Mama ab. Willst du ihr sagen, dass ich wieder bei euch sein soll?« Und Tanja nickt begeistert, während meine Mutter das Bild der Eintracht wohlwollend beäugt und ihren Plan bereits fix und fertig im Kopf hat. Ein Besuch im Drogeriemarkt … da kann Doris nicht aus dem Ruder laufen.

»Tanja. Das geht nicht«, sagte ich.

Sofort Tränen in ihren Augen. »Warum nicht?«

Ich kniete mich zu ihr und zog sie an mich. »Komm her, mein süßer Spatz!«

In diesem Moment hechelte Wagenbauer um die Ecke, auf so eine Gelegenheit hatte er gewartet. »Frau Wengler, bei aller Liebe. Aber Sie können nicht während der Arbeitszeit dauernd Ihre Privatangelegenheiten regeln.«

Meine Mutter nahm Tanja an der Hand. »Komm! Die Mami muss arbeiten.«

Tanja machte sich los. »Ich will aber hier bleiben.«

Meine Mutter seufzte und legte ihre Hand in Tanjas Nacken. »Komm schon!« Die beiden gingen zum Ausgang. Tanja drehte sich immer wieder um, sie weinte. Am liebsten hätte ich all die kitschigen Weihnachtskugeln und Krippenfiguren auf den Boden geworfen. Schrei, Doris, schrei!, dachte ich, als ich meinem weinenden Kind nachsah, während Wagenbauer mit heuchlerischer Empörung neben mir stand.

»Für das bisschen, das Sie mir hier bezahlen, kann ich noch ganz andere Sachen machen«, stieß ich hervor.

»Keiner zwingt Sie, hier zu bleiben«, antwortete er kühl und sah mich so verächtlich an, dass ich kleiner und kleiner wurde, bis er mich da hatte, wo er mich haben wollte. So ging es mir seit dem Tag, da jeder in der Stadt Jola Winters Bericht gelesen hatte. Ich stand da, meine Hände fielen herunter, ich schrumpfte, bis nichts mehr von dem, was ich einmal war, übrig blieb. Was blieb, war das, was die anderen in mir sahen. Doris Wengler, eine Frau, die leichtsinnig ihre Familie zerstörte und ihren Mann verleumdete. Bis jetzt hatte ich Tanja aus allem heraushalten können, wie ein Rettungsanker war mir diese Gewissheit erschienen. Wenn ich es schaffte, mein Kind zu beschützen, würde ich es auch schaffen, mich selbst zu beschützen. Nun war auch dieser Anker fort, nichts als stürmisches Wasser um mich, und auf dem Deck meines Schiffes wurde es immer einsamer. Ich biss die Zähne so hart aufeinander, dass sie knirschten. Lass dir nichts anmerken, Doris!, befahl ich mir, sonst verlierst du deinen Job.

Ich stellte Maria und Josef in die Plastikkrippe, legte das Jesuskind auf künstliches Heu und zwang meine Hände, einfach weiterzumachen, egal was. Aus den Lautsprechern an der Wand dudelte Weihnachtsmusik. Meine Finger bewegten sich automatisch, während die Bilder in meinem Kopf sich endlos zusammenfügten, ich wieder am Boden lag, den Schmerz spürte und das Blut schmeckte, das mir aus der Nase rann. Ich reihte Hirten und Schafe auf, meine Hände taten einfach, was ich ihnen befahl, und ich sah Mutter, Ricki, Elke und Wagenbauer einen Kreis um mich bilden, der immer weiter wurde, da sie Schritt für Schritt vor mir zurückwichen. Und die Heiligen Drei Könige an den Rand der Krippe, aus den Lautsprechern eine Werbeansage, dann wieder ein Weihnachtslied in süßer Frömmigkeit, während ich bei Hannelore Beck saß und stammelnd erzählte, wo Werners Hände mich berührten, als er mich mit einem Knie auf dem Boden festhielt. Ich trug die Krippe vorsichtig zu einem Tisch, stellte sie ab, die Musik war jetzt nur noch ein Sirenengesang des Kitsches, während ich mich in diesem Laden völlig verlassen fühlte. Keiner mehr da, der mich verstand, der mich respektierte, der mich liebte. Nur Leere um mich, und ein Ende war nicht in Sicht.

Wie gerädert fuhr ich am Abend nach Hause. Ich schleppte eine Tragtüte mit meinen Einkäufen und suchte gerade nach meinen Hausschlüsseln, als ich Danzer in einem alten Opel sitzen sah, der vor meinem Haus stand. Ich blieb stehen, und Danzer stieg aus. Er trug wieder seinen Trenchcoat und den gestreiften Wollschal, dazu eine alte Baskenmütze. Auf der Straße lag nasses Laub, ein paar Blätter klebten an Danzers Schuhen.

»Was ist denn los?«, fragte ich erstaunt.

Er sah mich an, seine Augen zwischen den Fettpölsterchen seines Gesichts ausdruckslos wie immer. »Sie wollten die Anzeige zurückziehen?« Er bewegte sich nicht, mit einer Hand stützte er sich auf die offene Autotür.

Ich zuckte zusammen. Natürlich hatte ich damit rechnen müssen, dass er es erfuhr, aber ich hatte diese Überlegung einfach weggesperrt, weil es so viele andere Dinge gab, an die ich denken und vor denen ich mich fürchten musste.

»Und warum erfahre ich das von der Polizei und nicht von Ihnen?«, setzte er nach und schlug jetzt die Autotür zu.

Ich kam mir vor wie ein Schulmädchen, ertappt bei einer üblen Tat.

»Wenn Sie kein Vertrauen zu mir haben, warum nehmen Sie sich dann nicht einen anderen Anwalt?«

»Das war ...« Ich begann zu stottern. »Ich habe ... einfach Angst gekriegt. Sogar in der Zeitung stand der ganze Dreck.«

Er zuckte die Achseln. »Da werden Sie sich daran gewöhnen müssen.« Ganz lapidar. Als sei das gar nichts, seinen Namen in der Zeitung zu lesen, *grobes Foul oder Abseitsfalle ...* na und?

»Wirklich? Haben Sie's auch schon erlebt?,« fragte ich.

Sarkasmus schien die einzige Waffe zu sein, einen Anwalt zu verunsichern. Sichtlich betreten, räusperte er sich.

»Nein … Nur, das war vorauszusehen. So was lässt sich die Presse nicht entgehen.«

Er fasste nach meiner Schulter. »Wenn Sie noch ein bisschen Vertrauen zu mir haben … morgen kann ich die Akten einsehen. Dann wissen wir, was Ihr Mann und dieser Ricki ausgesagt haben.«

Sofort regte sich mein schlechtes Gewissen. Wie kam ich dazu, ihm seine Gleichgültigkeit übel zu nehmen, wenn ich ihm wichtige Fakten verschwieg? Aber aus irgendeinem Grunde bildete ich mir ein, meine Nacht mit Ricki würde nicht zur Sprache kommen. War Ricki als Zeuge nicht viel glaubwürdiger ohne das Geständnis, dass er mit der Frau seines besten Freundes geschlafen hatte? Wollte Werner tatsächlich alle seine Kameraden wissen lassen, dass seine Frau fremdging? Riskierte er deren derbe Scherze? *Na, hast es wohl nicht mehr gebracht, Kumpel?* Außerdem klammerte ich mich an meine – und auch Hannelore Becks – These, dass es keine Rolle spielte, was ich vorher getan hatte.

Danzer deutete meine Schweigsamkeit falsch. »Und wenn Sie gar nicht wollen … Sie können am Verhandlungstag den ganzen Prozess platzen lassen. Sie müssen nur die Aussage verweigern.«

Wie bitte? Ich starrte ihn an. »Wieso kann ich die Aussage verweigern?«

»Sie müssen vor Gericht nicht gegen Ihren Ehemann aussagen.«

»Ich kann die Anzeige nicht zurückziehen … aber die Aussage verweigern? Das ist doch die reine Farce!«

Danzer schüttelte den Kopf. »Nicht ganz. Auf diese Weise haben Sie etwas Zeit, sich alles gut zu überlegen. Sie werden Abstand gewinnen, Sie können Hilfe in Anspruch nehmen.«

»Hilfe …«, sagte ich spöttisch.

»Ja. Zum Beispiel mit einer Frauenbeauftragten reden oder mit einer Psychologin. Sie werden bis zu Prozessbeginn fachmännisch betreut werden – immer vorausgesetzt, Sie wollen es.«

Noch als ich mich von ihm verabschiedet hatte, grübelte ich über die Sache nach. Ja, gut, mir blieb Zeit, alles zu überlegen. *Was meinen Sie, wie viele Frauen sonst von ihren Männern gezwungen würden, die Anzeige wieder zurückzuziehen?*, hörte ich Hannelore Becks Stimme. Ja, und jetzt? Wenn diese Männer gut informiert waren – und ihre Anwälte würden sie gut informieren –, blieb ihnen bei der Langsamkeit deutscher Gerichte endlos Zeit, ihre Frauen unter Druck zu setzen. »Damit du's weißt, du Schlampe! Du sagst gegen mich nicht aus. Du nicht!« Und dann fiel mir plötzlich ein: Auch Werner blieb genügend Zeit. Und auch er hatte inzwischen einen Anwalt, der ihn gut informierte.

15

Ich habe Theaterprobe. Eine amerikanische Tanzszene, wir sind zu fünft auf der Bühne. »My heart belongs zu Daddy«. Eine hübsche Nummer, Lansky hat sie einstudiert.
Ich stehe in der zweiten Reihe, versuche mich an die Tanzschritte zu erinnern, aber mein Kopf ist völlig leer. Schon am Morgen, kurz nach dem Aufstehen, beginnt dieses Gefühl ... dass ich leer bin. Mein Körper eine Hülle, meine Arme und meine Beine bewegen sich automatisch, ohne Signalwirkungen meines Gehirns. Keine Gedanken, die hierhin und dorthin hüpfen, keine Pläne für den Tag, keine Vorfreude auf den Abend. Hoffnungslosigkeit macht leer. Manchmal allerdings, meistens nachts, empfange ich doch Signale wie kleine Blitze der Angst, die mir sagen, dass mein Zustand bedenklich ist. Dann regt sich Widerstand in mir, und ich kämpfe gegen die Panik an. Ich kämpfe auch in jenen Momenten, da Wagenbauer durch mich hindurchschaut, als wäre ich das absolute Nichts: er der Gute und ich das Minderwertige. »Man muss sich mal vorstellen, was

für Zustände da herrschen. Prügeln, vergewaltigen … da hat unsereins ja gar keine Ahnung«, höre ich ihn sagen. Nicht nur er, auch Elke und manch unserer Kunden haben diesen Blick. In solchen Momenten werde ich noch einsamer und verzagter. Einmal, es war gegen Mittag – ich stand im Drogeriemarkt in der Nähe des Schaufensters und sah den Leuten draußen zu, wie sie irgendeinem Ziel zustrebten, sich in der Welt so zu Hause fühlten wie ich mich fremd –, da rief Elke nach mir. »Doris?« Mit ganz normaler Stimme, die mich an Tage erinnerte, da wir noch befreundet waren. Eine Woge der Hoffnung. Ihr Ton, so freundlich … Meine Augen schwammen in Tränen. Vielleicht war ich noch befreundet? Aber Elke brachte mir nur ein paar Fototaschen, die ich einsortieren sollte. Das war alles.

Ich laufe von der Bühne. Ich ertrage die Wand nicht mehr, die mich von den anderen trennt. Und nicht die Erinnerungen, die an dem Punkt einsetzen, als Werner den Gürtel aus seiner Hose zog. Dieser unwiderrufliche Augenblick … nun für immer eine Quelle meiner Angst. Sie löst eine Kettenreaktion aus wie in einer Bombe. Nicht mehr aufzuhalten. Doch nicht die Explosion und die Zerstörung am Ende ängstigen mich, sondern die vielen kleinen Reaktionen, die zur endgültigen Zerstörung führen. Und die Kette der Reaktionen scheint sich tagtäglich fortzusetzen.

Lansky kommt zu mir herein. Ich sitze am Schminktisch in der Garderobe.

»Ich glaube, ich kann das nicht«, schluchze ich.

Lansky zieht einen Hocker heran, lässt sich langsam darauf nieder und beugt sich zu mir. »Doch«, sagt er beruhigend. »Doch, du schaffst das schon.«

Ich blicke in meinen Schoß. Er nimmt meinen Kopf zwischen seine Hände und zwingt mich, ihn anzusehen. Er hat ein rundes Gesicht, zu weich für einen Mann, denke ich, aber gut für mich, da mir alles Markante, Harte, Scharfe zuwider wurde. Ich fasse

Zutrauen und lächle ihn an. Er ergreift meine Hand, steht auf und zieht mich hoch. Führt mich zurück auf die Bühne, wo die anderen Tänzerinnen und Guido, der Klavierspieler, beisammenstehen und sich unterhalten.

»Kinder, es geht weiter«, ruft Lansky. Er lächelt mir aufmunternd zu und springt von der Bühne in den Zuschauerraum. Die anderen werfen mir verstohlene Blicke zu, keiner sagt etwas.

Wir beginnen von neuem. Seitlich ... vor ... zurück ... eine Drehung ... Zuerst fühle ich mich beengt, als würde ich keine Luft bekommen, dann leichter und freier ... ein Patzer ... ich komme aus dem Takt ... finde die Schritte wieder ... denke nur noch an die Musik ... lächle zaghaft ... der Rhythmus füllt mich aus ... ja, es funktioniert, ich kann es ... ich kann es! Freude wie heller Sonnenschein in mir.

16

Alle anderen sind schon weg. Ich lösche das Licht in der Garderobe und hole meinen Mantel. Ich bin froh heute, losgelöst, als hätte ich nichts mehr mit meinem eigenen Leben zu tun. Lanskys Gesicht, seine lächelnden Augen, als er sagte: »Doch, du schaffst das schon.« Er war der erste Mensch seit Tagen, der mich so ansah. Völlig neutral. Für ihn bin ich eine Frau, die zu seiner Truppe gehört. Die er schätzt und die er dabeihaben will. Punktum.

Als ich gerade die Tür abschließen will, höre ich Stimmen auf der Bühne.

»Hast du den Zeitungsartikel gelesen?«, fragt Lanskys Assistent.

»Wer hat das nicht?«, fragt Lansky zurück.

»Stört es uns, oder stört es uns nicht?«

»Seit wann stört Publicity?«, sagt Lansky und lacht.

17

Und wieder eine Reaktion in der Kette – dieses fette Lachen. Die ganze Nacht denke ich daran. Will er mich deshalb dabeihaben? Gibt er sich deshalb solche Mühe? Weil in unserer Kleinstadt sicherlich viele Menschen leben, die zu unseren Aufführungen kommen werden, um sie zu sehen, diese Doris Wengler, die so ungeheuerliche Dinge behauptet. Ich rechne nach. Der Zeitpunkt des Prozesses … die Tage der Premiere und der Aufführungen … sie fallen höchstwahrscheinlich zusammen. Ein schmerzliches Gefühl, wenn man glaubt, einen Menschen nicht gegen sich zu haben, sondern auf seiner Seite, und dann erfährt, dass er zwar nicht so denkt wie die anderen, dass er aber – weit schlimmer – Nutzen aus dem Denken der anderen zieht. Das Ohr am Maul des Volkes … pragmatisch, würde es in der Politik heißen. Warum soll es an einer Kleinstadtbühne anders zugehen als in der großen Welt des Theaters? Skandale nützen. Skandale werden sogar provoziert, um zu nützen. Kein Unglück ohne Nutzen, sagt meine Mutter immer. Mein Unglück zum Nutzen der anderen.

Ich stehe auf und trinke ein Glas Wasser. Sitze am Tisch und überlege. Die Gruppe aufgeben. Einfach anrufen und absagen. Oder Lansky ins Gesicht spucken. Oder ohne Nachricht wegbleiben.

Plötzlich bilde ich mir ein, dass alles, was folgen wird, abhängig ist von meiner Entscheidung, hinzugehen oder nicht mehr hinzugehen. Gehe ich nicht mehr hin, bin ich besiegt. Halte ich durch, halte ich auch anderes aus. Und eng damit verknüpft die Frage, ob ich bei der Verhandlung gegen Werner aussagen oder schweigen werde. Logischerweise müsste ich die Aussage verweigern, da ich die Anzeige doch zurückziehen wollte. Andererseits bin ich heute schon wieder eine andere als die, die bei Hannelore Beck auf dem Stuhl saß und sagte: »Ich ziehe die Anzeige zurück.« Vielleicht hat Danzer Recht, wenn er meint, dass man die Zeit, die bis zur Verhandlung verstreicht, nutzen kann, um sich über seine Absichten klar zu werden. Widerfährt einem ein schlimmes Unglück, ein Autounfall vielleicht mit so verheerenden Verletzungen, dass man sein altes Leben aufgeben muss, dann gibt es nach dem Schock und den Schmerzen eine Zeit der Genesung. Die Wunden können heilen. Man fasst neuen Mut. Sammelt Kraft. Man entscheidet nicht sofort nach dem Unglück, wie man sein Leben in Zukunft gestaltet, man entscheidet erst, wenn man Abstand gewonnen hat. Aber nach einem Unfall, so sage ich mir, werden die Wunden gesäubert, desinfiziert, medizinisch behandelt. Erst dann können sie heilen. Meine Wunde, unbehandelt, wird eitern. Es sei denn, ich säubere und desinfiziere sie. Durch eine Aussage? Durch erzwungene Sühne?

VIERTES KAPITEL

1

Ich nahm mir vor, in Zukunft jeden Morgen in der Cafeteria am Marktplatz zu frühstücken. Vorher telefonierte ich regelmäßig mit Tanja und versprach ihr bei diesen Gelegenheiten, sie bald nach Hause zu holen. Meine Unterhaltungen mit meiner Mutter am Telefon beschränkten sich auf alltägliche Dinge. Nie fragte sie mich, wie es mir denn gehe. Sie wollte nur wissen, wann ich am Abend vorbeikäme, um Tanja zu besuchen, ob sie mir etwas besorgen müsse, ob mein Staubsauger schon repariert sei, ob ich mit ihr zu Papas Grab gehen wolle. Wenn ich nach diesen Gesprächen den Hörer auflegte, empfand ich die Ausgrenzung, in der ich mich befand, besonders stark. Als irrte ich in einer Warteschleife umher, oder als läge ich im Koma, könne aber den Alltag um mich herum sehen, hören und erfühlen, während die Menschen meiner Umgebung mich abgeschrieben oder gar beschlossen hatten, mich nicht mehr erreichen zu wollen. Ich fand keine Möglichkeit, an sie heranzukommen, und sie, die diese Möglichkeiten besaßen, lehnten die Verbindung mit mir ab. Mein Plan, in der Cafeteria zu frühstücken, stellte also den hilflosen Versuch dar, den Anschluss ans Leben nicht zu verpassen. Ich durfte nicht enden wie mein Vater, der die Vorhänge zuzog und die Lampen verhängte, damit das Licht der Wirklichkeit ihn nicht quälte. Ich wollte ja leben. Ich wollte dazugehören.

Es war ein paar Tage, nachdem ich Lanskys kleines Gespräch mit seinem Assistenten mit angehört hatte. Ich verließ die Woh-

nung und wollte gerade ins Freie treten, als ich sah, dass ein Brief im Kasten lag. Ich holte ihn heraus, riss ihn auf und entfaltete ihn. Eine Abschlussrechnung von Danzer. *Ich erlaube mir, für meine Bemühungen DM 2000,- (i.W.: zweitausend) in Rechnung zu stellen ...*
Ich starrte den Briefbogen völlig verständnislos an. Was hieß das ... *Abschlussrechnung?* Was schloss er ab? Ich verzichtete auf meinen Frühstückskaffee und fuhr zu seiner Kanzlei.

Er öffnete sofort. Ich hielt ihm die Rechnung vors Gesicht. Er sah mich an, als habe er mich schon erwartet.
»Was soll das heißen?«
»Ich lege das Mandat nieder, ganz einfach«, sagte er.
»Und warum?«
»Glauben Sie, ich lasse mich von Ihnen verscheißern? Erst rennen Sie zur Polizei und wollen die Anzeige zurückziehen, und dann lese ich bei der Akteneinsicht, dass Sie in der bewussten Nacht mit diesem Ricki Maurer gepennt haben.«
Bei seinen letzten Worten wandte ich meinen Kopf gequält zur Seite. Jetzt ist er also da, der Tag X, dachte ich. Danzer, der die letzten Sätze zornig und laut hervorgestoßen hatte, sah sich auf der Straße um, zeigte nach innen und sagte: »Kommen Sie rein!« Er trat ein paar Schritte zurück in den Flur. Ich folgte ihm. Er schloss die Tür. »Wissen Sie eigentlich, was das bedeutet?«
»Dass man seine Frau verprügeln und vergewaltigen darf«, erwiderte ich zornig. Ich brauchte diesen Zorn, um mein schlechtes Gewissen zu besänftigen.
»Nein. Dass Sie immer mehr an Glaubwürdigkeit verlieren.«
Er ließ mich stehen und betrat sein Büro, in dem auch jetzt Stöße von Akten auf dem Boden lagen.
Ich lief ihm nach. Mir war, als kämpfte ich um mein Leben.
»Was hat denn das eine mit dem anderen zu tun?«

»Lassen Sie die Mätzchen!«, schrie Danzer mich an. »Wir sind doch nicht im Ethikunterricht. Sie haben mir einen wichtigen Fakt verschwiegen, und ich bin stocksauer.«

Ich starrte ihn erschrocken an. »Und jetzt?«, fragte ich zaghaft.

»Jetzt müssen *Sie* der Polizei verklickern, dass Sie trotzdem eine Eins-a-Zeugin abgeben. Sonst können Sie nämlich einpacken.«

»Ich? Ich kann einpacken?«

»Ja, Sie. Weil ich nämlich nicht mehr will.«

Wir sahen uns an. Erst jetzt ging mir auf, was es bedeutete, wenn er nicht mehr wollte. Ich würde nicht die Kraft haben, mir einen anderen Anwalt zu suchen. Mir wurde auch bewusst, dass ich diesem dicken Mann vertraute, der immer so wirkte, als könne nichts auf der Welt ihn noch überraschen oder betrüben. Mir lag an seinem Urteil, er war der Strohhalm, an den ich mich klammerte … und jetzt wollte er nicht mehr.

Ich ging zur Tür. Und wandte mich noch einmal um, denn zumindest eine Erklärung war ich ihm schuldig. »Ich hatte schon die ganze Zeit vor, Ihnen das mit Ricki zu erzählen. Aber ich habe mich nicht getraut.« Ich drehte mich wieder zur Tür.

»Halten Sie mich für einen Spießer, oder was?«, bellte er mir nach.

Ich ging auf den Flur hinaus. Er war so schnell und behände hinter mir, dass ich erschrak.

»Frau Wengler?«

Die Rechnung hielt ich immer noch in der Hand – er nahm sie mir ab.

»Zeigen Sie her!« Er blickte zuerst die Rechnung an, dann mich – dann zerriss er sie und warf die beiden Hälften einfach auf den Boden.

Ich atmete erleichtert durch. »Danke.«

Er nickte.

»Sie haben doch auch die Zeugenaussage meines Mannes gelesen?«

Wieder nickte er.

»Und?«

»Das Übliche. Er gesteht die Körperverletzung ein, die Vergewaltigung aber nicht. Es sei ein wenig heftig zugegangen, das schon, er sei stark alkoholisiert gewesen, Sie hätten sich anfangs ein wenig geziert, sich dann aber nicht mehr gewehrt. Er habe mit Ihnen geschlafen, als Vergewaltigung habe er das keine Minute lang betrachtet. Schließlich sei er Ihr Mann.«

»Und hat sich von mir das geholt, was ihm zusteht«, antwortete ich bitter. »Und was ist mit der zerrissenen Unterwäsche?«

»Daran kann er sich nicht erinnern. Außerdem … die könnten Sie auch selbst zerrissen haben.«

»Und die Blutergüsse, die Prellungen, die Würgemale?«

»Wie gesagt … die Körperverletzung gibt er ja zu. Eine Affekthandlung. Schließlich habe er kurz zuvor erfahren, dass Sie mit seinem besten Freund im Bett waren. Dann noch der Alkoholkonsum …«

»Warum sollte ich eine Vergewaltigung vortäuschen? Vielleicht, weil die ganze Scheiße hinterher so angenehm ist? Die Fragen bei der Polizei, die Dreckspresseberichte …«

»Um sich zu rächen. Weil er Sie verprügelt hat. Weil Sie eine Möglichkeit suchen, ihn schnell loszuwerden.«

Ich sah ihn fassungslos an. »Und das glaubt die Polizei?«

»Das werden wir ja sehen.« Er lächelte. »Kopf hoch! Das wird schon.«

Ich holte tief Atem, er öffnete die Eingangstür, und wir verabschiedeten uns. Na gut. Jetzt hatte ich also auch den Tag X überstanden, jetzt wusste Danzer alles, was er wissen musste. Aber was würde Hannelore Beck mit mir anstellen, wenn sie das Protokoll der Zeugenaussagen las?

2

Wir saßen auf den zwei Stühlen, auf denen wir schon gesessen hatten, als ich meine Anzeige formulierte. Eine seltsame Stimmung im Raum. Hannelore Beck gab sich sachlich, und doch waren ihr Argwohn und ihre Enttäuschung offensichtlich. Sie hielt einen Bleistift in der Hand, die Protokolle lagen vor ihr auf dem Tisch. Ihre Mitarbeiterin, die meine Aussage aufnahm, bemühte sich um einen neutralen Gesichtsausdruck, dennoch spürte ich, wie sie auf meine Worte und Erklärungen lauerte.

»Kam es zu intimen Kontakten, als Sie bei Herrn Maurer waren?«, fragte Hannelore Beck.

»Was hat das mit der Vergewaltigung zu tun?«

»Frau Wengler. Wir rekonstruieren nur den Ablauf.«

»Der ... Ablauf fand später statt.«

Sie blieb unbeirrt. »Kam es zu intimen Kontakten?«

»Ja«, antwortete ich heftig. »Und egal, was er jetzt sagt: Als er mich im Kinderzimmer fand, hat er gesehen, dass meine Bluse aufgerissen war und auch der BH und dass ich blutete und nass war ... ich meine, dass ich ...«

Ich konnte nicht mehr weitersprechen. Hier geht es um mich, flehte ich innerlich, helft mir doch! Ich habe Ricki gebraucht, ich war so allein, so traurig, so enttäuscht, ich habe mich danach gesehnt, dass mich einer in den Arm nimmt, dass mir einer glauben macht, ich sei liebenswert und für ihn etwas Besonderes. Es war schön mit Ricki, auch wenn es euch jetzt minderwertig oder schmutzig vorkommen mag, auch wenn es Ricki schmutzig und minderwertig gemacht hat, indem er mir sagte, er würde seinen Freund nicht in die Pfanne hauen, bloß weil er mit mir gepennt habe ...

Danzer half mir. »Dass meine Mandantin Spermaspuren an beiden Schenkeln aufwies. Hören Sie ... die Situation war eindeutig.«

»Er kann sich angeblich nicht mehr erinnern. Auch nicht, ob Ihre Mandantin einen Slip trug und ob der BH zerrissen war.« Ich lachte verzweifelt auf. »Warum sollte ich lügen?«

Die Protokollführerin hatte aufgehört zu tippen. Hannelore Beck sah mich durchdringend an.

Verzweifelt sagte ich: »Haben Sie sich schon einmal überlegt, warum er so handelt? Mein Mann ist sein bester Freund. Und trotzdem hat er mit mir geschlafen. Er will das wieder gutmachen. Glauben Sie mir ... seine Freundschaft ist ihm sehr viel mehr wert als ich.« Schwer fiel es mir, das einzugestehen, sehr schwer. Es machte mich noch geringer. Die Stunden mit Ricki erhielten etwas Beiläufiges, Banales. Sicher dachten alle, dass ich Werner nicht zum ersten Mal betrogen hatte. Aber ich lehnte es ab, eine Diskussion über meine moralische Haltung in Gang zu setzen. Sie stand hier nicht zur Debatte – ein für alle Mal!

Hannelore Beck schien meiner Ansicht zu sein. Ihr ging es lediglich um Tatsachen. »Frau Wengler, Sie haben bei Ihrer ersten Vernehmung nicht gesagt, dass Sie mit Herrn Maurer geschlafen haben.«

»Weil ich dachte, dass Sie das nichts angeht.«

Sie sah mir in die Augen. Sie wägte ab, war unschlüssig.

Also setzte ich nach. »Wenn eine Frau auf der Straße von einem Fremden vergewaltigt wird ... da spielt es doch auch keine Rolle, was sie vorher gemacht hat. Da sagt man: ›So ein Scheißkerl! Vergewaltigt die arme Frau!‹«

Der gleiche abwägende Blick wie vorhin, dann machte sie sich ein paar Notizen.

»Gut. Das wär's für heute.« Wieder völlig sachlich und kühl.

Es war, als tauchte ich in ein tiefes Loch hinab. Ich konnte es herbeten wie eine tibetanische Gebetsmühle, dass es nicht ausschlaggebend war, was vorher stattfand. Für die Menschen um mich herum war es ausschlaggebend. Anscheinend auch für

Hannelore Beck. In ihrer Vorstellung existierte ich bisher als Opfer, das eine gute Zeugin für den Staatsanwalt abgab. Nun aber roch ich auch nach Täterin. Werner würde sagen – passives Abseits. Tätlich aktiv geworden war er und sollte dafür mit der roten Karte bestraft werden, aber latent passiv hatte ich mich auch schuldig gemacht. Ich hatte das Foul provoziert, also setzten sie mein Vergehen mit Werners Vergehen gleich.

Aber wieso auch diese Polizeibeamtin, die mir vor nicht allzu langer Zeit eingetrichtert hatte, dass nichts, gar nichts, eine Vergewaltigung rechtfertige? Ärgerte es sie so sehr, dass sie keine blütenweiße Zeugin mehr offerieren konnte? Oder hatte ich sie durch mein Verschweigen einfach nur menschlich enttäuscht? Auf jeden Fall zog sie sich von mir zurück, das spürte ich deutlich. Ganz tief in meinem Loch, in dem ich hockte, köchelte auch mein Zorn. Sie hatte nicht einmal gefragt, warum ich mit Ricki geschlafen hatte, ob es das erste Mal gewesen war oder ob unser Verhältnis schon lange andauerte. Diese Hintergründe wollte sie anscheinend nicht wissen, die Hintergründe der Vergewaltigung schon. Ich schloss daraus, dass ich sie eben als Mensch nicht interessierte. Ich hatte eine Zeugin zu sein, und zwar eine, deren moralische Haltung hieb- und stichfest war. Tiefer und tiefer hinab in mein Loch glitt ich in diesem Augenblick und verbat mir auch den Gedanken, wie ich an ihrer Stelle reagiert hätte. Genauso wahrscheinlich, aber das wollte ich nicht wahrhaben.

»Vielleicht habe ich ja diese ganze Vergewaltigungsgeschichte nur geträumt, wie mein Mann behauptet. Vielleicht habe ich es gern, verprügelt zu werden und hinterher Sex zu haben.« Meine Stimme troff vor Hohn.

Sie ließ sich nicht aus der Reserve locken. »Darum geht es hier nicht, Frau Wengler.«

»Sondern?«

»Um Ihre Glaubwürdigkeit.«

Sie blickte mich an, sehr ernst, und ich erwiderte ihren Blick. Ich betete zu Gott, dass sie in meinen Augen die Wahrheit las – obwohl ... wenn nicht? Dann gab es eben keinen Prozess. Hatte ich nicht noch vor kurzem die Anzeige zurückziehen wollen?

Danzer und ich verabschiedeten uns und gingen hinaus. Am liebsten hätte ich wie ein kleines Kind seine Hand genommen, so schwach und ausgelaugt fühlte ich mich.

»Und? Was meinen Sie?«, fragte ich.

Er seufzte. »Kann man nicht sagen. Aber ich denke, Sie hat Ihnen geglaubt.«

Ich nickte, nur halb überzeugt, und öffnete die Tür ins Freie.

»Sind Sie mit dem Auto da?«, fragte er.

»Nein.«

»Kann ich Sie wo absetzen?«

»Ich möchte Tanja besuchen.«

»Ich fahre Sie hin.« Er lächelte mich an.

Ich war so glücklich über dieses Lächeln. Jede Freundlichkeit trieb mir in jenen Tagen die Tränen in die Augen. Ich lächelte zögernd zurück. Ich war ja gar nicht allein! Er war da, an meiner Seite.

3

Im Auto saßen wir schweigend nebeneinander. Ich blickte auf seine Hände. Er trug keinen Ehering.

»Haben Sie schon oft Fälle wie meinen vertreten?«

»Nur einmal. Ein junges Mädchen, das nachts auf dem Nachhauseweg überfallen wurde.«

»Kommt wohl nicht häufig vor in Greifenbach?«

Seine Mundwinkel gingen nach unten. »In kleinen Städten geht es nicht anders zu als in den großen. Nur wird hier noch viel mehr unter der Decke gehalten.«

»Da vorne rechts«, erklärte ich.

»Kaum eine Frau bringt es zur Anzeige. Schon gleich gar keine Ehefrau.« Er bog rechts ab.

»Sind Sie verheiratet?«

Er sah mich belustigt an. »Nein. Aus Überzeugung nicht.«

Ich deutete auf das Haus meiner Mutter. Er fuhr langsamer, bremste und parkte ein. Ich öffnete gerade die Autotür, als meine Mutter aus dem Haus gelaufen kam, ihre Stimme überschlug sich vor Aufregung.

»Werner hat Tanja nicht zurückgebracht.«

Mir blieb fast das Herz stehen. Mutter blickte fragend auf Danzer.

»Das ist mein Anwalt, Herr Danzer.«

Sie nickte ihm zu. Danzer sagte zu mir: »Steigen Sie wieder ein, wir fahren hin.«

»Ich komme mit. Ich hole bloß meinen Mantel.« Meine Mutter rannte ins Haus, holte ihren Mantel, schlug die Tür zu und schlüpfte, während sie zu uns zurücklief, in die Mantelärmel. Sie war so nervös und aufgeregt, dass meine eigene Angst sich legte. Wir fuhren los.

»Ich habe im Vereinsheim angerufen«, sagte meine Mutter, »aber er lässt sich verleugnen.«

Wir betraten das Gelände und gingen über einen betonierten Weg zum Seiteneingang des Gebäudes. Schon von fern sahen wir Tanja, die vor der geschlossenen Flügeltür des Lokals stand. Werner kickte einen Fußball zu ihr, und sie versuchte ihn zu fangen. »Drei zu eins«, schrie Werner. Tanja hielt sich die Hände an den Mund und kicherte.

Dann bemerkte er uns. Er schirmte Tanja ab, sagte etwas zu ihr, und sie verschwand im Inneren des Gebäudes. Er aber klemmte sich den Ball unter den Arm und blickte uns entgegen. Dann stand ich vor ihm, zum ersten Mal wieder, seit er mich vor dem Drogeriemarkt abgefangen hatte.

Danzer trat neben mich. »Mein Name ist Danzer, ich bin der Anwalt Ihrer Frau. Herr Wengler, Sie können Ihre Tochter nicht bei sich behalten«, sagte er ruhig und bestimmt.

Wenn Werner überrascht war, dass ich innerhalb so kurzer Zeit bereits mit meinem Anwalt da war, so zeigte er es nicht. Ich trat einen Schritt auf ihn zu und berührte seinen Arm. »Bitte, Werner …«

Er zog den Arm heftig zurück. »Du hältst dich da raus!«, sagte er drohend.

Jetzt schaltete meine Mutter sich ein. »Werner, du weißt, dass ich bis jetzt immer zu dir gehalten habe. Aber nun … wie soll denn das werden? Du arbeitest doch den ganzen Tag!«

»Ja, sie doch auch«, antwortete er zornig, ohne mich anzublicken. »Erika! Ich habe das gleiche Recht auf Tanja wie Doris. Sie kümmert sich doch überhaupt nicht um sie. Tanja ist ständig bei dir.«

»Ja, und? Sollte das Kind vielleicht mitkriegen, wie du Doris zugerichtet hast?«

Werner schwieg.

»Sei doch vernünftig!«, bat meine Mutter.

Er schüttelte enttäuscht den Kopf. »Ich dachte, du stehst auf meiner Seite.«

»Ich stehe auf Tanjas Seite«, erwiderte meine Mutter streng.

Danzer mischte sich ein. »Herr Wengler. So kommen wir nicht weiter.« Er hatte die Hände in den Manteltaschen vergraben und blickte Werner unverwandt an.

Werner erwiderte Danzers Blick, einen Moment lang herrschte Schweigen. Dann wandte Werner sich um, tippte den Ball ein paar Mal auf und ging ins Haus.

Wir warteten. Nach etwa einer Minute kehrte er mit Tanja zurück. Er führte sie an der Hand, aber als sie mich bemerkte, versuchte sie sich loszureißen. »Mama!«, jubelte sie.

Werner hielt sie fest und nahm sie auf den Arm. Ich ging den beiden entgegen, er aber wich mir aus und trug Tanja zu meiner Mutter. Stellte das Kind auf den Boden und sagte: »So. Du gehst jetzt mit Oma zum Auto.«

»Und du?«, fragte Tanja enttäuscht.

Er kniete sich zu ihr und strich ihr übers Gesicht. Er bemühte sich um Fassung, aber in seinen Augen schimmerten Tränen, und seine Stimme klang rau. »Ich komm' dich besuchen. Bald schon.«

Meine Mutter führte Tanja weg. Tanja drehte sich noch einige Male um, den Mund trotzig verzogen. Dann verschwanden die beiden hinter der Biegung des Wegs.

»Wir werden eine faire Regelung finden«, sagte Danzer beschwichtigend.

Werner fuhr herum. »Fair?« Er lachte höhnisch. »Wissen Sie, was ich jetzt machen werde? Ganz fair werde ich der Zeitung erzählen, was meine Frau so alles treibt. Dann werden wir ja sehen, wem Tanja zugesprochen wird.« Er ging an mir vorüber und schleuderte mir hasserfüllt ins Gesicht: »Das Sorgerecht bekommst du nicht!« Er stieß die Flügeltür auf und betrat das Haus. Einen Augenblick später hörten wir drinnen eine andere Tür mit lautem Knall zufallen, dann Schritte auf der Treppe. Ich lehnte mich an die kalte Wand, meine Knie zitterten. So viel hatte ich die letzten Tage gegrübelt, gedacht und befürchtet, aber auch nicht im Entferntesten wäre ich auf die Idee gekommen, man könnte mir Tanja wegnehmen. Ich blickte Danzer entsetzt an. Er hob die Schultern und seufzte leicht.

Nachdem wir meine Mutter und Tanja nach Hause gebracht hatten, fuhren wir weiter zu meiner Wohnung. Danzer versuchte mich zu beruhigen. »Drohgebärden«, sagte er, aber ich glaubte ihm nicht. Ich kannte Werner besser.

»Und wenn er behauptet, ich würde Tanja immer zu meiner Mutter abschieben?«

»Und? Stimmt das denn?«

»Nein«, fuhr ich ihn an. Dann, etwas ruhiger: »Ich arbeite ja nicht zum Spaß im Drogeriemarkt. Ist bestimmt kein Job, den ich unbedingt haben will, um mich selbst zu verwirklichen. Mein Mann verdient nicht schlecht, es reicht für die Wohnung, fürs Essen und immer wieder mal für Kleidung. Aber Urlaub? Oder ein neues Möbelstück? Vergessen Sie's! Für solche Extras bin ich zuständig.« Ich richtete mich auf und presste den Rücken an die Lehne. »Und deshalb ist Tanja nach der Schule bei meiner Mutter. Und wenn wir ausgehen, ist sie ebenfalls dort. Wir können uns keinen Babysitter leisten, außerdem … bei meiner Mutter fühlt sich Tanja wohl, da kommt sie sich nicht abgeschoben vor, sondern verwöhnt und behütet.«

Danzer wandte kurz den Kopf zu mir, er schien trotzdem noch skeptisch. »Was meint Ihr Mann dann, wenn er Ihnen vorwirft, Sie würden sich nicht um Tanja kümmern?«

Ich stieß ein bitteres Lachen aus. »Ihn stören meine Hobbys. Er hat zwar nichts dagegen, dass ich arbeite, aber dass ich für mein Leben gern tanze oder in einer Theatergruppe bin … das stört ihn. Und deshalb benutzt er Tanja als Ausrede, um mir diese Dinge madig zu machen. Dabei geht es ihm gar nicht um das Kind – er hängt ja auch andauernd auf dem Fußballplatz herum oder in der Vereinskneipe.«

»Ist er eifersüchtig?«

»Ja … auf das, was sich hier drin abspielt«, sagte ich und klopfte mir mit dem Knöchel meines Zeigefingers an die Stirn. »Er will, dass ich denke wie er. Dass ich bin wie die Frauen seiner Kumpels. Alles, was er nicht begreift, was ihn nicht interessiert, macht ihn hilflos. Und dann zornig. Und dann eifersüchtig.«

Danzer hielt vor meinem Haus, schaltete den Motor aus und wandte sich zu mir.

»Warum haben Sie ihn dann geheiratet?«

»Warum hat er mich geheiratet?«, fragte ich zurück.

Danzer grinste. »Sie haben Recht. Eine elementare Frage. Wäre sie beantwortet, würden Scheidungsanwälte nicht mehr einer Wachstumsbranche angehören.« Er seufzte und drehte den Autoschlüssel wieder herum. »Wiedersehen, Frau Wengler!«
Ich sah ihn an. »Erinnern Sie sich? Sie haben gesagt, da man die Anzeige nicht zurückziehen könne, sei man nicht mehr unmittelbar erpressbar. Und könne die Zeit bis zur Verhandlung nutzen, sich alles genau zu überlegen, um erst dann zu entscheiden, ob man gegen seinen Mann aussagen will oder nicht.«
Er schwieg.
»Und jetzt sehen wir, dass man eben doch erpressbar bleibt. Vor allen Dingen, wenn man Kinder hat.« Auch ich schwieg eine Weile. Ich war so müde. Meine Augen brannten. »Die Erpressung hat doch schon begonnen, oder nicht? Wenn du mich anzeigst, mache ich deinen Ruf kaputt, und dann wird dir dein Kind genommen ... «
Ich lehnte meinen Kopf an das Polster des Autositzes. »Warum gehe ich eigentlich nicht den leichteren Weg? Ich sage nicht gegen meinen Mann aus, lasse mich scheiden, teile mir mit ihm das Sorgerecht ... und habe alles hinter mir.« Ich atmete tief durch, öffnete die Autotür und stieg aus.
»Und lassen ihn ungestraft davonkommen?«, rief Danzer mir nach.
Vielleicht war die Scheidung Strafe genug? Während ich dies noch dachte und Danzers Auto nachsah, das rasch davonfuhr, während ich einen kurzen Moment mit mir im Reinen lag und das Wort »Scheidung« die Last der Verantwortung von mir nahm und mich ruhiger machte, flammte urplötzlich die Wut wieder auf. Ich konnte nichts dagegen tun. Sie nahm mir den Atem, ich begann am ganzen Körper zu zittern. Es war doch so: Bis heute hatte Werner nicht begriffen, was ich in jenen schrecklichen Momenten empfunden hatte. Und er würde es nie begreifen, wenn nicht andere Menschen, eine Polizistin, ein Rich-

ter, ein Staatsanwalt, im klarmachten, dass er mir auf grausame Weise das Recht genommen hatte, über mich und meinen Körper selbst zu bestimmen, und dass es ihm gar nicht um Sexualität, sondern um Machtausübung gegangen war. Dass mein Körper heilen konnte, aber meine Seele vielleicht für immer Narben davontrug. Glaubte er denn wirklich, eine Vergewaltigung durch den eigenen Mann sei nicht so schlimm, weil einem dessen Körper ja vertraut sein musste? Oder weil seinem Körper ein biblisches Recht auf meinen Körper zustand? Und du doch bloß die Augen schließen musst, und dann ist es dein Mann, der zwar wütend, aber rechtens in dir ist? Außerdem ... gaben nicht manche Frauen, die sicherlich keine Ahnung hatten, wovon sie sprachen, zu, in ihren sexuellen Träumen vergewaltigt zu werden? Also, bitte, hörte ich unzählige von Männern sagen, ein wenig Brutalität macht die Weiber doch an!

Oh, ich wünschte mir in diesem Moment, Werner würde Ähnliches widerfahren. Wie würde er sich fühlen, wenn ein anderer, einer der stärker war als er, ihn beschimpfte, ihn quälte, ihn niederschlug und dann aufs Brutalste missbrauchte? Ich hatte gelesen, dass männliche Gefangene, die von Mithäftlingen vergewaltigt worden waren, oft ihr Leben lang darüber nicht hinwegkamen. Sich genauso beschmutzt und gedemütigt fühlten wie vergewaltigte Frauen, ja, dass sie sogar noch schlimmer litten, weil es ihnen von ihresgleichen angetan worden war und sie in dieser Situation die Frauenrolle hatten einnehmen müssen. Die Frauenrolle!

In diesem Augenblick, als ich vor meinem Haus stand, der kalte Wind mir um die Beine fuhr und die Wut wieder in meinem Bauch brannte, wünschte ich tatsächlich, meinem Mann möge das Gleiche widerfahren. Auge um Auge ... Ich schämte mich für diesen Gedanken, aber er war vorhanden. Mit grausamer Lust stellte ich mir vor, wie Werner auf dem Boden lag und immer wieder verzweifelt, voller Qual Nein schrie, dieses Nein aber nicht gehört wurde.

Er wollte mir Tanja wegnehmen? Zur Hölle mit ihm!

4

Ich musste mit Ricki sprechen, egal, ob ihm das passte oder nicht. Ich fuhr zum »Havanna«. Stimmengewirr, ab und zu ein Lachen, Sambarhythmen. Mir wurde ganz weh ums Herz. Wie oft war ich die Treppen zum Lokal hinabgelaufen, voller Vorfreude auf einen Abend mit meinen Freunden. Ihre spontane Herzlichkeit, wenn ich zu ihnen an den Tisch trat. Sie mochten mich, weil ich Stimmung in die Bude brachte, weil ich gern tanzte, gern ein Gläschen trank und nie vor Mitternacht nach Hause ging. Ständig riefen sie mich an. »Hey, Doris, bist du heute Abend da?«

Und nun? Seit Wochen meldete sich keiner mehr von ihnen. Sie standen auf Werners Seite. Sie vertraten die Ansicht, ich würde ihn bis aufs Äußerste gereizt und provoziert haben. Manche dachten auch, dass ich ganz einfach log.

Ich sah quer durch den Raum Ricki an der Bartheke sitzen, neben ihm stand ein blondes Mädchen. Sie tranken Cocktails, das Mädchen lächelte Ricki an, Ricki lächelte zurück, umschloss das Gesicht des Mädchens mit seinen Händen und küsste es zärtlich auf den Mund.

Ich blieb vor ihnen stehen, aber ich sah nur Ricki an und sagte: »Er will mir Tanja wegnehmen, also warum hilfst du mir nicht?«

Rickis Blick! Eine Mischung aus Widerwillen, Sichbelästigtfühlen und Überdruss. Er entschuldigte sich bei dem Mädchen, rutschte vom Barhocker, nahm meine Hand und zog mich ärgerlich über die Tanzfläche. Ich befreite mich. Da packte er mich am Arm und schob mich in den Vorraum, der zu den Toiletten führte. Ein Münzfernsprecher an der Wand, daneben hing ein Automat mit Präservativen. Es roch nach Rauch, Urin und Desinfektionsmitteln.

Wir standen uns gegenüber. »Ich hab's dir schon mal gesagt«, zischte Ricki. »Es ist beschissen genug, dass ich mit dir geschlafen habe.«

»Warum hast du's dann gemacht?«

Er sah an mir vorbei. Sein Gesicht schnappte ein, nichts mehr da. Ein Vorhang. Ein Fremder, der mich zum Teufel wünschte.

»Ich war betrunken«, sagte er kühl.

Stille. Im Männerklo ging eine Spülung. Ich fühlte einen Stich in meinem Inneren, der so schmerzte, als sei er tatsächlich ausgeführt worden.

»Ach so«, sagte ich lächelnd, und Gott weiß, wie schwer mir dieses spöttische Lächeln fiel. Ich drehte mich um und ging ins Lokal zurück. Stieg die Treppe wieder hinauf, öffnete die Tür, ein paar Leute kamen herein, ich ging an ihnen vorbei, hinaus auf die Straße. Die kalte Luft, die Dunkelheit und meine bodenlose Angst … Ricki würde nicht nur bestreiten, etwas gesehen zu haben, nein, er würde vielleicht auch später, wenn es zur Scheidung kam, Werners Aussage bekräftigen, ich hätte mich nicht genügend um Tanja gekümmert. Ja, das würde er tun. Als Wiedergutmachung für sein Eigentumsdelikt sozusagen.

5

Am nächsten Abend besuche ich Tanja. Meine Mutter freut sich. So kann sie wieder einmal ein paar Stunden mit ihrer Freundin verbringen, die nur ein paar Häuser weiter wohnt und mit der sie sich oft trifft. Bevor sie ihren Mantel anzieht und ihre Handschuhe überstreift, blickt sie mich von der Seite an, ganz

kurz nur, als sei es ihr peinlich, mich irgendetwas zu fragen.
»Siehst nicht gut aus.«

Ich lasse müde die Schultern fallen. »War ein Scheißtag gestern.
Zuerst die Vernehmung bei der Polizei, dann die Sache mit Werner und dann ...« Ich zögere. »Ich ... war noch mal bei Ricki.«

Sie presst die Lippen zusammen. Die Haut über ihren Wangenknochen spannt sich. Wieso ging ich zu Ricki? Konnte ich ohne Mann nicht auskommen?

Ich ärgere mich. »Ich war nicht bei ihm in der Wohnung, Mama. Sondern im ›Havanna‹. Ich wollte ihn dazu bringen, die Wahrheit zu sagen.«

Da sie gerade den Mantel vom Haken nimmt, ist ihr Gesicht dem meinen ganz nah. Ich sehe, dass sie spröde Runzeln um die Augen hat. Die Augen selbst sind klein und matt und für einen Moment völlig ungeschützt. Ratlosigkeit ... ein kurzer Blick, als würde ein Guckloch geöffnet und schnell wieder geschlossen. Jetzt lächelt sie ... aber wie soll ich das Lächeln deuten? Ein Scheuklappenlächeln, eines mit Schranken. »Wahrheit ...«, sagt sie gedehnt und fügt hinzu: »Er ist Werners Freund.«

Ich werde wütend. »Wahrheit bleibt Wahrheit. Und Ricki kennt sie.«

»Er tut, was er tun muss.«

Zur mir hat sie das nicht gesagt, als ich ihr von meiner Nacht mit Ricki erzählte. Rickis Hand fällt mir ein, die an meinem Gesicht lag und die ich nicht mehr loslassen wollte an jenem dunklen Tag, der mir immer noch wie das Ende der Welt erscheint.

»Ricki ist unwichtig«, erklärt meine Mutter streng. »Er gehört nicht zur Familie. Merk dir: Familie ist das Wichtigste überhaupt. Nicht kaputtzumachen, wenn man dran glaubt. Und deshalb sollte man auch alles innerhalb der Familie regeln. Dann braucht man keine Unterstützung von ... außen.«

»Du meinst nicht regeln, sondern totschweigen«, antworte ich.
»Damit du dich nicht schämen musst?«

Wieder öffnet sich das Guckloch für einen Moment. Damit *du* dich nicht schämen musst, sagt mir ihr Blick.

Ich bin erschöpft. »Mein Gott, Mama«, flüstere ich. »Begreifst du denn gar nichts?«

Als ich Tanja ins Bett bringe, ist sie so müde, dass ihr die Augen zufallen. Ich habe mit ihr Mensch-ärgere-dich-nicht gespielt und ferngesehen, habe ihr Popcorn gemacht und noch eine Geschichte erzählt. Ich sehe mein schlafendes Kind an. Im Haus ist es ruhig. Ich höre die Uhr im Wohnzimmer ticken. Die Worte meiner Mutter gehen mir nicht aus dem Kopf. Ich glaube, dass sie Unrecht hat. Familie kann dich beschützen, Familie kann dich jedoch auch zerstören. Was dich aber am meisten zerstört, sind die Illusionen, die du dir über die Familie machst, so wie meine Mutter es tut. Sie flüchtet sich in den Glauben an eine heile Welt, um ihren Erinnerungen und Erfahrungen zu entkommen. Amerikanisch-familiäre Kleinstadtidylle, wie in jenen Romanen, die im Moment bei den Leuten so beliebt sind. Weil das Leben immer kälter wird, sucht man die trügerische Wärme des eigenen Wunschdenkens. Kuchen backende Mütter, die ihre Kinder lieben, Väter, die schweigsam und stark die Familie ernähren, Nachbarn, die zur Stelle sind, wenn man sie braucht. Eine Barbecuewelt, die uns das Gehirn verpappt. Ich traue den Schilderungen nicht. Gaukelei … Es gibt keinen Hort der Sicherheit. Es gibt nur einen Weg: die Menschen zu sehen, wie sie sind. Das Leben so zu leben, dass du es wert bist. Zu glauben, dass das Leben deiner nicht wert ist, ist falsch.

Ich steige die alte Leiter zum Speicher hinauf. Droben ist es kalt, das Licht, das durch die verstaubte Glühbirne auf die ausrangierten Möbel und die Pappkartons fällt, ist trüb. Ich öffne die Luke am Dach, schiebe einen Tisch unters Fenster und setze mich darauf. Eine Mondnacht. Mir fallen die Fernsehberichte über die Mondlandungen ein. Was treibt die Menschen auf den

Mond? Er ist unbewohnt und kalt. Nichts kann der Mensch dort bewirken, nichts Gutes jedenfalls, da er schon auf der Erde so viel Chaos anrichtet.

Ich atme tief durch. Den ganzen Tag schon versuche ich, den Schmerz in mir beiseite zu schieben, den Rickis Worte in mir ausgelöst haben. *Ich war betrunken* ... Ich erinnere mich daran, wie zärtlich er mich in jener Nacht berührte. Wie er in mich eindrang. Wie er mich im Arm hielt und sacht über mein Haar strich. Mich aufs Ohr küsste und mich anlächelte. Da waren nur er und ich. Nähe, die ich sonst entbehrte. Er hätte die Erinnerung daran nicht zerstören müssen. *Ich war betrunken* ...

Ob mein Vater damals auch hier saß und den Mond ansah, als er beschloss zu sterben? Was ging ihm durch den Kopf? Dass er das Leben nicht wert war, oder dass das Leben ihn nicht wert war? Ja, Papa, vielleicht war es ja so, dass du auf der Welt nicht mehr zurecht kamst, weil du nicht loslassen konntest. Hättest du den jungen Mann in dir losgelassen, der von einem anderen Leben träumte, hättest du vielleicht die Kraft gefunden weiterzumachen, irgendwie, mit einem neuen Ziel vor Augen. So ist es auch mit mir. Ich muss mein altes Leben loslassen, sonst werde ich immer eine zweiunddreißigjährige Frau bleiben, die vergewaltigt wurde. Als würde ich im Kino sitzen, der Film wird angehalten, das Bild steht, und ich habe keine Geschichte mehr, die in die Zukunft reicht.

Ich schließe die Luke und steige die Leiter hinab. Dieses Gefühl der Verlorenheit. Kein Schutz, nirgendwo. Mir fällt ein, dass mein Vater mich einmal in seine Jacke wickelte, als wir uns während eines Gewitters am Fluss aufhielten, und dass er sagte: »Jetzt kann dir nichts mehr passieren.« Ich spüre noch heute die Wärme, die mich einhüllte, und Vaters Hand, die die meine umschloss. So beschützt werde ich mich mein Leben lang nicht mehr fühlen. Aber dieses eine Mal war ich beschützt. Die Erinnerung würde bleiben.

6

Es fiel mir immer schwerer, am Morgen aufzustehen. Oft lag ich da und starrte zum Fenster hinüber. Draußen neblige Dunkelheit. Manchmal nasser Schnee auf den Fenstersimsen oder Regenwasser, das die Scheiben herunterrann. Jedes Mal nahm ich mir etwas Besonderes vor für den kommenden Tag. Dass ich noch mal mit Elke sprechen würde. Oder dass ich Wagenbauers Ablehnung durch gleich bleibende Freundlichkeit durchbrechen könnte. Dass ich das Liebeslied, das Lansky für mich gefunden hatte, mit der Innigkeit und Klarheit singen würde, die er von mir erwartete. Doch niemals gelang es mir, diese Vorhaben zu realisieren. Falls ich es überhaupt schaffte, pünktlich aus dem Haus zu kommen, war ich nach wenigen Schritten bereits so müde, dass ich am liebsten umgekehrt und wieder zu Bett gegangen wäre. Trotzdem lag ich Nacht für Nacht wach mit dem Ergebnis, dass die Schlaflosigkeit meinen Kopf dumpf machte und mir all meine Vorhaben nutzlos erschienen. Wozu mit Elke sprechen? Sie hatte ihre Position klar bezogen. Wagenbauer in den Arsch kriechen? Niemals. Und dann jenes Liebeslied ... lachhaft, es ausgerechnet mich singen zu lassen.

Ein paar Tage nachdem wir Tanja bei Werner abgeholt hatten, schlug ich, während ich das Haus verließ, die Zeitung auf. Der Schreck fuhr mir durch alle Glieder. Für einen aberwitzig kurzen Moment dachte ich: Wengler? Gibt es denn noch andere Leute, die so heißen? Dann sofort die Erkenntnis, dass sie uns meinten. »Werner Wengler: Meine Frau hat mich betrogen.« Darunter hatten sie zwei Fotos abgedruckt. Das eine zeigte Werner im Trainingsanzug, das andere mich, lachend, ein Sektglas in der Hand. Woher sie das Bild von mir hatten, war mir unklar. Dann fiel mir ein, dass im Vereinslokal neben dem Bord mit den Pokalen eine Fotomontage hing, die alle Spieler und deren Freundinnen und Frauen zeigte.

Ich stand bereits im Freien, hielt aber noch den Knauf der Haustür in der Hand. Was sollte ich tun? Wieder zurück in meine Wohnung flüchten? Oder den Artikel einfach ignorieren und meinen Weg zum Drogeriemarkt fortsetzen? Mir wurde ganz übel, da ich mich nicht entscheiden konnte. Ich lehnte mich an die Hausmauer und begann zu lesen. Dabei konnte ich an nichts anderes denken als an das Gesicht meiner Mutter. Hier stand es schwarz auf weiß: Ihre Tochter war fremdgegangen, saß in Kneipen herum und nahm es mit der Treue nicht so genau. Keiner würde mir jetzt noch glauben, dass ich Werner bis zu dem Tag, da ich mit Ricki schlief, nie betrogen hatte. Und wenn auch, dachte ich verzweifelt. Jeden Tag könnte ich ihn betrogen haben, und er würde trotzdem nicht das Recht besitzen, mich zu vergewaltigen. Ich klammerte mich an diesen Gedanken, damit ich nicht völlig irr wurde im Kopf. Mein Herz schlug dumpf. Ich blickte auf das Foto. Dieses Foto, ja, jetzt fiel es mir wieder ein. Wir feierten Weihnachten im Lokal des Fußballclubs. Werner erzählte am Tisch, dass ich meine Kleider selbst nähte und dass er mir so gerne zusah, wenn ich an meinen Schnitten herumbastelte. Daraufhin sahen mich alle lächelnd an, Uwe hob den Fotoapparat, ich hielt das Sektglas hoch, und er knipste.

Es begann zu schneien. Ich dachte an Tanja, an das Tuscheln ihrer Klassenkameradinnen. Sicher, Tanja und ihre Freundinnen waren noch klein, das Wort »Vergewaltigung« würde ihnen nicht viel sagen, aber bestimmt wurde in den Elternhäusern über mich geredet. Geht diese Tanja Wengler nicht in deine Klasse?, hörte ich fragen. Ein unbändiger Zorn auf Werner stieg in mir hoch. Wie hatte er das seinem Kind antun können?

Obwohl Danzer mich gewarnt und gemeint hatte, ich müsse diesen Dreck über mich ergehen lassen, Journalisten würden nicht auf Schlagzeilen verzichten, rief ich Jola Winter in der Redaktion der »Greifenbacher Nachrichten« an und verabredete mich mit ihr. Wir trafen uns im »Havanna«. Ich hatte das Lokal absichtlich vorgeschlagen, weil ich mich in dieser Das-Imperium-schlägt-zurück-Stimmung befand. Sollten meine so genannten Freunde nur mitkriegen, dass ich mit der Presse sprach! Sollten sie es Werner nur hinterbringen! Sollte Ricki nur merken, dass man mit mir nicht umspringen konnte wie mit einer dummen Gans, deren Verstand nicht weiter reichte als bis zur nächsten Bettkante!

Ich machte Jola Winter die bittersten Vorwürfe. Ob sie schon mal an unser Kind gedacht habe? Ob ihr wirklich an der Wahrheit lag – oder nur an einer fetten Überschrift für die nächste Ausgabe?

Sie blieb völlig unbeeindruckt. Unter anderen Umständen wäre sie mir sogar sympathisch gewesen. Sie hatte eine mütterliche Ausstrahlung, mochte um die vierzig sein, und sie hatte schöne Augen. Klug. Wach.

»Sagen Sie jetzt ja nicht, die Öffentlichkeit habe ein Recht auf Information«, fuhr ich sie an.

»Frau Wengler. Wir leben in einer Kleinstadt. Da ist es durchaus interessant, wenn dem Trainer eines erfolgreichen Fußballclubs Vergewaltigung vorgeworfen wird.«

»Interessant?«, sagte ich höhnisch. »Sind Sie schon mal vergewaltigt worden? Vielleicht hätten Sie das gar nicht so ... interessant gefunden.«

»Ich meinte die Tatsache, nicht die Tat.«

Ich sah sie an und schwieg.

»Was wollten Sie mir erzählen?«

Ich antwortete ihr, dass ich nichts zu erzählen habe. Dass ich sie im Gegenteil bitten wolle, unserer Tochter zuliebe auf weitere Artikel zu verzichten. »Verstehen Sie nicht?«, flehte ich. »Fast in jedem Haushalt wird Ihre Zeitung gelesen. Die Erwachsenen sprechen darüber, die Kinder schnappen es auf und tragen es in die Schule. Recht auf Information!« Ich lachte bitter. »Sie wollen doch bloß, dass alle sich hier aufgeilen beim Gedanken daran, was sich bei uns zu Hause abgespielt hat. Wenn Sie informieren wollen, dann schreiben Sie darüber, dass die eigenen vier Wände der gefährlichste Ort für Frauen sind. Hab' ich gelesen, aber nicht in Ihrer Zeitung. Ja, klären Sie auf, bringen Sie Statistiken, aber halten Sie unseren Namen raus, und machen Sie nicht mein Kind kaputt!«

»Werden Sie gegen Ihren Mann aussagen?«

»Ist das alles, was Sie interessiert?«

»Es ist eine durchaus wichtige Frage. Die meisten Frauen bringen eine Vergewaltigung durch den eigenen Ehemann nicht mal zur Anzeige. Aus Scham, aus Angst, wegen ihrer finanziellen Situation, weil Kinder da sind ... Oder sie sagen in der Verhandlung nicht gegen ihn aus. Ist das bei Ihnen auch so?«

»So wie Sie den Artikel formuliert haben, glauben Sie ja gar nicht an eine Vergewaltigung.«

»Hören Sie, Frau Wengler! Wie soll ich über Gewalt innerhalb der Familie schreiben, wenn ich keine Auskünfte erhalte?«

»Gewalt ist für Sie doch nur Unterhaltung«, erwiderte ich verächtlich. »So, und jetzt haben Sie wieder was für Ihre Zeitung. Wie wär's mit der Überschrift: ›Doris Wengler, Doppelpunkt ... Ich weiß noch nicht, ob ich gegen meinen Mann aussage‹?«

Sie blickte mich an. Lange. Trank einen Schluck Kaffee. »Sollte es zu einer Verhandlung kommen, werde ich natürlich wieder darüber schreiben. Das muss ich. Also fassen Sie die nächste Frage ganz privat auf: Wenn Ihr Mann Sie wirklich vergewaltigt hat, warum wissen Sie dann noch nicht, ob Sie gegen ihn aussagen?«

Ich saß da, hörte die Musik im Hintergrund, hörte, wie die Bedienung mit einem Gast sprach, vernahm Gläserklirren und den summenden Ton des Deckenventilators. Hyperempfindlich, meine Ohren, jedes Geräusch schmerzte.

185

Jola Winters Finger, nikotinverfärbt, spielten mit einem Zuckerwürfel. Sie schwieg, sah mich nur an.

»Wissen Sie … Ich empfinde keine Angst mehr vor den Leuten … das habe ich hinter mir. Ich fürchte mich auch nicht mehr vor all den blöden Fragen der Polizei oder des Richters, auch nicht mehr davor, dass man seine … seine …« Ich suchte nach dem passenden Wort. »Dass man seine Würde verliert, wenn man diese Fragen beantworten muss.«

Ihre unruhigen Hände hielten plötzlich still.

»Für mich gibt es nur eine Entscheidung, und die ist schwer, sehr schwer.« Ich schluckte. »Muss ich den besten Weg für die Familie wählen … oder für mich?«

»Für die Familie? Sie meinen, eine Frau muss aus Liebe leiden … und dulden? Ist das nicht ein bisschen altmodisch?«

»Die Leute kümmern sich nicht darum, was modern oder altmodisch ist. Sie haben es immer noch in ihrem Kopf drin, dieses Idealbild, wie eine Frau zu sein hat, aber die Meinung der Leute ist mir, wie gesagt, inzwischen egal. Aber ich … ich wurde auch so erzogen. Und es ist verdammt schwer, die eigene Erziehung zu ignorieren.«

»Glaub' ich nicht, dass die Leute noch so rückständig sind«, sagte sie.

Plötzlich fühlte ich mich alt. Und schwer. Ja, mein ganzes Inneres wurde schwer wie Blei.

»Ich habe keine Ahnung, wie Sie leben, Frau Winter. Aber ich fürchte fast, dass Sie sich in der Regel mit anderen Menschen unterhalten als ich. Mag sein, dass Sie und Ihre Kollegen sehr viel aufgeklärter sind. Oder all die Typen, die an der Uni sind, oder die Leute beim Film, beim Fernsehen, was weiß ich … Aber ob die eine Ahnung haben, was im normalen Volk vor sich geht …?« Ich schüttelte den Kopf und griff nach meiner Tasche. »Zahlen Sie meinen Kaffee mit?«

Sie nickte.

Ich stand auf und wollte weggehen, als sie mir ihre Hand auf den Arm legte. »Warum ist es überhaupt eine Frage, ob Sie so sein sollen, wie die Leute es von einer Frau erwarten? Wer sagt, dass Sie sich rollenkonform verhalten müssen? Nur Sie allein haben zu entscheiden.«

Ich schaute ihr für einen Moment in die Augen. »Meine Tochter und ich, wir leben hier, Frau Winter. Mit all den Menschen, die schon längst den Stab über mich gebrochen haben. Weil sie nämlich Ihre Zeitung lesen.«

Als ich an der Tür war, blickte ich mich noch einmal um. Sie saß gedankenverloren am Tisch und drehte wieder den Zucker-würfel in ihren Fingern.

7

Von Stefan Danzer erfuhr ich, dass die Staatsanwalt-schaft sich entschlossen hatte, ein Verfahren gegen Werner zu eröffnen. Also hatte Hannelore Beck meinen Aussagen ge-glaubt! Ich empfand keine Genugtuung, ja, ich ertappte mich sogar bei dem Gedanken, dass es mir fast lieber gewesen wäre, sie hätten das Verfahren niedergeschlagen. Meine Gründe für dieses Verhalten waren einerseits offensichtlich, andererseits unverständlich. Gegen Werner auszusagen, die Last der Ent-scheidung zu tragen – sie wäre von mir genommen. Dagegen würde ich, so argumentierte Danzer, nur dann eine Chance haben, all das Schreckliche zu überwinden, wenn ich den Weg konsequent zu Ende ging.

»Muss ich mit dem Staatsanwalt auch noch sprechen?«

»Er hat die Aktenlage geprüft und Anklage erhoben. Das heißt also, dass er Ihnen glaubt. Es könnte sein, dass Sie ihn erst bei der Verhandlung sehen.« Er zögerte.

»Aber?«

»Kann auch sein, er will sich vor der Hauptverhandlung sicher sein, dass Sie wirklich aussagen und nicht von Ihrem Zeugnisverweigerungsrecht Gebrauch machen. In diesem Fall wird er mit Ihnen sprechen wollen.«

»Warum will er das vorher schon wissen?«

»Kein Staatsanwalt hat es gern, wenn am Verhandlungstag die Sache platzt, weil es sich der Hauptbelastungszeuge plötzlich anders überlegt hat.«

Ich geriet in Panik. »Aber Sie haben doch gesagt, ich hätte bis zum Verhandlungstag Zeit, mir alles gründlich durch den Kopf gehen zu lassen. Das sei psychologisch ein großer Vorteil.«

»Ist es ja auch.«

»Und was, wenn ich dem Staatsanwalt mitteile, dass ich noch nicht weiß, was ich tun werde?«

»Das wird ihm nicht gerade das Herz erwärmen.«

»Aber der Prozess würde trotzdem stattfinden?«

»Ja.«

Ich atmete erleichtert auf. Danzers Blick sagte mir, dass er meine Unschlüssigkeit nicht begriff. Ich verstand sie ja selbst nicht. Ein Teil in mir sehnte sich danach, wieder so leben zu können wie vorher. Der andere Teil wusste, dass dies unmöglich war. Manchmal, wenn ich abends allein im Bett lag, geisterten Bilder von früher durch meinen Kopf. Werner, Tanja und ich in der Küche. Tanja erzählte von der Schule, Werner von seinen Kunden, wir lachten zusammen, aßen, spülten das Geschirr ab und erlaubten Tanja, noch eine halbe Stunde mit uns fernzusehen. Zauberhafte Bilder von Eintracht und Geborgenheit gaukelte ich mir vor. In diesen Augenblicken war ich geneigt, Hoffnung zu schöpfen. Ich sah mich im Gerichtssaal stehen und mit fester Stimme sagen: »Ich verweigere die Aussage.« Ich stellte mir Werners strahlendes Lächeln vor, gemeinsam verließen wir den Gerichtssaal, vor dem Tanja und meine Mutter auf uns warteten. Tanja lief auf uns zu, wir umarmten einander und gingen einträchtig zusammen mit Werner und meiner Mutter nach Hause. Und wenn sie nicht gestorben sind …, dachte ich dann jedes Mal im gleichen Moment.

»Sollte eine Anhörung anberaumt werden, melde ich mich bei Ihnen«, meinte Danzer.

Ich nickte. Aber ich betete zu Gott, dass mir diese Prüfung erspart bleiben möge.

8

Ich holte Tanja zu mir nach Hause. Der Wunsch, sie wieder bei mir zu haben, überwog die Angst, ich könne in meiner trüben Stimmung vielleicht nicht gut genug für sie sorgen. Den ganzen Tag hatte ich schon darüber nachgedacht, mal den Gedanken großartig gefunden und ihn dann wieder verworfen. Ich brachte Wagenbauer die neuen Lieferscheine, als eine junge Frau mit ihrem Kind den Laden betrat. Sie nahm dem Kind Mütze und Handschuhe ab, putzte ihm die Nase und ging mit ihm zu dem Regal mit den Weihnachtsfiguren. Das Kind hopste vergnügt auf und ab und deutete auf einen Hirten. »Den da, Mama, bitte!«

So hopste auch Tanja immer herum, wenn sie sich auf etwas freute. Ich spürte die Sehnsucht nach ihr bis in meine Fingerspitzen. Ich lächelte Wagenbauer an.

»Was ist los?«, fragte er irritiert.

»Ich habe gerade an meine Tochter gedacht.«

Die Bemerkung fügte sich wohl nicht in das Bild, das er sich von mir machte – er warf mir einen undefinierbaren Blick zu.

Meine Freude erlosch. Die Frau stand mit ihrem Kind an der Kasse und zahlte. Wagenbauer holte aus einer Schublade ein Schokoladenbonbon und schenkte es dem Kind. Die Frau lächelte er freundlich an. »Netter Junge«, sagte er. Die Frau freute sich.

Am Abend fuhr ich sofort zu meiner Mutter. Sie war mit Tanja in der Küche und schob gerade ein Blech mit Weihnachtsbäckerei in den Herd. In einer Schüssel lagen die fertig gebackenen Plätzchen. Tanja saß auf der Anrichte neben dem Herd und sagte zu meiner Mutter: »Keiner kann so gut Plätzchen backen wie du.« Dann entdeckte sie mich. »Mami. Wir haben Plätzchen gebacken.«

Sie legte mir die Arme um den Hals, ich drückte sie an mich und küsste sie. In den Mundwinkeln hatte sie Schokoladencreme.

»Ich nehme Tanja mit nach Hause.«

Tanja strahlte. Meine Mutter ließ die Hände sinken. Sie schien enttäuscht.

Ich streichelte ihren Arm. »Bist du traurig?«

Ja, das war sie. Sie seufzte, ging zum Spülbecken und füllte Wasser in ein Glas. Im Wohnzimmer lief der Fernseher. Sie trank in kleinen Schlucken. Ich schaute sie an. Meine Mutter. Braunes, dünnes Haar, scharfe Linien um den Mund, der Pullover, den sie trug, war ihr zu groß. Früher hatte er mal gepasst. Sie war ganz in ihren Gedanken versunken, als sie so dastand und das Glas leer trank. Ob ich irgendwann einmal erfahren würde, was sie dachte? Sie sprach so gut wie nie über sich.

»Willst du ein bisschen Eintopf? Ist noch welcher da«, sagte sie. Eigentlich hatte ich keinen Hunger, aber sie tat mir Leid. Also aß ich ihren Eintopf, trank Limonade dazu und erzählte vom Drogeriemarkt, von den neuen Lieferungen und von Gertruds Mann, der über einen Randstein gestolpert war und sich den Fuß gebrochen hatte. Nach dem Essen trug ich meinen Teller in die Küche und spülte ihn ab, während meine Mutter Tanjas Spielsachen, ihren Zeichenblock und ihre Buntstifte in eine Tasche stopfte. Plötzlich bemerkte ich, dass ihre Schultern zuckten. Sie weinte.

»Mama ... was hast du denn?«

Sie nestelte ein Taschentuch aus ihrer Schürze, tupfte sich das

Gesicht ab, krampfhaft um Fassung bemüht, als wolle sie um keinen Preis, dass ich diesen Augenblick der Schwäche falsch auslegte. Es gab wenige lebendige Momente zwischen uns, aber das war so einer, und sie wollte ihn nicht. Deshalb klang ihre Stimme besonders streng, als sie fragte: »Und was wird mit Weihnachten?«

Ich schickte Tanja hinauf ins Schlafzimmer, um ihren Stoffhasen und ihr Waschzeug zu holen. Als sie das Zimmer verlassen hatte, fragte ich: »Was soll sein mit Weihnachten?«

Mutters Mund zitterte. »Werner«, sagte sie nur.

Sie hatte es wieder einmal geschafft. »Ob du mir's glaubst oder nicht, Mama, aber Weihnachten geht mir heuer ziemlich am Arsch vorbei.« Ich sprach absichtlich so vulgär, weil sie dies auf den Tod nicht ausstehen konnte. Warum dachte sie immer nur an Werner? Und was, bitte schön, sollte ich mit dieser rührseligen Kacke anfangen? »Stille Nacht, heilige Nacht« singen, während gegen meinen Mann ein Strafverfahren lief, das ich in Gang gesetzt hatte?

»Ja, du denkst wieder mal nur an dich«, schimpfte Mutter. »Aber denk doch auch an Tanja! Sie freut sich so auf Heiligabend.«

»Oh, keine Sorge. Ich werde einen Baum kaufen, ich werde Krippenfiguren aufstellen, und Tanja wird ihre Geschenke erhalten. Und dich lade ich herzlich ein, das ist selbstverständlich.«

»Wir könnten bei mir feiern.«

In dieser Fußangel verfing ich mich nicht. Wenn wir bei ihr feierten, würde auch Werner da sein. In ihrer Wohnung konnte sie bestimmen, wen sie einlud. In der meinen nicht.

»Tanja soll zu Hause feiern. Wie jedes Jahr.«

Sie blickte mich an, die Werner-Frage immer noch in den Augen.

Ich sagte ihr, dass Werner Tanja am ersten Weihnachtsfeiertag sehen könne. Dann meinetwegen bei ihr. Ich musste ja nicht dabei sein.

»Und Heiligabend? Willst du ihn in seinem Zimmer in diesem Vereinsheim ganz allein hocken lassen? Was bist du bloß für ein Mensch, Doris?«

Mir wurde heiß vor Zorn. »An Heiligabend allein zu sein ist natürlich sehr viel schlimmer, als am elften November vergewaltigt zu werden.«

Ihr Gesicht wurde starr. Auf ihrem Hals breiteten sich rote Flecken aus. Immer schon hatte sie es gehasst, wenn Dinge direkt angesprochen wurden, da konnte sie sich mit Ricki die Hand geben. Sie drehte sich um, ging auf den Flur hinaus, in die Gästetoilette. Sie floh förmlich vor dieser Tochter, die nie so reagierte, wie man es erwarten durfte. Die mit vierzehn Jahren einen Schlapphut trug und ihn nur abnahm, wenn sie sich ins Bett legte. Die ihre Beine mit Wachs enthaarte und sich mit sechzehn das Haar rappelkurz schneiden ließ. Lucky Strikes rauchte und mit jungen Burschen in der Wirtschaft Skat klopfte. Die Schauspielerin werden wollte, sich sogar einen Künstlernamen ausgedacht hatte, den sie auf ein Schild schrieb, das an ihrer Tür hing: »Ramona Wonder«. Die in der Hütte am Fluss Weihrauch verbrannte und Liebesromane las. Sich mit ihrer Freundin über Zungenküsse unterhielt und die Wörter »Orgasmus« und »Masturbation« in den Mund nahm, als seien es Bonbons, die auf der Zunge zergingen.

Und trotzdem ... trotzdem gab ich die Hoffnung nicht auf, dass sich etwas zwischen uns ändern würde. Da war dieser Ausdruck ihrer ungeschützten Augen, für ein paar Sekunden nur. Sie würde jetzt noch nicht darüber sprechen wollen, aber sie würde vielleicht über uns nachdenken. Wie *sie* wohl reagiert hätte – an meiner Stelle? Vielleicht stellte sie sich diese Frage auch? Sie war keine gefühllose Frau, eher eine ... verschüttete. Mir fiel kein besserer Ausdruck dafür ein, aber sie würde wissen, was ich meinte, bloß dass ich es ihr nicht sagen konnte, weil wir uns eben nie etwas sagten. Nicht wirklich. Sie verschanzte sich hinter Vorwürfen und Ermahnungen, und ich versuchte, sie zu schockieren. Wie das eben so ist, wenn Angreifer und Verteidiger ihre Spielchen miteinander treiben.

Tanja lief durch alle Zimmer, als wir zu Hause waren. Sie begrüßte ihre Puppen und Teddybären, dann breitete sie ihre Buntstifte auf dem Küchentisch aus und begann ein Bild zu malen. Ich stand am Herd und machte Würstchen warm. Meine Mutter hatte mir Plätzchen mitgegeben, sie hatte sie in einen Karton gepackt und sorgfältig mit Seidenpapier abgedeckt. Ich legte ein paar auf einen kleinen Teller und stellte ihn vor Tanja auf den Tisch. Sie sah von ihrer Zeichnung hoch und lächelte mich an.

»Was malst du denn da?«

Sie schob mir den Block hin. Eine Familie. Unsere Familie. Ich auf der rechten, Werner auf der linken Seite. Wir hielten Tanja an den Händen. Über jeden Kopf hatte sie in roter Farbe ein Herzchen gemalt. Das Bild hatte sie überschrieben: »Für Papa!«

»Das schenk' ich ihm zu Weihnachten.«

Ich nickte. »Schön.«

Sie blickte mich an, den Kopf schräg gelegt, mit besorgten Augen. »Weißt du, was die in der Schule gesagt haben? Die sind richtig blöd. Die haben gesagt, der Papa muss ins Gefängnis.«

Mir stockte der Atem. Also doch! »Die in der Schule sollen sich um ihre Schularbeiten kümmern.«

Sie sah mich noch ein paar Sekunden lang an, dann nickte sie zögernd, nicht ganz überzeugt, und beugte sich wieder über ihre Zeichnung.

Ich hatte einmal gelesen, dass manche Menschen, die etwas Schlimmes erleben mussten, sich ihre Arme und Beine mit Glas-

scherben zerkratzen oder sich büschelweise die Haare aus-
reißen. Dass Erinnerungen einen zu den verrücktesten Handlun-
gen verführen. So musste es in jenen Tagen auch bei mir gewesen sein, nur dass ich nicht mein Äußeres verletzte, sondern
keine Gelegenheit ausließ, mir buchstäblich in der Seele wehzu-
tun. Ich unternahm Dinge, die von vornherein zum Scheitern
verurteilt waren. Trotzdem tat ich sie. Manchmal waren es nur
Kleinigkeiten. Ich redete zum Beispiel Frau Koschnik an, wenn
sie ihr Waschmittel bei uns holte, und trug ihr den schweren
Karton zur Eingangstür. Mir war klar, dass sie nicht wie sonst
einen Witz reißen, ihre Hand auf meinen Arm legen oder mir
sagen würde, ich sei die netteste Verkäuferin hier in Greifenbach. Nein. Sie würde verlegen hinter mir drein tippeln, meinen
Blick meiden, sich murmelnd bedanken und schnell das Weite
suchen. Und genau so geschah es. Dann stand ich an der großen
Glastür, blickte ihr nach, und der Schmerz und die Traurigkeit
wurden noch stärker. Bonjour, tristesse … Oder ich packte
einen Karton aus, den eigentlich Elke auspacken musste. Wenn
sie sich dann reserviert bedankte und – genau wie Frau Koschnik – meinem Blick auswich, begrüßte ich meinen Schmerz bereits wie einen alten Freund, auf den Verlass war. Ich ging auch
öfter ins »Havanna«, setzte mich an die Theke, orderte einen
Rotwein und blickte herausfordernd zu dem Tisch, an dem sich
meine früheren Freunde aufhielten. Natürlich nickten sie mir zu
oder grüßten sogar, aber nie baten sie mich, bei ihnen Platz zu
nehmen. Ich hörte ihre Stimmen, ihr Lachen, und der Kloß in
meinem Magen kündigte ihn wieder an, den Schmerz, den ich
suchte.

Am verheerendsten waren meine Ausflüge in die nahe Kreisstadt. Dort wussten sie nichts von mir, dort ordnete man mich
ein, wie man mich wahrnahm. Ich sah mir selbst zu, wie ich in
meinen hohen Stiefeln, den engen Jeans und der Lederjacke eine
Kneipe betrat, mich an einen Tisch oder an den Tresen setzte,

mir Bier bestellte und sofort ein Gespräch mit dem Wirt oder mit den Gästen begann. Ich beobachtete mich, wie ich flirtete. Anders als früher. Da war nichts Fröhliches und Leichtes mehr in mir. Mein Lachen klang mir wie klirrendes Eis in den Ohren, viel zu laut und hart, um irgendjemanden zu täuschen. Ich taxierte die Männer, und sie taxierten mich. Es kostete mich Mühe, meine Kälte zu verbergen. An jedem Mann hatte ich etwas auszusetzen. Der eine war ein mickriges Weichei, der andere ein Prolet, wieder ein anderer ein Anmacher ersten Ranges. Legte einer dieser Männer vertraulich seine Hand auf meinen Arm oder drängte seinen Körper beim Tanzen an mich, zuckte ich zurück, fühlte mich aber gleichzeitig bestätigt. Ich hatte es gewusst! Sie waren alle gleich!

An einem dieser Abende lernte ich Albert kennen. Nettes Gesicht, blondes, gewelltes Haar, vielleicht Ende dreißig. Er lud mich zu einem Glas Wein ein, er benahm sich zurückhaltend, freundlich und erzählte mir, dass er Beamter sei. Er arbeite im Strafvollzug.

»Was heißt das?«, fragte ich gedehnt.

»Das Gefängnis. Ich bin Gefängniswärter.«

Alles in mir stand still. Mein Herz setzte für einen Schlag aus. Ich schwöre – erst in diesem Augenblick ging mir auf, dass ich durch meine Anzeige Werner vielleicht ins Gefängnis schickte. Bis jetzt hatten meine Gedanken Halt gemacht bei der Vorstellung jenes Moments, da der Richter ihn für schuldig befinden würde. So wie in alten Liebesfilmen alles beim ersten leidenschaftlichen Kuss endet, endete meine Geschichte mit dem Spruch: »Schuldig im Sinne der Anklage.« Tragische Musik, Abspann, leere Leinwand. Nun jedoch, beim Anblick eines leibhaftigen Gefängniswärters, rollte der Film weiter. Wenn Werner keine Bewährungsstrafe bekam? Wenn er in Handschellen abgeführt und ins Gefängnis gebracht wurde? Ich stellte mir vor, wie man ihn aus dem Gerichtssaal führte. Wie er sich immer wieder nach mir umwandte, das Gesicht grau und mit Bartstoppeln überzogen, wie er meinen Blick suchte, wie seine verzweifelten Augen fragten: Hast du das gewollt?

Ich war dermaßen entsetzt, dass ich hilflos kicherte.

Albert lächelte verlegen. Er habe immer Angst zu erzählen, was für einen Beruf er ausübe. Dabei sei dieser Beruf verantwortungsvoll.

Ich versuchte mich zu beruhigen, obwohl ich mein eigenes Herzklopfen hören konnte, und blickte auf seine Hand. Kein Ring. »Bist du verheiratet?«

»Geschieden.«

Von da an verlief dieser Abend anders als gewohnt. Wir unterhielten uns, bis das Lokal schloss. Das heißt, Albert unterhielt sich, und ich hörte zu. Ihm schien gar nicht aufzufallen, dass ich nicht das Geringste über mich erzählte, außer dass ich allein lebte, eine Tochter hatte, die heute Abend bei ihrer Oma schlief, und dass ich als Verkäuferin arbeitete.

Von ihm erfuhr ich viel. Seine Frau hatte ihn vor drei Jahren verlassen. Seine Dienststunden waren aufreibend, er war oft nervös und angespannt, sah die Welt anders als seine Frau, die lediglich ihren Spaß haben wollte und sich nicht viel aus dem Unglück und Leid ihrer Mitmenschen machte. Eines Tages zog sie aus, einfach so. Die Scheidung stellte kein Problem dar, sie hatten keine Kinder, obwohl er sich immer nach Kindern gesehnt hatte. Er war häuslich. Er hörte gern Musik, klassische vor allem, und ging oft ins Theater. Er sprach über seine Hobbys, über Rechtsprechung, über bestimmte Gefangene, deren Schicksal ihm an die Nieren ging, über seine Eltern, über Religion und davon, dass er gern wieder heiraten würde. Er war nicht atemberaubend, kein Mann, der einen in einen erotischen Schockzustand versetzte, aber er war sympathisch.

Als wir das Lokal verließen, brachte er mich zu meinem Auto. Er lächelte schüchtern.

»Ich hab' seit Jahren nicht mehr so viel geredet. Das klingt jetzt saublöd, ich weiß, aber ich glaube … na ja … ich hab' mich ein bisschen verliebt in dich.«

Dass ich nicht antwortete, fasste er falsch auf. Er dachte wohl, mir ergehe es ähnlich. Er zog mich an sich, sein Gesicht, erhitzt vom Wein, näherte sich dem meinen. Blasse Wimpern, seitlich der Nase eine Narbe, unterm Kinn einige Bartstoppeln, die er übersehen hatte abzurasieren. Sein Mund berührte mich. Mir wurde übel, ich schubste ihn zurück und schrie auf.

»Fass mich ja nicht an! Sonst schreie ich die ganze Straße zusammen!« Die Worte kamen so schnell und grob über meine Lippen, dass ich selbst erschrak.

Er zuckte zurück und stierte mich an, ungläubig, verletzt, schockiert. Ich schluchzte auf, weil er mir Leid tat … weil ich mir Leid tat. Vielleicht, wenn ich ihn ein Jahr später kennen gelernt hätte? Ich schmiss meine Handtasche auf den Rücksitz und blickte mich immer wieder nach ihm um, als wolle er gleich über mich herfallen. Als ich mit quietschenden Reifen wegfuhr, stand er da, die Hände leicht erhoben, als wolle er sagen: »Was, zum Teufel, geht hier vor?« Regungslos, verwirrt – aber ich empfand kein Mitleid mehr. Er war ein Mann. Männer waren nicht mehr meine Freunde. Sie waren der Feind.

Bevor ich nach Greifenbach zurückkehrte, bog ich in einen Waldweg ein, schaltete die Scheinwerfer aus und öffnete das Seitenfenster. Tief atmete ich die kalte Luft ein und beruhigte mich ein wenig. Nein, ich war nicht so verbohrt, jetzt zu glauben, alle Männer seien potenzielle Vergewaltiger. Aber mein Sichtwinkel weitete sich, seit ich mir so oft den Kopf zergrübelte. Wie gingen Mann und Frau, heutzutage, hier bei uns, miteinander um? Hatte Vergewaltigung nicht auch eindeutig etwas mit Unterdrückung zu tun? Einerseits wurde uns erzählt, wir lebten in einer modernen, aufgeklärten Zeit, gleiche Rechte für Mann und Frau, das Achtundsechzigergeschwätz unserer Mütter – das der meinen natürlich ausgenommen, sie gehörte nicht zu den revoltierenden Frauen – habe sich überholt. In der Realschule unterrichtete uns eine junge Geschichtslehrerin, die zwar eingestand, dass die Frauen jener Generation viel für die Emanzipation und das Verständnis zwischen den Geschlechtern getan hätten, dass heute aber fast all die Streitpunkte geklärt seien. Wir Frauen könnten Karriere machen, unsere Sexualität ausleben, könnten selbst bestimmen, ob wir Kinder haben wollten oder nicht ... Lady, dachte ich, während die kalte Nachtluft mich frösteln machte und ich eine Zigarette rauchte – wir scheinen in zwei verschiedenen Welten zu leben. Wie ich das sah, fanden erfolgreiche Revolutionen zuerst in den Köpfen statt. Und je mehr Biertischmentalität landauf, landab noch herrschte, desto mehr veraltetes Denken galt auch noch. Gleichstellung, so ein Witz! Es gab Fabriken hier in dieser Gegend, in der meine Schulfreundinnen immer noch ein Drittel weniger verdienten als die Männer in gleicher Position. Und wenn ich von meiner Plackerei im Drogeriemarkt nach Hause hechelte – in dem ich, wohlgemerkt, aus rein finanziellen Gründen arbeitete –, war *ich* fürs Abendessen zuständig und fürs Aufräumen, und nicht Werner. Und vor ein paar Jahren im Vereinslokal, während einer Sauforgie, redeten sich einmal die angeblich sexuell Befreiten beiderlei Geschlechts die Köpfe heiß und kamen überwiegend zu der klaren Meinung: Viele Frauen haben selbst Schuld, wenn sie vergewaltigt werden. Wenn die Frau nachts allein unterwegs ist, dann hat sie die Vergewaltigung herausgefordert. Wenn sie leicht bekleidet ist, hat sie sie herausgefordert. Wenn sie aufreizend bekleidet ist, hat sie sie auch herausgefordert. Ergo: Sie fordert sie immer heraus! Fazit: Ihre Existenz ist herausfordernd. Vielleicht sollten wir Frauen auf unsere Existenz verzichten? Ich erinnere mich noch gut an das schallende Gelächter, als Kai, Uwe und Carsten sämtliche Vergewaltigungswitze aus ihrem Gedächtnis kramten. Als würden sie sich lustig machen über kleine Kavaliersdelikte. »Vergewaltigt ein Bischof eine Nonne ...« Ja. Auch ich habe einmal über diese Witze gelacht.

9

Ein paar Tage vor Weihnachten rief mich meine Mutter im Drogeriemarkt an. Dies war völlig ungewöhnlich, da sie wusste, wie ärgerlich Wagenbauer wurde, wenn er private Gespräche weitervermitteln musste. Ihre Stimme klang anders als sonst, hilflos, schwach. Sofort fragte ich: »Geht's dir nicht gut, Mama?«

»Ich war heute beim Frauenarzt, ganz früh schon, wegen Tanja, damit ich sie rechtzeitig von der Schule abholen kann.«

»Ja, und?« Angst stieg in mir auf.

»Er hat in meiner linken Brust einen Knoten entdeckt.«

Ich wusste nichts zu sagen. Jedes Wort erschien mir unnütz, hohl.

»Und jetzt muss ich morgen zur Mammographie. Aber die hatten nur mehr einen Termin um eins. Da kann ich Tanja nicht abholen. Glaubst du, du kriegst frei?«

Mir stiegen Tränen in die Augen. Dachte jetzt an Tanja, meine verrückte, pflichtbewusste Mutter. Anstatt zu jammern, zu weinen oder zu fluchen, dachte sie an Tanja. »Mama«, sagte ich ganz sanft. »Ich werd' mir Urlaub nehmen. Dann hole ich Tanja von der Schule ab, und am Nachmittag, nach der Untersuchung, kommst du zu uns. Egal, was der Arzt rausfindet, du kommst zu uns, hörst du?«

»Ja.« Ungewohnt friedlich und sanft ... Ach, Mama, Mama ... Ich schluckte meine Angst hinunter. »Das kann auch ganz harmlos sein.«

Schweigen.

»Das weißt du doch, Mama, dass es ganz harmlos sein kann?«
»Gut, Doris, dann bis morgen Nachmittag.« Sie legte auf.
Wagenbauer, der während des Gesprächs in einer Schreibtisch-
schublade herumgekramt hatte, damit ihm ja kein Wort ent-
ging, blickte auf.
»Ist was passiert?«
Ich sagte ihm, dass es meiner Mutter nicht gut gehe, dass ich
mich um sie kümmern müsse, und seltsamerweise war er sofort
einverstanden, als ich ihn bat, mir am nächsten Tag freizugeben.
Das war anständig von ihm, denn so kurz vor Weihnachten
steckten wir bis über die Ohren in der Arbeit. Jeder wollte
vor Heiligabend noch schnell seine Vorräte auffüllen oder Geschenke besorgen. Ich bedankte mich bei ihm und meinte
zögernd: »Meine Mutter wird morgen geröntgt. Falls sie ins
Krankenhaus muss …« Ich zuckte ratlos mit den Achseln.
»Jetzt machen Sie sich nicht verrückt«, sagte er.

Drei Tage vor Heiligabend hatte sie einen Termin zur Biopsie.
Ich fuhr sie zum Krankenhaus und holte sie auch wieder ab. Als
sie in ihrem grauen Lodenmantel, die Haare sorgfältig frisiert –
denn kein Schicksalsschlag könnte meine Mutter dazu bringen,
ungepflegt oder schmuddelig auszusehen –, mit mir die Klinik
verließ, schien alle Kraft sie verlassen zu haben.
»Warum krieg ich das Ergebnis erst nach Weihnachten?«, jam-
merte sie. »Das ist doch unmenschlich, so lange warten zu
müssen!«
Wir fuhren zu ihrem Haus, packten ein wenig Kleidung und
Unterwäsche zusammen, dann nahm ich sie mit in meine Wohnung. Tanja wartete schon auf uns. Sie hatte ganz rote Backen
und zog meine Mutter sofort in das Kinderzimmer. Dort hatte
ich eine Liege aufgestellt – ich würde die nächsten Tage bei
Tanja schlafen, meine Mutter erhielt das Schlafzimmer. »Schau
mal, meine Puppen!«, sagte Tanja. »Die können es schon gar

nicht mehr erwarten, bis das Christkind kommt.« Tanjas Freude und Aufregung taten meiner Mutter gut. Sie lächelte zum ersten Mal an diesem Tag.

Mittags fuhr ich in den Drogeriemarkt. Wagenbauer hatte gar nicht mehr mit mir gerechnet und schien erleichtert.

»Geht es Ihrer Mutter besser?«

Ich sagte ihm, dass die Untersuchungen noch andauerten. Er nickte und ging zur Tagesordnung über. Eine Lieferung mit Silvester- und Faschingsartikeln musste ausgepackt, ein Karton mit Billiglippenstiften wegen einer Reklamation zurückgeschickt werden. Die Lichterkette im Schaufenster war defekt. Alles Routine, normaler Alltag.

Ich drehte gerade die Lämpchen heraus und ersetzte sie durch neue, als Elke neben mir stehen blieb, mir eine Weile zusah und mich plötzlich ansprach.

»Wie geht's dir?«

Ich war so überrascht, dass mir ein Lämpchen entglitt und zu Boden fiel. »Ganz gut«, antwortete ich steif.

»Ich hab' gehört, deine Mutter ist krank?«

»Man weiß noch nicht, was ihr fehlt.«

Sie zögerte und reichte mir ein neues Lämpchen. »Gehen wir heute Mittag einen Kaffee trinken?«

Ich richtete mich auf. Wieso tat sie das? Hatte sie ihre Meinung geändert? Oder hatte sie Mitleid mit mir? Feiertagsstreicheleinheiten für die arme misshandelte Frau?

Ich sagte zu. Natürlich sagte ich zu. Der Mensch verliert ja nie die Hoffnung. Wahrscheinlich die stichhaltigste Erklärung, warum die Erde immer noch besteht.

Lange redete sie um den heißen Brei herum. Zwei Tassen Kaffee und ein Stück Sahnetorte lang. Erzählte von ihren Eltern, dass sie und ihr Bruder Weihnachten bei ihnen seien, vom »Havanna«, das eine tolle Silvesterparty plane, nur für Stammgäste …

und als sie merkte, dass dies nicht gerade der ideale Einstieg war, da man mich im »Havanna« seit Wochen schnitt, trat eine Gesprächspause ein. Sie rührte mit dem Kaffeelöffel in der leeren Tasse herum.

»Ich habe Werner vor ein paar Tagen getroffen.«

Ah ja, jetzt kamen wir der Sache schon näher.

»Er hat mich gebeten, mit dir zu sprechen.« Sie blickte mich verlegen an. »Zuerst wollte ich nicht, aber dann dachte ich mir, nun, wir sind doch befreundet …«

Wie kühl das klang. Wir sind doch befreundet … Ich hatte immer angenommen, sie sei meine beste Freundin. Unsere vertraulichen Gespräche, unser Lachen, das Gefühl, dass sie alles über mich wusste und ich alles über sie … »Klar, wir sind ja befreundet«, wiederholte ich mit leisem Spott.

»Werner tut alles so Leid. Er möchte wieder zu euch zurück.«

»Und weil jetzt das Fest des Friedens naht, meint er, ich sei besonders leicht weich zu kochen.«

Sie bekam einen strengen Zug um den Mund, wie meine Mutter. »Du hast auch Fehler gemacht, Doris.«

»Menschen machen immer Fehler, vor allen Dingen gegenüber jenen Menschen, mit denen sie jeden Tag zusammen sind. Das Problem ist nur: Er hat keinen Fehler gemacht, Elke, sondern er hat ein Verbrechen begangen.«

»Verbrechen … Verbrechen …«, murmelte sie geniert.

»Du meinst, er hat sich von mir nur geholt, was ihm zustand? Und da ich ja gerade von Ricki kam, dürfe ich mich nicht wundern, nicht wahr? Nun gut, dann will ich dir mal sagen, was er mir angetan hat. Er hat mich so geschlagen, dass mir das Blut aus der Nase schoss und jede einzelne Rippe krachte. Er warf mich auf den Boden, und als ich mich wehrte, hat er mir seinen Ledergürtel über den Oberkörper gezogen, immer und immer wieder, bis ich halb bewusstlos war. Als ich mich immer noch wehrte, schlug er mir seinen Handrücken ins Gesicht, dass ich dachte, meine Nase und mein Kinn seien nur mehr eine einzige Knochenmasse. Dann riss er mir das, was ich anhatte, vom Leib und öffnete seine Hose … so typisch männlich aggressiv und entschlossen, dass ich heute noch nachts angstvoll von dem Geräusch träume, das sein Reißverschluss machte. Und er vergewaltigte mich mit einer solch mörderischen Wut, dass mein Kopf immer wieder gegen den Boden schlug und in meinem Unterleib, der staubtrocken war, das Feuer ausbrach. Blut war am Boden, Speichel, Sperma … und ich lag mit meinem Hintern darin und wollte nur noch sterben. Alles wurde still in mir, als sei die Welt ausgestorben. Denn in meinem Kopf, liebe Elke, hatte ich diesen schrecklichen Ort verlassen, ich hielt es einfach nicht mehr aus, dort zu sein. Aber ich habe sein Keuchen gehört und gespürt, wie sein Körper erschlaffte und wie er aufstand, über mir stand, seinen Reißverschluss wieder hochzog und über mich hinwegstieg, als sei ich ein x-beliebiger Gegenstand, den man benutzt hat und nun nicht mehr braucht. Und weißt du, was das Schlimmste ist? Wenn man dir das angetan hat, dann fühlst du dich hinterher so schmutzig und gering, dass du am Ende noch glaubst, du selbst hättest Schuld daran. Das wäre der Zeitpunkt, wo du Hilfe brauchst – die du aber nicht bekommst.«

Sie war um die Lippen ganz bleich geworden und starrte mich erschüttert an.

Ich stand auf. »Gehen wir?«

Sie nickte wie betäubt. »Was … was soll ich ihm jetzt sagen?«, stammelte sie.

»Gar nichts«, antwortete ich.

Wenn ich an jenes Weihnachtsfest zurückdenke, erscheint es mir in der Erinnerung völlig unwirklich. Ich hatte einen Baum gekauft, der bis zur Zimmerdecke reichte, und ihn mit Kerzen und Strohsternen geschmückt. Auf einem Tischchen, das ich neben den Baum stellte, reihte ich die Weihnachtspäckchen auf. Meiner Mutter hatte ich einen Seidenschal für ihr neues Kostüm besorgt und eine Hörspielfassung von »Don Carlos«. So oft hatte sie mir erzählt, wie verzaubert sie im Theater gesessen und der Stimme meines Vaters gelauscht habe. Vielleicht würde sie dieses Geschenk ein wenig mit der Vergangenheit aussöhnen? Angenehme Erinnerungen wecken?

»›Don Carlos‹«, sagte meine Mutter gedehnt und warf mir einen langen Blick zu. Sonst sagte sie nichts. Auch nicht danke.

Beim Abendessen sprachen wir über Alltägliches. Wir vermieden auch medizinische Themen, kurz alles, was an Mutters Testergebnis erinnern konnte. Als im Radio ein Weihnachtslied gespielt wurde, das Werner besonders liebte, hob Tanja den Kopf. Ihre Augen suchten die meinen.

»Wir haben das Lied auf einer CD. Du kannst sie morgen zu Papi mitnehmen, und ihr könnt es zusammen anhören«, sagte ich rasch.

»Und er kommt heute wirklich nicht mehr?«

»Nein.«

Sie bemühte sich, nicht zu weinen. Sie sagte auch nichts mehr. Ich ahnte, was in ihr vorging. Ich hatte als Kind auch oft geschwiegen und trotzdem viel mehr wahrgenommen, als die Erwachsenen sich vorstellen konnten.

Ich zog sie auf meinen Schoß. »Ich habe mit deinem Papa telefoniert. Er ist nicht allein heute Abend, er ist bei Onkel Ricki. Morgen bringe ich dich hin. Sie wollen mit dir essen gehen und ins Kino ...« Ich stockte. Fast hätte ich gesagt: »Ist doch schön, so hast du zweimal Weihnachten.« Aber das wäre nicht fair gewesen, nicht ehrlich. Auch wenn sie noch ein Kind war, verdiente sie es, dass man sie ernst nahm. Das, was mir passiert war, betraf auch sie. Also erklärte ich ihr, dass es manchmal zwischen verheirateten Menschen Dinge gibt, die sie trennen. Keine Dinge, die man mit ein paar Worten oder einer Entschuldigung wieder aus der Welt schaffen kann und einfach vergessen. Deshalb würde unser Leben in Zukunft ein bisschen anders aussehen als vorher. Aber eines sei ganz sicher: dass wir beide sie lieb hätten.

Sie sah mich aufmerksam an. Und dann ... wie soll ich es nur beschreiben? Dann hob sie ihre beiden Hände, an denen noch Schokoladestreusel klebten, strich mir ganz sacht übers Gesicht und malte mit einem ihrer Finger die Form eines Schmetterlings nach, direkt unter jenem Auge, das damals vom Bluterguss entstellt war. Sie machte es so zart, so liebevoll, mit so ernstem Gesicht – und sah mich wieder an, als würde sie genau wissen, was mit uns allen geschehen war. Für einen endlos langen Augenblick saßen wir so, dann nickte ich, und sie nickte zurück. Ja, sie verstand mich. Sie war noch so klein, keine acht Jahre alt, aber sie verstand mich.

Als Tanja mit ihren neuen Büchern und ihrem geliebten Stoffhasen im Bett lag, öffnete ich eine Flasche Wein und setzte mich zu meiner Mutter auf die Couch. Schon während des Essens und auch während der Bescherung kam sie mir in sich gekehrt und abwesend vor. Ich schrieb es ihrer Angst zu. Es musste schlimm sein, nicht zu wissen, ob man krank oder gesund war. Krebs ... was für ein schrecklicher Gedanke. Sie tat mir Leid. Also fasste ich nach ihrer Hand und drückte sie. Sie trank einen Schluck und stellte ihr Glas vorsichtig zurück auf den Tisch, ihr Blick streifte die Hörspielkassette.

»Ich wollte schon lange mal mit dir über deinen Vater reden, aber es fällt mir nicht leicht. Deshalb habe ich es immer vor mir hergeschoben.« Sie fröstelte, ich konnte es an der Haut ihrer Arme sehen. Ich gab ihr eine Decke, und sie legte sie über ihren Schoß. »Es ist schwer, immer diejenige zu sein, die sich um den Alltag kümmert, um das Geld, das nie zu reichen scheint, um all die kleinen Sachen, die getan werden müssen. Ich hab schnell gemerkt, dass dein Vater dazu nicht taugte. Aber ich hab' mir gesagt, macht nichts, dafür hat er ja dich, Erika, du bist stark und realistisch. Er bringt dafür das Licht mit und die Luft zum Atmen mit seiner Phantasie und seiner Begeisterung für die schönen Dinge im Leben. Aber solche Menschen wie er bürden dir immer mehr auf, bis alles ganz schwer wird auf deinen Schultern. Und was noch schlimmer ist – sie lassen es dich merken, dass du der Packesel bist. Sie brauchen dich zwar, aber irgendwie verachten sie dich auch, selbst wenn sie's nicht zugeben, vielleicht nicht einmal vor sich selbst. Denn eins ist klar: Geliebt werden *sie*, die Menschen, die die Luftschlösser bauen können. Von den Freunden, den Nachbarn, von anderen Frauen oder Männern ... und vor allen Dingen von ihren Kindern. Während *du* die Nüchterne abgibst, die Bremserin, die immer den Spaß verdirbt. Als dein Vater arbeitslos wurde und keine Rollen mehr bekam, ging etwas in ihm entzwei. Aber nicht deswegen, weil er nicht mehr spielen durfte, nein ... es waren in erster Linie die Bewunderung, der Applaus, die Flirts ... du glaubst ja gar nicht, wie ihm das alles fehlte. Plötzlich war er einer von uns. Graue Masse. Das hat er nicht ausgehalten.«

Sie strich mit ihren Händen über die Decke. »Es hat mir wehgetan, dass du ihn so geliebt hast, mit seinen Geschichten und seiner Mundharmonika und seinen verrückten Einfällen. Für mich war Liebe immer etwas anderes: dass du die neuen Turnschuhe gekriegt hast, die auch deine Freundinnen hatten, dass es zu Hause immer sauber und ordentlich war, damit du nicht

Angst haben musstest wie andere Kinder, deren Eltern auch arm waren und die Armut nicht versteckt haben. Denn wir waren arm, aber ich wollte nie, dass du es merkst. Deshalb habe ich auch immer von dem Bankkonto erzählt, das wir angeblich hatten. Kannst du dich noch erinnern?«

»Ja«, sagte ich erstaunt. »Als ich schon älter war … da hatten wir einmal einen Streit. Ich wollte ein neues Kleid haben und habe es dir übel genommen, dass du nichts von dem Konto rausrücken wolltest.«

Sie seufzte. »Weil ich zwar ein Konto bei der Bank hatte, aber da war nie was drauf.«

»Warum hast du das nicht gesagt?«

»Weil ich wollte, dass du dich sicher fühlst.«

Das Bankkonto … Wie oft hatte ich darüber gelästert. »Sie sitzt drauf wie eine Glucke«, hatte ich einer Freundin einmal verächtlich erzählt.

Eine Zeit lang sprachen wir nicht. Als sie wieder zu reden anfing, war ihre Stimme zaghaft: »Wenn ich Krebs habe … ich weiß nicht, was ich dann tu. Aber vorher will ich dir noch sagen, dass ich deswegen Werner so gern habe, weil er sich für die Familie aufarbeiten würde. Und irgendwie glaube ich immer noch, dass es einen Weg geben müsste …« Sie sah mich unsicher an, aber ich konnte ihr nicht antworten. Ich konnte ihr nicht das erzählen, was ich Elke erzählt hatte. Sie hätte es nicht ertragen. Sie wusste einfach zu wenig über diese Dinge. Mochte sein, dass sie unter meinem Vater gelitten, dass er sie oft verletzt hatte, aber sie konnte sich bestimmt nicht vorstellen, wie es war, wenn Wut explodierte und in Gewalt ausartete. Ihr Leben gestaltete sich anders, war in sanften Grautönen erstickt. Sie glaubte an Gott, sie glaubte an Rechtschaffenheit und war mit sich im Reinen. Mein Leben dagegen war aus den Angeln gerissen, kein Oben, kein Unten, ich konnte auch nicht hoffen und glauben und beten, weil mir die Welt wie ein großes Nichts erschien, das

Gott schon lange hinter sich gelassen hatte, vielleicht, um neue Welten zu erschaffen, ohne überhaupt noch einen Gedanken an uns zu verschwenden.

Etwas musste ich sie noch fragen, etwas, das mich all die Jahre gequält hatte.

»Hat Papa nie etwas gesagt, bevor er sich umbrachte? Eine Bemerkung gemacht ... irgendwas ...?«

Sie schüttelte langsam den Kopf. »Er war einfach zu müde, für alles.«

Sogar für mich, dachte ich und fragte mich, ob meine Mutter damals nicht auch manchmal zu müde gewesen war für alles. Aber sie musste ja auf mich aufpassen ... unser Konto zusammenhalten.

Ich nahm ihre Hände zwischen die meinen und streichelte sie. Sie lächelte mich an. »Wahrscheinlich ist es so, dass jeder das macht, was er machen kann«, sagte sie. »Und er konnte halt nicht mehr machen.«

Ja, das verstand ich. Ich schaute ihr in die Augen. »Und manchmal muss jeder das machen, was er machen muss.«

Da verschloss sie sich wieder. »Wahrscheinlich«, sagte sie enttäuscht.

In der Nacht schreckte ich hoch. Ich hörte grölende Männerstimmen auf der Straße, Lachen ... und Werners Stimme war darunter. Leise stand ich auf und ging hinüber in die Küche. Unten stand Werner neben seinem Auto, Kai hockte auf der Kühlerhaube, Uwe pinkelte an einen Baum. Werner und Kai hielten Bierflaschen in der Hand und sahen zu meinem Fenster herauf. Ich verbarg mich hinterm Vorhang, mein Herz schlug schnell und hart, ich umklammerte das Fensterbrett und fuhr mit den Fingern das rissige Holz entlang. Die beiden unten lachten wieder und schlugen die Bierflaschen aneinander. »Frohe Weihnachten, Frau Wengler!«, schrie Werner, und in seiner

Stimme lag so viel Hohn, das es mir einen Schlag versetzte. Uwe drehte sich um und machte seine Hose zu. Auch er schrie jetzt: »Frohe Weihnachten, du Nutte!«, und taumelte betrunken auf Werner zu. Wenn sie weiterhin so herumbrüllten, würde die ganze Straße wach werden und sich wieder den Mund über uns zerreißen. Auch Tanja und meine Mutter würden wach werden. Ich wurde so wütend bei dem Gedanken ... hier zu stehen ... im Dunklen ... wie eine Verbrecherin. Ich machte das Licht an, ging leise auf den Flur hinaus und zog meinen Wintermantel an. Dann lief ich die Treppen hinab und trat ins Freie. Ich wusste gar nicht richtig, was ich tat, denn sonst hätte ich wahrscheinlich eine Riesenangst bekommen. Aber mein Zorn war stärker.

Als die Männer mich sahen, glotzten sie mir blöd entgegen, sie hatten wohl nicht damit gerechnet, dass ich mich in ihre Nähe wagte.

»Haut ab«, sagte ich, »sonst ruf ich die Polizei!«

»Damit hast du ja Erfahrung«, antwortete Kai gehässig und rülpste. Wieder benahm er sich wie das letzte Mal im Treppenhaus, als er meinen Kopf gegen die Eingangstür drückte. Als sei er persönlich es gewesen, dessen Stolz ich mit meiner Anzeige verletzt hatte.

Ich stand nur da und sah die drei an. Werner schien aufzugehen, dass dies nicht der richtige Weg war, sich mit mir zu arrangieren. »Lasst mich mal mit ihr allein«, sagte er zu seinen Kumpels. Die beiden standen noch einen Moment unschlüssig da, dann trollten sie sich.

Mich fror. Die Kälte kroch mir die Beine hoch. Werners Gesicht war bleich, die Augen vom vielen Trinken gerötet.

»Ich dachte, du bist bei Ricki.«

»War ich auch.«

»Wenn du meinst, du kannst Tanja heute Mittag in diesem Zustand bei dir haben, hast du dich geschnitten.«

Um seinen Mund zuckte es, und ich dachte schon, er würde

wieder ausholen und mir ins Gesicht schlagen. Doch von einem zum anderen Moment sackte er in sich zusammen. Er rutschte an der Tür seines Autos herunter, saß jetzt auf der Erde des Parkstreifens und barg sein Gesicht in den Händen. Er schluchzte wie ein kleines Kind, seine Schultern zuckten. Dann hob er sein Gesicht, sein Mund bewegte sich, ohne einen Ton herauszubringen. Er hustete, seine Stimme krächzte. »Siehst du jetzt, was du aus uns gemacht hast?«

Ich blickte auf seinen Mund, aus dem Speichelfäden liefen. Plötzlich umklammerte er meine Knie und sah zu mir hoch. Das kam so unerwartet, dass ich dastand, als habe ich einen Stock verschluckt.

»Doris ... Ich hab' doch gesagt, dass es mir Leid tut. Was willst du denn noch?«

Mein Hals wurde ganz steif. Ich wollte weg. Ich wollte nicht in dieser dunklen Nacht auf der Straße stehen, vor mir mein Mann auf dem Boden hockend, die Augen flehend zu mir erhoben, mit Gesichtszügen, die völlig aus dem Ruder liefen. Ich wollte nicht, dass er mich anbettelte. Ich hatte Angst, dass ich weich werden würde. Aber nicht, weil Mitleid mein Herz überschwemmte, sondern weil mir die Szene so peinlich war. Gleichzeitig tat mir die eigene Kälte weh, ich fühlte nichts, gar nichts. Wieso kannst du nichts fühlen?, fragte ich mich entsetzt. Er ist dein Mann, er ist fertig, kaputt, es ist Weihnachten, er hockt vor dir am Boden und fleht dich an, ihn wieder in dein Leben zu lassen. Und du fühlst nichts, gar nichts.

Nein, ich fühlte nichts. »Lass mich in Frieden!«, sagte ich und ging zum Haus zurück. Bevor die Tür ins Schloss fiel, blickte ich mich noch einmal um. Er hockte immer noch am Boden und rührte sich nicht. In mir zuckte für einen winzigen Moment Genugtuung auf, ich konnte das Gefühl in mir spüren, es stieg bis in meine Kehle. Warm, pulsierend – fast hätte ich triumphierend aufgeschrien.

Als ich wieder in meine Wohnung zurückkehrte, schlich ich mich zum Fenster und lugte vorsichtig auf die Straße hinunter. Was ich sah, ließ mich erstarren. Werner stand bei meinem Auto, das auf der gegenüberliegenden Seite geparkt war, und bog mit einem kräftigen Schlag meinen Seitenspiegel nach unten. Dann stellte er die Scheibenwischer auf und brach sie mit einem Ruck ab. Er tat dies alles langsam und bedächtig – es war gespenstisch. Eigentlich hätte ich wütend werden sollen, dass er schon wieder annahm, mich durch einen pubertären Kraftakt einschüchtern zu können, aber dann sagte ich mir, dass *er* Probleme hatte, nicht ich. Er bückte sich, hob seine Bierflasche auf und schmiss sie gegen die Fahrertür. Anschließend pinkelte er an die Kühlerhaube. Als er fertig war, steckte er die Hände in die Hosentaschen und starrte zu meinem Fenster herauf. Das Licht einer Straßenlaterne fiel auf sein Gesicht. Es war leer und fremd, ich kannte es nicht mehr.

Am nächsten Tag, als ich meine Mutter nach Hause fahren wollte, blieb sie überrascht stehen, als sie die abgebrochenen Scheibenwischer und den verbogenen Seitenspiegel entdeckte. Ich hob die Schultern, lief zum Haus zurück und tat so, als holte ich ein Klebeband; dabei hatte ich es schon in meiner Handtasche. Nach kurzer Zeit kam ich wieder zurück und befestigte den Spiegel provisorisch. Die Scheibenwischer warf ich auf den Rücksitz. Eine Gummilitze hatte sich gelöst, Mutter bückte sich und hob sie auf.

Ich lächelte sie beruhigend an. »Bestimmt ein paar Besoffene. Kommt öfter vor in dieser Gegend.«

Ein wissender Ausdruck auf ihrem Gesicht … Sie glaubte mir nicht. Trotzdem nickte sie und stieg ein. Ich atmete erleichtert auf. Ich wollte keine neuen Diskussionen, auch keine Häme meinerseits, kein Siehst-du-jetzt-was-für-ein-Kerl-er-ist? In zwei Tagen würde sie im Krankenhaus ihr Testergebnis erfahren.

Das veränderte die Proportionen unseres Lebens. Wichtig war nur noch die Gesundheit meiner Mutter, viel wichtiger als Werners läppische Zerstörungswut.

11

Im Krankenhaus sagte man uns, dass der Knoten gutartig sei. Meine Mutter war so erleichtert, dass ich hörte, wie sie scharf ausatmete. Sie erhielt ein paar Anweisungen und die Empfehlung, sich bei ihrem Arzt weiter behandeln zu lassen. Noch während wir den Flur des Krankenhauses entlanggingen, machte sie Pläne. Da Tanja Ferien hatte, würde sie mit ihr für eine Woche zu einer Cousine nach Freiburg fahren. Aber vorher wolle sie mit mir noch etwas besprechen. Sie hielt meinen Arm fest und steuerte auf das Gästekasino des Krankenhauses zu. Als wir vor unseren Kaffeetassen saßen, sah sie mich mit entschlossenem Gesicht an und meinte, sie habe mit Werner telefoniert und ihm auf den Kopf zugesagt, dass er es gewesen sei, der mein Auto beschädigt hat. Geschimpft habe sie mit ihm, und zwar kräftig. Trotzdem hätten sie dann vernünftig miteinander gesprochen. Dabei habe sie etwas erfahren, das sie auch jetzt noch in Angst und Schrecken versetzen würde. Denn Werner habe erzählt, dass er eventuell mit einer Gefängnisstrafe rechnen muss, wenn es zu einem Prozess kommt und man meiner Aussage mehr Glauben schenkt als der seinen.
»Das kann doch nicht dein Ernst sein, Doris«, sagte sie entsetzt, »dass du Tanjas Vater ins Gefängnis bringst!«
Etwas in mir riss. Wenn ich geglaubt hatte, die Wand zwischen uns sei ein Stück abgetragen, dann hatte ich mich wohl getäuscht. Als habe meine Mutter ungeheure Kräfte gesammelt, seit sie wusste, dass sie nicht lebensgefährlich erkrankt war, saß sie da, ihre Stimme bebte vor Entrüstung.

»Du kannst dich scheiden lassen, Doris, wenn du es schon nicht übers Herz bringst, wieder zu ihm zurückzugehen. Aber schick ihn nicht ins Gefängnis! Das … das tut man nicht. Man bringt seinen Mann nicht ins Gefängnis. Das würde dir Tanja nie verzeihen, später, wenn sie mal groß ist.«

Ich winkte der Bedienung und bezahlte, ohne ein Wort zu sagen. Schweigend schlüpften wir in unsere Mäntel, schweigend gingen wir zum Ausgang, schweigend fuhr ich sie nach Hause. Als sie ausstieg, stieg ich mit ihr aus. Sie wirkte jetzt ein bisschen hilflos, auch ärgerlich, weil ich während der ganzen Fahrt meine Lippen zusammengepresst und keinen Ton gesagt hatte. Bis oben hin war ich voll mit Enttäuschung und Wut. Im Grunde sprach sie aus, was ich selbst gedacht hatte. Aber ich war durchdrungen von dem Gefühl, dass ich das durfte, sie aber nicht.

»Und was ist, wenn er es wieder tut?«, fragte ich sie plötzlich.

»Die meisten tun es nämlich wieder, weißt du …«

»Er nicht.«

Mein Mund klappte zu. Als stünde ich allein im Universum, als würde eine Flutwelle eisiger Kälte über mich hereinbrechen, stand ich da und blickte sie zornig an.

»So, meinst du!«, schrie ich. »Und was ist, wenn ich nicht mehr mit ihm ins Bett gehen kann? Und er dann wieder mal betrunken ist … und auf mich drauf will … und ich will nicht? Was glaubst du dann, was er tut? Es sich selbst besorgen? Sich eine Nutte suchen? Oder mich wieder vergewaltigen?« Ich lachte höhnisch. »Mein Gott, Mama, du bist so was von naiv!«

Ich sehe ihr Gesicht noch vor mir. Sie war zutiefst erschrocken. Diese keifende Frau kam ihr nicht vor wie eine Tochter, wie ihre Tochter. Sie wich vor mir zurück und stand da, zitternd, weil meine Worte etwas Lebendiges verkörperten, das hässlich war und das sie so nicht hören und nicht wissen wollte. Warum führte ihre Tochter sich so auf? Wegen … nichts. Bettdecke drüber, Licht aus, an was anderes denken … machten das nicht viele Frauen? Und fuhren gut dabei!

Meine Mutter! Warum begriff sie nicht? Dass es zum Beispiel gar nicht um Sex, sondern um Macht gegangen war, die Werner an mir ausgeübt und die ihn so mit Adrenalin vollgepumpt hatte, dass sie ihm auch körperliche Befriedigung bescherte. Wer garantierte mir, dass dieser Machtanspruch, der Drang, mich ständig unter Kontrolle zu halten, bei Fehlverhalten nicht sofort wieder aufflackern würde? Auch dann, wenn ich ihm bloß widersprach? Mich zehn Minuten auf dem Nachhauseweg verspätete? Oder den blauen Pulli trug und nicht den roten?

Die Augen meiner Mutter bekamen einen flehenden Ausdruck, als wolle ich sie auf offener Straße überfallen und als bitte sie mich, davon abzulassen. Plötzlich verließ mich jeder Zorn. Ich ging zu meinem Auto, stieg ein und schlug die Tür zu. Lehnte meinen Kopf zurück. Flucht vor diesem Punkt, den wir erreicht hatten, das war alles, was ich mir wünschte. Dass ich jetzt mit diesem Auto irgendwo hinfahren konnte, wo nichts mehr an die Gegenwart erinnerte. Vor allen Dingen wollte ich meine Mutter vergessen, die auf dem Bürgersteig stand und mit vorwurfsvollem Gesicht zu mir ins Auto hereinsah. Wie konnte sie sagen, dass sie mich immer geliebt hat, und trotzdem zu Werner halten?

Ich legte den Gang ein und fuhr davon. Weiß der Teufel, wie ich mich am Tag der Verhandlung entscheiden würde. Aber es war meine Angelegenheit und nicht die der anderen. Zumindest von der Frau, die mich geboren und aufgezogen hatte, erwartete ich, dass sie zu mir hielt. Tat sie aber nicht. Ich öffnete das Seitenfenster, weil mir Schweißperlen auf der Stirn standen und mein Herz wieder klopfte, als wolle es mir aus der Brust springen.

»Ich hasse dich!«, schrie ich durch das offene Fenster hinaus. Tränen rannen mir übers Gesicht und sammelten sich in der Beuge meines Halses. Ich hatte den Urzustand des Tages X wieder erreicht: Ich war allein.

FÜNFTES KAPITEL

1

Ich konnte mich nicht überwinden und Hannelore Becks Ratschlag befolgen, mich mit einer Polizeipsychologin zu unterhalten, um besser mit der Situation zurechtzukommen. Die Kriminalbeamtin rief mich im Januar an, um zu hören, wie es mir gehe, und erzählte mir, dass sie mit dem Staatsanwalt gesprochen und ihm schonend beigebracht habe, dass ich zwar beabsichtige, gegen Werner auszusagen, dass ich aber natürlich wie manch andere in meiner Lage schwanken würde. Diesen Entscheidungsprozess solle man nicht stören, so hatte sie argumentiert, was den Staatsanwalt natürlich nicht besonders freute, aber sie hatte ihm auch erklärt, dass sie mit mir in Verbindung bleiben und ihn auf dem Laufenden halten wolle. Ich fand es anständig von ihr, mir ein bisschen Luft zu verschaffen, und wieder einmal dachte ich schmerzlich, wie schön es wäre, so eine Frau zur Freundin zu haben.

Aber etwas anderes tat ich: Ich holte mir aus der Städtischen Bibliothek Bücher, die sich mit Vergewaltigung und Gewalt in der Familie befassten, darunter auch welche neueren Datums. Die folgenden Wochen las ich alles, was mir unter die Finger kam. Am meisten interessierten mich jene Kapitel, die sich mit Gewaltbeziehungen auseinander setzten, mit Menschen, vorwiegend Männern, die durch gewaltsame Übergriffe meinten, ihre Probleme lösen und eigene Defizite ausgleichen zu können. Ich lernte, dass mein »Widerspruchsgeist«, wie Werner sich immer ausgedrückt hatte, ihn provozierte und das Image beschädigte, das er von sich selbst hatte. Dass Gewalt Machtmissbrauch darstellt und sich wie eine Sucht auswirkt: Gewaltfreie Phasen werden kürzer, die Gewalt selbst wird immer intensiver. Ich erinnerte mich an das erste Mal, als Werner mich ohrfeigte. Sein Entsetzen hinterher. Genauso groß wie das meine. Und doch schlug er ein halbes Jahr später wieder zu, wegen einer Bagatelle, zumindest in meinen Augen: Ich war später nach Hause gekommen, als er erwartet hatte. Von da an kam es immer häufiger vor, dass er mich in die Ecke schubste, in den Arm boxte oder mir einen Schlag auf den Rücken versetzte – alles Körperstellen, die Außenstehenden verborgen blieben. Oft schloss er auch das Zimmer ab, um mich am Ausgehen zu hindern, oder er zog mich an den Haaren zum Spültisch, wenn er der Meinung war, ich würde den Haushalt vernachlässigen. Und immer bezeichnete er sein eigenes Verhalten hinterher zwar als zu hart, schob aber die Schuld mir zu. Ich hatte ihn gereizt, ich hatte es herausgefordert, ich war frech, ich war eine schlechte Mutter, ich war eine frigide Frau. Und er erreichte, was er bezweckte: Ich fühlte mich tatsächlich immer minderwertiger. Mein schlechtes Gewissen, wenn ich etwas unternahm, von dem ich wusste, dass er es ablehnte, erdrückte mich fast.

Ich las auch, dass es wenig Zweck hat, den Täter verstehen zu wollen oder sich Entschuldigungen für ihn auszudenken. Man ist Opfer, und ein Opfer hat in der Regel keinen Einfluss auf den Täter, der ichbezogen ist und den die Bedürfnisse des anderen nicht interessieren. Als er mir zum Beispiel die Reizwäsche geschenkt hatte … da wollte er, dass ich mich freue, damit ich ihn erfreue. Meine Theatergruppe – sie war ihm egal, solange das Essen pünktlich auf dem Tisch stand und man mir dort keine »blöden« Gedanken einimpfte. Ähnlich war es mit allem, was ich gerne tat. Solange es ihn und sein Leben nicht beeinträchtigte, solange er meine Aktivitäten kontrollieren konnte, akzeptierte er sie. Wenn er annehmen musste, etwas wirke sich negativ für ihn aus, ich entglitte seiner Kontrolle, lehnte er mein Eigenleben ab. Nur Tanja behandelte er anders. Aber sie war klein und unschuldig und hing mit großer Liebe an ihm. Nie stellte sie ihn in Frage, sie hing an seinen Lippen und fand alles wunderbar, was er tat oder sagte. Wie aber würde es sein, wenn sie älter wurde? Wenn sie in die Pubertät kam? Wenn sie ihrem Vater nicht mehr in allem gehorchte? Wenn sie ihn vielleicht einmal geringschätzig behandelte, wie es junge Menschen während ihres Abnabelungsprozesses gerne tun? Wenn sie ihm frech widersprach?

Ich besorgte mir auch Lektüre, die unter das Stichwort Opferverhalten fiel. Erleichtert fühlte ich mich, als ich las, es sei zwar völlig nachvollziehbar, dass ich mir ständig den Kopf zergrübelte, inwieweit ich Schuld trug an dem, was Werner mir angetan hatte, dass ich aber diese Tat zurückweisen müsse und dem zuordnen, der sie vollbracht hatte – nämlich ihm. Erst wenn ich das schaffte, wenn ich mir nicht mehr von ihm und anderen einreden ließ, dass ich zum Teil auch selbst Schuld hatte, würde ich mich aus der Opferrolle befreien können. Ich brachte alles, was sich an Gelesenem in mir speicherte, in Bezug auf Werners Leben. Dass er immer gleich ausrastete, dass er Gegenstände durchs Zimmer warf, dass er zuschlug ... das hatte seinen Ursprung tief in seinem Inneren, in seiner Persönlichkeit. Ich hatte erfahren, wie er aufgewachsen war, wie allein und auf sich selbst gestellt, ohne Liebe, ohne Schutz, ich konnte auch seine Angst, verlassen oder verletzt zu werden, nachvollziehen, aber all diese Erkenntnisse nutzten nichts, wenn ihm selbst die Einsicht fehlte. Auch eine Therapie garantierte nicht von vornherein, dass er sein Verhalten ändern würde. Und es war sowieso sinnlos, darüber nachzudenken. Denn wie hatte er selbst immer getönt? »Therapien brauchen nur Beknackte, und ich bin nicht beknackt.«

Dennoch gingen mir die Worte meiner Mutter nicht aus dem Kopf. *Man bringt seinen Mann nicht ins Gefängnis.* Immer wenn ich daran dachte, fielen mir gleichzeitig all die schönen Momente ein, die Werner und ich zusammen gehabt hatten. Der erste Ratenvertrag, den wir unterzeichneten, als wir uns die Wohnzimmermöbel kauften. Bevor er unterschrieb, hob er seinen Kopf und lächelte mich an. Seine Augen strahlten, und ich dachte stolz, dass ich mit diesem Mann niemals Schiffbruch erleiden würde, so entschlossen und tüchtig wie er war. Oder damals, als in einer Kneipe irgendein besoffener Quatschkopf mich anpöbelte. Werner breitete die Arme schützend aus und sagte nur: »Verpiss dich, Kumpel! Das ist meine Frau. Und wenn du ihr auch nur ein Haar krümmst, überlebst du das nicht.« Als Tanja an Masern erkrankte, vier oder fünf Jahre war sie alt, da schnitt er in einen Karton, den sie sich über den Kopf stülpen konnte, kreisrunde Löcher, weil jeder Lichtstrahl sie unerträglich schmerzte. Er kaufte eine Handpuppe, setzte sich stundenlang an Tanjas Bett und ließ die Puppe auf und ab hüpfen, reden und lachen. Tanja lugte aus ihrem Karton hervor, die Wangen rot vom Fieber, und jedes Lächeln, das er ihr entlocken konnte, trieb ihm die Tränen in die Augen. Einmal blieb ich vor einem Schaufenster stehen und bewunderte einen teuren Wintermantel, der an den Ärmeln mit Pelz besetzt war. Ich spürte Werners Blick auf meinem Gesicht, also wandte ich mich schnell ab. Ich wusste ja, dass wir uns so ein teures Stück nicht leisten konnten. An Heiligabend dann lag der Mantel unterm Christbaum. Er hatte Überstunden gemacht, um ihn bezahlen zu können. Wenn meine Mutter anrief, weil ein Wasserhahn tropfte oder eine Tür klemmte, dann setzte er sich sofort in sein Auto und fuhr zu ihr. Und wenn ein Film im Fernsehen ihm nahe ging, dann bemühte er sich, nicht zu weinen, und tat so, als müsse er niesen oder husten, damit ich die Tränen in seinen Augen nicht bemerkte. Diese Bilder – ich konnte sie nicht zusammenbringen mit jenen, als er auf mich einschlug und mich halb umbrachte. Ich wurde schier verrückt, wenn ich über all das nachdachte. In einem Moment erinnerte ich mich voller Zärtlichkeit und Wehmut an diese kleinen Begebenheiten, da war mir Werner nah und vertraut, und gleich darauf, einen Lidschlag später, sah ich ihn vor mir, wie er mich zu Boden stieß und mit seinen groben Händen meine Bluse zerriss. Da hasste ich ihn und fühlte nur noch Verachtung und Abscheu.

Hannelore Beck hatte mir während unseres letzten Gespräches angeboten, sie zu besuchen, wann immer ich wolle. Also fuhr ich eines windigen Februartages zu ihr. Die Bäume waren noch kahl, ein Schwarm Krähen flog über das Haus, in dem das Polizeirevier untergebracht war. Bald würde es Frühling sein … da hatten wir immer Blumensamen gekauft und sie in die Kästen auf dem Balkon gesetzt. Tanja durfte die kleinen Pflänzchen, wenn sie aus der Erde sprossen, jeden Tag gießen. Einmal wuchs eine Sonnenblume bis an die Gitterstäbe des Balkons über uns. Hannelore Beck unterhielt sich gerade mit einer Kollegin, als ich das Zimmer betrat. Sie beendete ihr Gespräch sofort, bot mir Platz an und schenkte mir Kaffee ein.

»Ist jetzt schon sicher, dass ich nicht mehr zum Staatsanwalt muss?«, begann ich zögernd.

Sie sagte Ja. Die Beweislage sei dem Staatsanwalt als ausreichend erschienen, deshalb würden sich auch Gutachten erübrigen. Zwar habe Werner die Vergewaltigung bestritten, aber die Fakten würden für sich sprechen. Der Amtsarzt habe die körperlichen Verletzungen, gerade auch im Vaginalbereich, in seinem Bericht detailliert geschildert, außerdem sei dem Staatsanwalt sehr wohl bewusst, dass die meisten Männer in einem solchen Fall behaupten, es habe sich nur um eine schärfere Beischlafsvariante gehandelt. Das würde vielleicht die Würgemale am Hals erklären, aber nicht die zahlreichen Blutergüsse, die

Kratzwunden an den Schenkeln und die üblen Verletzungen in der Vagina. Nein, keine Sorge. Eine neuerliche Vernehmung würde mir erspart bleiben. Der Termin für die Hauptverhandlung sei übrigens auch schon anberaumt. Sie suchte in ihren Unterlagen und nannte den sechsten April.

»Ihr Anwalt ist bereits benachrichtigt, er wird sich sicherlich in den nächsten Tagen mit Ihnen in Verbindung setzen.«

Der sechste April, dachte ich beklommen.

Sie nahm einen Schluck Kaffee und schaute mich über den Rand der Tasse hinweg an. »Aber deswegen sind Sie nicht gekommen, oder täusche ich mich?«

Ich rieb nervös meine Finger aneinander. »Ich möchte Sie um etwas bitten ... aber ich weiß nicht, ob Sie das dürfen. Sie haben sicher Vorschriften.« Ich schluckte. »Gibt es in Greifenbach ähnliche Fälle wie den meinen ... Na ja ... vielleicht könnte ich mit jemandem reden, der das schon hinter sich hat?«

»Sie meinen, die Verhandlung?«

Ich schüttelte den Kopf. »Nicht die Verhandlung. Die Zeit ... davor.«

Sie sah mich verblüfft an. »Wir hatten ein paar Anzeigen ... aber Sie haben Recht. Ich darf darüber keine Auskunft geben.«

Ich nickte enttäuscht.

»Hören Sie ... die Warterei macht einen verrückt, weil man natürlich doch Angst vor der Verhandlung hat. Aber ich kann Sie genau informieren. Wie alles abläuft, die formalen Dinge, die Befragung ...«

»Nein. Sie verstehen nicht. Ich würde gern mit einer Frau sprechen, die *nicht* ausgesagt hat. Ich würde gern wissen, wie es ihr heute geht ... wie sie damit zurechtkommt ...« Ich seufzte. »Ach was, vergessen Sie's! War ein blöder Einfall.«

Sie überlegte. »Es gibt Selbsthilfegruppen betroffener Frauen. Freilich nicht hier in Greifenbach. Aber in der Kreisstadt. Soll ich Ihnen die Telefonnummer der Kursleiterin geben?«

Ich blickte sie unentschlossen an. Ich wollte nicht mit einem Haufen Frauen zusammensitzen, die sich gegenseitig ihr Leid klagten. Ich konnte das nicht. Schon in der Schule hatte ich diese weiblichen Verschwesterungszeremonien abgelehnt. Diese lustvollen Selbstentäußerungen, die immer in einem »Ich habe auch ... Genau wie bei mir ... Und dann hat dieser Idiot ...« endeten. Natürlich ging es damals um Banalitäten. Aber ich war mir nicht sicher, ob weibliches Gruppenverhalten sich mit Alter und Anlass änderte. Mit Schaudern erinnerte ich mich heute noch an die Zusammenkünfte meiner Mutter und ihrer Freundinnen. Als liege eine gewisse Gesetzmäßigkeit darin, mündeten sämtliche Gespräche in die Urthemen: Männer, Kinder, Kochrezepte und Frauenkrankheiten. Wie würde es jetzt ablaufen? Redeten wir über Männer, Vergewaltigung und Seelenschäden? »Ich habe auch ... Genau wie bei mir ... Und dann hat dieser Verbrecher ...«?

Hannelore Beck schien meine Ablehnung zu spüren. »Ich werde drüber nachdenken, Frau Wengler. Vielleicht finde ich jemanden, der bereit ist, mit Ihnen zu sprechen.«

»Aber keine Psychiaterin.«

»Sie haben etwas gegen Gruppentherapie, okay. Nicht jeder eignet sich dafür. Aber warum auch gegen eine Psychotherapeutin? Sie wären allein mit ihr.« Sie lächelte. »Hatten Sie schon mal mit einer zu tun?«

Oh ja, dachte ich. »Mein Vater hat Selbstmord begangen. Da war ich noch in der Schule. Sie haben mich zu einer Therapeutin geschickt ... Aber ich bin nur ein paar Mal dort gewesen.«

»War sie Ihnen unsympathisch?«

»Nein. Aber ... sie hatte keine Ahnung. Sie wusste nichts von uns. Und als ich versuchte, ihr zu erklären, wie wir lebten ...«

Ich unterbrach mich. Erinnerte mich. Eine junge Frau, salopp gekleidet, feines blondes Haar, das sie zu einem Grace-Kelly-Knoten geschlungen hatte, stets ein hübsches Seidentuch im

Kragen ihres Blazers, matt lackierte Fingernägel. Eine angenehme Stimme, kultiviert. Ihre Sprechstundenhilfe erzählte mir, dass sie bald heiraten werde, einen Chirurgen. Sie gab sich Mühe, sie war nett, aber sie drang nicht vor zu mir. Was gab es auch schon zu sagen? Mein Vater hatte sich erhängt. Meine Mutter sprach nicht drüber. Einmal weinte ich. Tränen voller Scham und Reue, weil ich mir vorwarf, meinen Vater im Stich gelassen zu haben, ohne zu wissen, wie ich es hätte anders machen sollen. Sie gab mir ein Taschentuch: »Wie fühlst du dich jetzt?« Mein Gott, wie sollte ich mich schon fühlen? Ich riss ihr das Tuch zornig aus der Hand, sah ihre gepflegten Nägel an und versteckte die meinen, die schlecht gefeilt waren, mit eingerissener Nagelhaut, an der ich immer herumzupfte, wenn ich abends beim Fernsehen saß. Wie hätte ich ihr deutlich machen können, dass mein Zuhause dumpf und schwer war, dass in allen Zimmern eine bleierne Traurigkeit hing, dass wir kein Geld besaßen und meine Mutter nicht wusste, wie sie die Miete, die ständig erhöht wurde, aufbringen sollte. Dass ich meine Unterwäsche vom Wühltisch im Kaufhaus bezog und den Wintermantel auftrug, den eine Kundin meiner Mutter für ein paar Mark überlassen hatte. Kurz und gut, dass wir arm waren, aber es um keinen Preis zeigen durften. Die Kluft zwischen ihr und mir – sie war mir ständig bewusst und machte mich linkisch, ich sprach sogar anders als sonst, unbeholfener, holpriger. Ich kam mir so unbedeutend vor, wenn sie nur den Mund aufmachte und mit reinstem Hochdeutsch ihre schulbuchmäßigen Fragen stellte und dabei die Beine übereinander schlug, so dass ich automatisch ihre feinen Strümpfe und die teuren Lederschuhe ansehen musste. Einmal fing ich einen Blick von ihr auf – sie musterte verstohlen meinen Pulli, dessen Armbündchen abgeschabt waren. Abgeschabt, nicht dreckig. Aber ich fühlte genau, dass sie es für Dreck hielt, und ich wagte vor Scham fast nicht mehr zu atmen, ich gab ihr auch am Ende der Stunde nicht die Hand, als hafte an mir so eine Art Armeleutelepra. Minderwertigkeits-komplex, lautete sicher ihre Diagnose, und wahrscheinlich wäre sie in der nächsten Stunde darauf eingegangen, aber es gab keine nächste Stunde mehr – denn ich ging nicht mehr hin.« Ich seufzte und zuckte mit den Achseln. »Damals konnte mir niemand helfen, da musste ich selbst durch.«

»So wie heute?«, fragte Hannelore Beck ernst.

Ich nickte.

»Und? Sind Sie durchgekommen ... damals?«

Ich saß eine Weile schweigend da. Dann sagte ich: »Man errichtet eine Barriere im Kopf, eine Mauer, hinter der man alles versteckt, an was man sich nicht erinnern will. Aber irgendwann stürzt die Mauer ein, und dahinter liegt dann das ganze Gerümpel. Der Schock, das Entsetzen, die Trauer, die Selbstvorwürfe ... tja ...« Ich lächelte gezwungen und stand auf. »Rufen Sie mich an, wenn Sie jemanden gefunden haben?«

Sie atmete tief und ein bisschen resigniert durch. »Ja, tu ich.«

An der Tür drehte ich mich noch einmal um. »Ich wollte Sie das immer schon fragen. Sind Sie verheiratet? Haben Sie Kinder?«

In ihrem Gesicht breitete sich die Ablehnung aus wie kleine Wellen, sogar ihre Augen wurden davon erfasst. Aber dann schien sie es sich anders zu überlegen. Sie antwortete: »Einen Sohn. Ich bin geschieden.« Sie legte die Hände zögernd aneinander. Obwohl sie selbst eher kräftig war – ihre Hände sahen schmal und zart aus, als könnten sie sofort zerbrechen, wenn man sie zu grob anfasste. »Mein Sohn lebt bei meinem Mann, er wollte es so.«

Ich trat wieder einen Schritt ins Zimmer zurück. »Das ist jetzt unverschämt, ich weiß, aber: Warum sind Sie geschieden worden?«

Sie sah mich an, lange, sie dachte wohl darüber nach, ob es gut sei, sich auf ein privates Gespräch mit mir einzulassen. Dann aber lächelte sie, ein wenig traurig, ein wenig freudlos. »Weil mein Mann es nicht mehr aushielt, dass ich immer nur im ... Dreck herumwühlte«, sagte sie. »Aber ich sah das anders. Für mich waren es Schicksale, mit denen ich es zu tun hatte.«

»Und Ihr Sohn?«

Sie hob die Schultern. »Was konnte ich ihm schon bieten? Eine Mutter, die sich ständig den Kopf über andere zerbricht, die vielen Überstunden ... in meiner Freizeit treffe ich mich mit Kollegen, die sich mit Präventivarbeit beschäftigen. Vorbeugen, aufklären, wenn es zu Gewalttätigkeiten innerhalb der Familie kommt. Nein. Für meinen Sohn ist es besser, bei meinem geschiedenen Mann zu leben.«

Was für ein Verzicht! Und ich hatte geglaubt, nur mir gehe es miserabel. Ich stellte mir vor, Tanja würde bei Werner leben. Nein, nicht vorstellbar.

»Frau Wengler, nehmen Sie doch bitte noch einen Augenblick Platz.«

Ich setzte mich wieder hin. Sie sah mich eindringlich an und meinte, dass es, unabhängig, ob ich gegen Werner aussagen wolle oder nicht, sehr wichtig für mich sei, Perspektiven für die Zukunft zu haben. Wie würde mein Leben weitergehen? Würde ich mich scheiden lassen, würde ich wegziehen, vielleicht es doch noch mit einem anderen Beruf versuchen, der mich geistig stärker fordern würde als der Job im Drogeriemarkt?

»Ah ... Pläne machen«, sagte ich sarkastisch. »Dass alles sich wieder zusammenfügt. Wie im Film, nicht wahr? Wissen Sie, ich habe mir mein Leben immer wie einen Film vorgestellt. Viele Szenen, die sich aneinander reihen, die meisten schön oder lustig, ein paar traurige, sicher, aber mit Happy End. Als ich noch in der Schule war, durften wir mal mit einer Handkamera einen Film drehen. Er sollte von dem Leben handeln, das wir uns für später einmal vorstellten. Wir haben alles Mögliche aufgenommen. Wie ein Arzt zu einem Patienten eilt, der Rechtsanwalt einen Mandanten berät, der Schreiner ein Regal zusammenbaut, die Mutter Frühstück macht, ein Hochzeitspaar, das in die Kirche geht, eine Hebamme, die ein Kind im Arm hält, ein Pfarrer am Grab, ein Model auf dem Laufsteg. Geburtstagspartys haben wir gefilmt, die Familie unterm Christbaum, kleine Kinder, die Osternester suchen, sogar einen Hund, der ein Stöckchen zurückbringt, das wir für ihn geworfen hatten. Am Schluss war der Film viel zu lang, wir mussten sehr viele Szenen herausschneiden, so dass er nun ganz anders war, als wir ihn uns vorgestellt hatten.«

Ich war jetzt aufgeregt, angespannt, weil ich noch nie zuvor auf diese Weise mit einem Menschen hatte reden können. Ich wollte unbedingt, dass sie zuhörte, deshalb sprach ich schnell weiter.

»Genauso geht es mir mit meinem Leben. Immer mehr schöne Szenen werden herausgeschnitten, und je länger ich drüber nachdenke, desto weniger gefällt mir der Film, der dann noch übrig bleibt. Jetzt könnte man natürlich sagen, das liegt an der schlechten Inszenierung – Sie wissen ja, mein Vater war beim Theater, also kenne ich mich aus. Aber manchmal ist es einfach so, dass das Textbuch schlecht ist. Schon am Einstieg in die Geschichte hapert es, weil eben nicht jeder etwas von Goethe kriegt, das er spielen darf. Und was dann?«

Sie schaute mich amüsiert an. »Dann schreiben Sie das Textbuch um und inszenieren es selbst. Das ist es nämlich, was wir Tag für Tag machen. Wir entscheiden, wie und was wir spielen und wie gut wir es spielen. Manchmal gibt es einen Reinfall, und wir werden ausgebuht. Manchmal haben wir Erfolg.« Sie lachte. »Puh, ich klinge ja fast wie das ›Wort zum Sonntag‹!«

»Und wie hätte ich verhindern können, dass es zu dieser einen Stelle in meinem Textbuch kommt, die mein ganzes Leben kaputtgemacht hat? Hätte ich diese Szene auch aus meinem Film herausschneiden können?«

Sie antwortete mir nicht. Wahrscheinlich hätte sie gern gesagt, dass ich es sehr wohl hätte verhindern können. Wenn ich Werner sofort verlassen hätte, als er mich das erste Mal ohrfeigte.

Sie zögerte. »Sehen Sie ... Als mein Sohn nicht protestierte, nachdem wir ihm gesagt hatten, er könne auch bei seinem Vater leben, da ging es mir wie Ihnen. Was hätte ich anders machen können?, habe ich mich andauernd gefragt.«

»Und?«

»Nichts. Ich würde alles wieder genauso machen.«

»Schlechte Dramaturgie, oder?«, spöttelte ich.

Sie lachte, stand auf und begleitete mich zur Tür. »Sie schaffen das, Frau Wengler, ich weiß es.«

Wie gut das tat, dass wenigstens sie an mich glaubte!

2

Unsere Proben für den Revue-Abend wurden intensiver. Die Premiere sollte Mitte April stattfinden, deshalb trafen wir uns jetzt zweimal die Woche. Lansky war ehrgeizig. Er hatte einen Ruf zu verlieren. Egal, was er bis jetzt auf die Beine gestellt hatte, nie vermittelten er und die Gruppe den Eindruck, reine Laien zu sein. Von Klassikern bis hin zu englischen Boulevardkomödien, Musicals und Kriminalstücke – alles hatte Lansky bereits inszeniert. Deshalb wagte er sich nun an diese Revue, Neuland für ihn, eine Herausforderung.

Die Tanznummer, die mir anfangs so viel Schwierigkeiten bereitet hatte, klappte inzwischen schon recht gut. Anders war es mit dem Liebeslied, das Lansky nach vielem Suchen für mich gefunden hatte. Ich sollte, nur in einem schlichten schwarzen Kleid, auf der Bühne stehen und dieses Lied singen. Dieses Lied! Eine melancholische Melodie, weil Liebe auch Trauer und Abschied in sich birgt. »Und gehst du eines Tages von mir, geht auch meine Sehnsucht mit dir ... Herbstwind wird die Blätter verwehn ...« Ich hatte Angst vor diesem Lied!

Die Leute aus der Gruppe waren nett zu mir, und doch spürte ich eine gewisse Distanz. Immer fragten sie mich, ob ich hinterher mit ihnen noch ein Bier trinken gehen würde, sie schlossen mich nicht aus, aber sie vermieden auch jedes persönliche Gespräch. Ich konnte sie verstehen. Was hätten sie mich fragen sollen? »Wie lebt es sich denn so als Drogerieverkäuferin?« Oder: »Wie ist es, vergewaltigt zu werden?« Also beschränkten wir uns darauf, welche Bücher wir lasen oder was in den »Greifenbacher Nachrichten« stand. Wir politisierten auch. Ein bisschen Gemeindepolitik, da konnte ich noch mitreden. Aber sonst? Marga, die schon von Kind auf Ballettunterricht erhalten hatte und in unserer Tanzgruppe die Talentierteste war, erzählte viel von ihren Eltern. Da tat sich eine neue Welt für mich auf. Musikabende, politische Diskussionsrunden – einmal in der Woche trafen sie sich mit Jugendlichen, die der rechten Szene zuzurechnen waren. Sie versuchten, wie Marga mir erklärte, diese jungen Leute mit Ausländern zusammenzubringen, damit sie Berührungsängste abbauen und miteinander reden konnten. Einmal warfen etlichen Rowdys, die sich gegen diese Treffen zusammenrotteten, mit Steinen auf die Fenster des Jugendheims. Margas Vater musste ins Krankenhaus eingeliefert werden, weil einer der Steine ihn am Kopf traf, aber er und seine Frau setzten ihre Bemühungen unverdrossen fort. Erstaunlich, dachte ich, dass es Eltern gab, die so etwas machten. Die meisten Menschen, die ich kannte, waren Clan-Denker. Nur was das eigene Rudel betraf, interessierte sie wirklich. Sie reflektierten die Welt nur in Bezug auf sich. Ob der Weg, den Margas Eltern gingen, auch für mich in Frage kam? Später, wenn ich diese ganze böse Geschichte überstanden hatte? Konnte ich meine Erfahrungen mit anderen teilen und damit helfen? Bei diesem Gedanken war mir, als würde ein Stückchen lichter Himmel in all der Dunkelheit aufblitzen. Hallo, Doris, sagte ich mir, du bist erst zweiunddreißig Jahre alt, du kannst noch so viel anfangen mit deinem Leben!

Ja, mir ging es ein bisschen besser während dieser Wochen im Februar und Anfang März, als ich auf den Prozess wartete. Zukunft tat sich auf. Wie würde ich sein in zehn oder zwanzig Jahren? Wo würde ich sein? Dass ich es jetzt wagte, mir diese Fragen zu stellen, betrachtete ich als großen Fortschritt. Ich wurde so aufgekratzt bei der Erkenntnis, dass ich ja eine Zukunft vor mir hatte und vielleicht sogar eine, die ich allein gestalten konnte. In meiner Freude lud ich die ganze Theatergruppe zu einem Bier ins »Havanna« ein und war zum ersten Mal seit Wochen wieder fröhlich und ausgelassen. Ich unterhielt mich mit Lansky, der mir erzählte, dass es ihm damals sehr schwer gefallen sei, diesen langweiligen Job beim Landratsamt anzunehmen, aber er sei eben ein Realist – nie hätte es bei seinem Talent zu mehr als kleinen Rollen an kleinen Theatern gereicht. »Da war ich anders als dein Vater.« Er seufzte. »Der hat sich nicht damit abfinden können.«

Ich nickte. Nicht einmal der Gedanke an Papa belastete mich an diesem Abend. Ich gab eine neue Runde aus und prostete allen zu. »Ich bin froh, dass ich bei euch bin«, sagte ich und wurde rot vor Verlegenheit. Ich genoss auch, ein paar meiner alten Freunde, die an ihrem Stammtisch in der Nische saßen, links liegen lassen und ihnen zeigen zu können, dass ich neue Bekannte gefunden hatte.

Später ging ich auf die Toilette. Der Reißverschluss meiner Jeans klemmte, also blieb ich noch für einen Moment in der Kabine stehen und versuchte, ihn wieder in Gang zu bringen. Da kamen zwei junge Frauen der Gruppe herein, ich erkannte sie an ihren Stimmen. Sie gingen in nebeneinander liegende Kabinen und unterhielten sich, während sie pinkelten. »Besonders schlimm scheint Doris das Ganze nicht zu nehmen«, sagte die eine. Die andere antwortete: »Vielleicht will sie's nur nicht zeigen.« Und wieder die Erste: »Aber wenn das stimmt, dass sie vorher mit dem besten Freund ihres Mannes gepennt hat ...«

Die Klospülungen rauschten, die beiden gingen zu den Waschbecken, ich hörte das Wasser laufen. Sie redeten jetzt über Lansky. Plötzlich schienen sie zu bemerken, dass noch eine Kabine besetzt war. Ihr Gespräch stockte. Ich hatte den Reißverschluss repariert und ging zu ihnen hinaus.

»Mein Reißverschluss macht Zicken«, sagte ich und deutete auf meine Jeans. Dann wusch ich mir die Hände. Die beiden standen mit betretenen Gesichtern neben mir. Ich trocknete mich an einem Papiertuch ab und warf es in einen Abfallkorb. »Ist schon in Ordnung«, sagte ich, ohne sie anzusehen. »Von außen betrachtet, sieht immer alles ganz anders aus.«

»Du bist uns doch jetzt nicht böse«, meinte die eine.

»Ist halt alles so verwirrend ... was die Leute reden ... was die Zeitung schreibt«, fügte die andere hinzu.

Ich schüttelte den Kopf. Nein, ich war nicht böse. Sie hatten nichts Schlimmes oder Diskriminierendes geäußert. Nur, was eben alle äußerten. Damit musste ich mich abfinden, auch wenn es wehtat.

»Gehen wir?«

Sie nickten, und wir gingen in den Gastraum zurück. Ich trank noch ein Bier, aber meine Freude war dahin. Sehr bald verabschiedete ich mich. Wie lange war es her, dass ich mich für ein paar Stunden so wohl gefühlt hatte? Aber, wie meine Mutter gesagt haben würde, die kalte Dusche folgt unweigerlich. Danke, lieber Gott!, dachte ich voller Selbstmitleid. Gibst mir zuerst ein Stückchen Zucker, und wenn ich draufbeiße, ist es Salz.

Ja, dieses Selbstbemitleiden konnte eine feine Sache sein. Konnte dir das Leben retten. Ich hatte einmal einen Film gesehen, in dem ein Mann, der niemanden mehr auf der weiten Welt hatte, sich immer selbst anrief und auf seinen Anrufbeantworter sprach. »Was willst du jetzt tun, Billy, so ganz allein auf der Welt? Du tust mir ja so Leid, so unendlich, unendlich Leid …«

Das Problem war nur – ich hatte keinen Anrufbeantworter.

3

Ich schlafe bereits. Das Telefon klingelt. Ich nehme ab. Eine mir unbekannte Stimme.

»Frau Wengler?«

»Ja?«

»Sie müssen herkommen. Ihrer Schwiegermutter … der geht's beschissen schlecht.«

»Mit wem spreche ich denn?«

»Ich bin eine Nachbarin. Hören Sie … sie säuft wie ein Loch und verkommt in ihrem eigenen Dreck.«

»Rufen Sie den Notarzt!«

»Vergessen Sie's! Die waren die letzten paar Monate dreimal hier und haben sie mitgenommen. Zur Entgiftung. Nach ein paar Tagen ist sie wieder abgehauen. Die kommen nicht mehr.«

»Dann rufen Sie meinen Mann an. Ich kann Ihnen die Telefonnummer geben.«

»Den können Sie auch vergessen, Herzchen. Er hat sofort wieder aufgelegt, als ich mit ihm gesprochen hab'.«

Das sollte ich auch tun, denke ich. Trotzdem notiere ich mir die Adresse. Ein kleiner Ort, nicht weit von hier.

Ich stehe auf und koche mir eine Tasse Tee. Es ist Samstagnacht, Tanja schläft bei meiner Mutter, da Werner sie am nächsten Morgen besuchen und mit ihr spielen will.

Ich öffne das Fenster. Eine kalte Nacht. Vor unserem Haus stehen ein paar kümmerliche Bäume, von deren Ästen die Nässe tropft. Ich trinke den Tee in kleinen Schlucken. Was geht mich Werners Mutter an? Wenn sie ihren Sohn anders behandelt hätte, säßen wir heute vielleicht nicht in getrennten Wohnungen und warteten auf das Ende unserer Ehe.

Ich lege mich wieder ins Bett. Andererseits ... sie ist die Einzige, die mir ein paar Fragen beantworten könnte.

Ich stehe wieder auf, ziehe mich an und verlasse die Wohnung. Steige in mein Auto und fahre los.

Ein heruntergekommenes Gebäude, drei Stockwerke. Leere Bierdosen, Flaschen und zerknülltes Papier liegen im Hausflur herum. Die Nachbarin sperrt die Wohnungstür auf, sie trägt einen alten Bademantel und gähnt.

»Na, dann, viel Spaß!«, sagt sie und macht sich davon.

Die Wohnung ist klein. Eine Küche, in der ein so unbeschreibliches Durcheinander herrscht, dass man im ersten Moment die Luft anhält. Wein- und Schnapsflaschen am Boden, schmutziges Geschirr, wohin man nur sieht. Der Vorhang ist aus der Schiene gerissen, ein völlig verdrecktes Katzenklo steht unter der Spüle. In der Spüle benutzte Aschenbecher, aufgeweichte Filterzigaretten, einige Teller mit verschimmelten Essensresten. In der Luft ein süßsaurer Modergeruch nach Alkohol, Urin und abgestandenem Rauch.

Ich gehe ins Wohnzimmer, in dem eine Couch, zwei Polstersessel und ein Tisch stehen. Sonst nichts.

Meine Schwiegermutter liegt auf der Couch. Sie hat ein Nachthemd an, an den Beinen alte Strümpfe, die bis zu den Knöcheln hinuntergerutscht sind. Die Knöpfe des Nachthemdes stehen offen, nacktes Fleisch ist zu sehen. Die Haare strähnig, das Gesicht aufgedunsen, die Augen wässrige Schlitze. Abgebrochene Fingernägel mit zersplitterten Lackresten. Am Boden liegen zerbrochene Schallplatten.

Als sie mich sieht, richtet sie sich auf und starrt mich an.

»Kennst du mich nicht mehr? Ich bin Doris. Deine Nachbarin hat mich angerufen.«

Sie blinzelt mich an. Krächzt und hustet und greift nach einer Zigarette.

»Mein Herr Sohn war sich wohl zu gut, sich mal um seine Mutter zu kümmern.« Sie zündet die Zigarette an, atmet tief den Rauch ein und deutet auf den Tisch.

»Gib mir mal die Flasche da!«

Ich reiche ihr eine halb volle Flasche Cognac, auf der der Stöpsel fehlt. Sie setzt an, trinkt und behält die Flasche in der Hand.

»Du musst ins Krankenhaus«, sage ich. »Und hinterher einen Entzug machen. Sonst verrottest du hier.«

Sie sieht mich an, die Mundwinkel nach unten gezogen. »Vielleicht will ich verrotten.«

Ich zucke mit den Achseln. »Wie du meinst.«

In ihren Augen jetzt jener schlaue Ausdruck, den ich schon oft bei Betrunkenen gesehen habe. »Ihr seid nicht mehr zusammen«, stellt sie fest.

Ich schweige.

Sie trinkt wieder und rülpst leicht. »Ich hab' gedacht, er schafft's.« Ein Achselzucken. »Der Apfel fällt eben nicht weit vom Stamm.«

»Wenn du der Stamm bist, dann ja«, antworte ich kalt. Ich stehe vorm Tisch und wage nicht, mich auf einen der schmutzigen Sessel zu setzen.

»Ich?« Sie lacht geringschätzig und bläst den Rauch in meine Richtung. »Ich meine seinen Vater. Den Herrn *Erzeuger*.«

»Du weißt doch gar nicht, wer der Vater ist.«

Wieder dieser schlaue Blick. »Ich weiß sehr wohl, wer der Mistkerl war.«

»Ach ja?«

»Ach ja?«, äfft sie mich nach. »Natürlich weiß ich's.« Sie hievt jetzt stöhnend ihre Füße auf den Boden. »Der hat den Knast öfter von innen gesehen als dieses Haus von außen. Wollt' ich Werner ersparen, die nette Tatsache.« Sie verfällt in einen weinerlichen Ton. »Was meinst du wohl, wie schlimm es für mich war. Kleines Balg am Hals, kein Geld …« Sie blickt mich gehässig an. »Hab' auch mal als Verkäuferin gearbeitet, war aber nichts für mich. Den blöden Kunden in den Arsch kriechen. Hab ich das nötig?«

»Und was bist du jetzt? Bankdirektorin?«

Sie kichert, verschluckt sich und hustet wieder. Ihre nackten Brüste hüpfen auf und ab. »Meinst wohl, du bist was Besseres. Aber ich weiß Bescheid. Du bist mit einem anderen ins Bett gestiegen und hast ein paar gefangen. Na und?« Sie kratzt mit dem Daumennagel den Lack vom Zeigefinger. »Vergewaltigt, was?« Sie schnaubt geringschätzig. »Hätt' ich ihm gar nicht zugetraut.«

Ich muss raus hier. Der Gestank, diese betrunkene Frau, die Werners Mutter ist … verdammt, bin ich die Heilsarmee?

»Warum bist du eigentlich hier?«, fragt sie mich, als könne sie Gedanken lesen.

»Wie gesagt … die Nachbarin hat mich angerufen.«

Wir blicken uns an. Ihre Augen sind trüb, die Farbe ihres Gesichts ist fahl, auf ihren Wangen bis hin zur Nase breiten sich rote Äderchen aus. An den Händen trägt sie ein paar Ringe, die ins dicke Fleisch schneiden. Herrgott, wie musste man sich in ihrer Lage fühlen? Fett, hässlich, kaputte Leber, geschwollene Beine, der Dreck, der Gestank …

Ich setze mich nun doch auf die Seitenlehne des Polsterstuhls. Versuche es, obwohl ich mir nicht viel davon verspreche.

»Ich dachte, ich erfahre was über ihn, wenn ich hier bei dir bin. Weil ich's nicht begreife, warum er so ist … fürsorglich auf der einen Seite und dann wieder …« Ich hebe hilflos die Schultern.

Sie hört gar nicht zu, deutet auf die Bruchstücke der Schallplatten. »Andere zerreißen alte Briefe. Ich hab' meine Schallplatten kaputtgemacht.« Ihre Augen füllen sich mit Tränen, sie schnippt Asche auf die kackbraune, billige Auslegware. Sieht mich plötzlich an. »Vielleicht kommt er doch noch?«

Werner? Meint sie Werner? Ich schüttele den Kopf.

Sie fixiert mich. Nickt. Ihre Stimme jetzt blank, ohne Spott, ernst. »Du könntest es schaffen. Ich hab's nicht geschafft.« Sie verzieht den Mund und nimmt einen Schluck Cognac. »Ja … Vergewaltigung …« Sie spuckt das Wort in meine Richtung, als sei es eine Art Besitz, den wir beide uns teilen. »Hab' ich alles hinter mir. Lass dir gesagt sein … man stirbt nicht dran.« Plötzlich bricht sie in Lachen aus. »Wie man's nimmt.« Sie hebt die Flasche hoch. »So kann man sich natürlich auch umbringen.« Sie schüttelt verwundert den Kopf, als gäbe es Dinge auf der Welt, die sie einfach nicht versteht. »Ich hab' alles getan für die Scheißkerle. Aber keiner wollt' bleiben.« Sie lehnt sich zurück und schließt die Augen. Ihr Nachthemd verschiebt sich, ich kann den Saum ihres Schlüpfers sehen. Sie schläft ein. Schnarcht leise.

Unschlüssig stehe ich auf. Ich kann doch nicht einfach so weggehen, also beginne ich, ein wenig Ordnung zu machen. Räume die leeren Flaschen fort, wische den Tisch ab, lege die Schallplattenstücke sorgfältig auf einen Stapel. »Love me Tender« lese ich und »In the Ghetto«.

Den Abfall, der in der Küche herumliegt, stopfe ich in eine große Plastiktüte, ich spüle das Geschirr ab und leere das Katzenklo in eine andere Tüte. Als ich eine Pfanne in den Schrank stelle, finde ich die Katze. Sie liegt in einem alten Brotkorb. Ich lasse die Schranktür offen und fülle auf einen Teller ein bisschen Katzenfutter, das ich auf dem Fenstersims finde. Die Katze stürzt sich darauf und frisst so hastig, dass ich befürchte, sie erstickt an den dicken Brocken, die sie hinunterwürgt.

Meine Schwiegermutter schläft immer noch. Ich nehme meine Handtasche und will zur Tür. Eine Bewegung, ein leises Stöhnen, dann hält mich ihre Stimme auf.

»Doris?«

Ich drehe mich um.

Sie sieht mich an, lange. »Lauf davon!«, sagt sie. »Nimm deine verdammten Beine untern Arm und lauf davon!«

Ich bin völlig überrascht. Sie schenkt mir einen Blick voller Resignation, so dass ich das Gefühl habe, sie sei mir Lichtjahre an Erfahrung voraus.

»Wenn ich eins gelernt habe, dann das, dass sie sich nie ändern. Manchmal … da schafft's einer. Wird vom groben Kerl zum netten Lämmchen. Aber das Risiko ist einfach zu groß, um drauf zu warten.«

Ich sage gar nichts, stehe immer noch stocksteif da.

»Na ja, tu, was du willst«, seufzt sie und schließt wieder die Augen.

4

Am folgenden Montag – einem freien Tag, an dem ich Überstunden abbaute – rief ich die Sozialstation des Ortes an, in dem Werners Mutter wohnte. Ob man nicht etwas für diese Frau tun könne, fragte ich, aber man machte mir keine großen Hoffnungen. Wenn sie eine Therapie ablehne und nicht einmal die Zeit durchhalte, die für eine Entgiftung in der Klinik benötigt wird, sehe man keine Möglichkeit, ihr zu helfen. Alkoholikerinnen in diesem Alter seien sowieso schwer zu therapieren.

»Aber man kann sie doch nicht in ihrem Elend allein lassen!«, entgegnete ich empört. Daraufhin meinte die Frau am Telefon spitz, es stehe mir frei, mich um meine Schwiegermutter zu kümmern. Ein Sohn sei doch auch noch da.

Am kommenden Wochenende fuhr ich noch einmal hin und klingelte bei der Nachbarin, die mir die Tür aufgeschlossen hatte. Von ihr erfuhr ich, dass meine Schwiegermutter in der Nacht eine Magenblutung erlitten hatte, das Blut sei nur so aus ihrem Mund herausgebrochen, man könne sich gar nicht vorstellen, dass ein Mensch so viel Blut in sich habe, auf das er verzichten könne. Die Sanitäter hätten sie sofort ins Krankenhaus geschafft. »Weiß nicht, ob sie das überlebt«, sagte die Nachbarin. »Ist ja alles kaputt in ihr drin.« Die Katze habe sie gefüttert, das arme Vieh, da bleibe wohl nur noch das Tierheim. Sei schon ein Jammer, wie in manchen Familien einfach alles den Bach runtergehe.

Ich versprach ihr, mich um die Katze zu kümmern, und ließ mir die Wohnung aufsperren. Sie sah immer noch so aus, wie ich sie vor ein paar Nächten verlassen hatte, nur dass sich nun auf der Couch und auf dem Teppich bräunlich getrocknetes Blut befand und dass die Cognacflasche leer war.

Die nächsten Stunden machte ich die Wohnung sauber und trug den Müll weg. Couch und Teppich rieb ich mit einem Schwamm ab, alle Fenster riss ich auf und steckte die Vorhänge in die Waschmaschine, die so laut rumpelte, dass ich Angst hatte, die Leute, die einen Stock tiefer wohnten, würden sich beschweren. Als ich herumliegende Postkarten in eine Schublade räumte, fand ich ein Kistchen mit alten Fotos. Ich setzte mich in die Küche und betrachtete sie. Die meisten Bilder waren in irgendwelchen Kneipen aufgenommen und glichen sich wie ein Ei dem anderen, winzige Details ausgenommen. Stets saß meine Schwiegermutter an irgendeinem Tresen, an einem Tisch, hielt eine Zigarette in der Hand und prostete mit Sekt, Wein oder Bier den verschiedensten Männern zu. Gestrandete, Betrunkene – in billigen Kneipen, bei billigem Fusel. Was für ein Leben!, konnte ich nur ein ums andere Mal denken. Ganz unten im Kästchen, in Papier eingeschlagen, fand ich noch zwei weitere Fotos. Auf dem einen ein blonder Mann, der einen Würfelbecher in der Hand hielt und in die Kamera lachte. Er besaß eine so verblüffende Ähnlichkeit mit Werner, dass mein Herz für einen Schlag aussetzte. Auf dem anderen eine junge Frau, die ein Baby im Arm trug. Ich hielt das Foto nah ans Gesicht. Mein Gott! Das war *sie!* Ich mochte es kaum glauben. Eine schöne junge Frau, ihr Teint weich und weiß wie Flaum. Auf der Stirn und der Nase winzig kleine Sommersprossen, braun wie Zimt, und naturrot gekräuseltes Haar. Braune Augen, eine zierliche Figur mit schlanker Taille und kleinen Brüsten, die sich unter dem engen Pulli abzeichneten. Was musste alles geschehen sein, um sie zu dem zu machen, was sie heute war? Wie viele geplatzte Träume, enttäuschte Hoffnungen, wie viel Leichtsinn, wie viel Unglück, wie viele Tränen. Und das Baby in seinem hübschen Strampelhöschen, dem gehäkelten Mützchen – Werner.

Ich steckte die Fotos ein, packte die Katze in den Korb und schloss die Wohnung ab. Dann gab ich der Nachbarin den Schlüssel zurück.

»In welcher Klinik liegt sie?«, fragte ich.

»Rotkreuzkrankenhaus.« Sie musterte mich neugierig. »Warum machen Sie das? Sie sind doch weg von Ihrem Mann, oder?«

Ja, warum tat ich es? Vielleicht, weil ich mich schon immer den Gestrandeten und Unglücklichen näher fühlte als jenen Menschen, die mir Tag für Tag ihre ach so reine, friedliche Welt vor Augen führten. Dann drängte es mich nämlich, hinter die Fassaden zu blicken, hinter die Türen mit den putzigen Blumenkränzen, den blitzblank geputzten Fenstern und den Rüschenvorhängen. Welche Familienhöllen spielten sich dort wohl ab, fragte ich mich häufig. Auch das Haus meiner Mutter war mit österlichen Zweigen, mit hochsommerlichen Sträußen und weihnachtlichem Tannengrün geschmückt gewesen, der Gehweg ordentlich geharkt, die Büsche gestutzt. Und trotzdem hatte sich mein Vater aufgehängt. Sonderbar, nicht? Und mein Leben? Hübsche temperamentvolle Verkäuferin, verheiratet mit einem tüchtigen Kfz-Mechaniker, reizendes Kind, nette Wohnung. Ah ja? Und warum suchte man nach Sperma auf Bauklötzchen und schabte Hautreste von der Herdplatte?

Die Nachbarin sah mich abwartend an. »Weil ich weiß, wie es ist, wenn alles danebengeht«, sagte ich und blickte auf die Katze. »Wie heißt sie denn?«

»Felix. Ist 'n Kater.«

Felix, der Glückliche. Armes hässliches Vieh. Viel zu mager, mit einem struppigen Fell und verklebten Augen. Ich sprach beruhigend auf ihn ein und stellte den Korb auf den Autorücksitz. Während der ganzen Fahrt nach Hause fiepte er ängstlich vor sich hin. Ich hielt bei einem Supermarkt und kaufte Katzenstreu, Futter, einen Fress-, einen Wassernapf und Vitaminpaste.

Als ich Tanja bei meiner Mutter abholte, machte ich ihr die Zähne lang nach der Überraschung, die zu Hause auf sie warten würde. Sie lief die Treppen zu unserer Wohnung so schnell hinauf, dass sie ausrutschte und sich ein Knie aufschlug. Sie war so aufgeregt. Das hätte mich gleich misstrauisch machen müssen. Kaum hatte ich die Tür aufgesperrt, rannte sie durch alle Zimmer. Felix lag auf meinem Bett, aber sie bemerkte ihn nicht, sondern lief wieder auf den Flur zurück und sah mich enttäuscht, den Tränen nahe an.

»Wo ist er?«, fragte sie.

Im ersten Moment begriff ich nicht, aber dann fiel es mir wie Schuppen von den Augen. Sie dachte, Werner sei zu uns zurückgekommen. Wie hatte ich nur so gedankenlos sein können! Ich beugte mich zu ihr und zog sie an mich. »Eine Katze«, stammelte ich. »Wir haben eine Katze.«

Sie riss sich heftig los, rannte in ihr Zimmer und warf die Tür zu. Ich folgte ihr. Mit trotzigem Gesicht saß sie auf ihrem Bett und presste sich an die Wand, als ich mich neben sie setzte. Vorsichtig legte ich ihr meine Hände auf die Schultern.

»Tanja. Ich habe gedacht, ich mach' dir eine Freude mit der Katze. Sie hat kein Zuhause mehr ...«

Sie sah mich an, und ich befürchtete schon, sie würde sagen, dass auch Werner kein Zuhause mehr habe. Aber das tat sie nicht, stattdessen fragte sie nur: »Warum kann Papa nicht zurückkommen?«

Sie ist noch keine acht Jahre alt, ging es mir durch den Kopf. Was soll ich ihr antworten? Vielleicht: Papa hat mir wehgetan, und ich habe Angst, dass er es wieder tut? Oder: Weil Papa mir wehgetan hat, kann ich ihn nicht mehr lieb haben? Ich verstärkte meinen Griff und zog sie näher zu mir. »Weißt du noch, damals, als du dich mit Stefanie so gestritten hast? Sie hat dich an die Lehrerin verraten, obwohl sie deine beste Freundin war?«

Tanja nickte widerwillig.

»Und sogar als sie sich bei dir entschuldigt hat, hast du nicht mehr mit ihr befreundet sein können. Du hast mir gesagt, du hast kein Vertrauen mehr zu ihr. Ja, siehst du, und so geht es mir mit Papa. Er war böse und zornig und hat mir sehr, sehr wehgetan. Und jetzt kann ich kein Vertrauen mehr zu ihm haben. Deshalb wohnt er woanders. Denn wenn er hier bliebe, würden wir uns nur streiten, und das wär' nicht schön. Das verstehst du doch?«

»Er wohnt nie mehr bei uns?«

Ich schwieg. Draußen begann es zu regnen, ein sanftes Plätschern gegen die Fensterscheiben. Tanja blickte mich jetzt so konzentriert an, als wolle sie in mein Hirn hineinkriechen, um zu erfahren, was ich plante. In meinem Kopf kreisten die unterschiedlichsten Gedanken. Ich wieder mit Werner an einem Tisch? Neben ihm im Bett? Seine Wut in den Augen ... seine Fäuste, die mich in den Arm boxten ... sein Keuchen ... der Schweiß, der mir ins Gesicht tropfte ...

»Ich glaube nicht, dass er noch einmal bei uns wohnen wird.«

Ich ließ sie los. Sie legte ihre Hände über die Augen. Nach einer

Weile stand sie auf und setzte sich zu ihren Bauklötzchen auf den Boden. Nahm ein paar der Klötzchen und stellte sie aufeinander. Draußen immer noch das leise Plätschern des Regens.

»Willst du dir die Katze nicht wenigstens ansehen?«

Sie schüttelte den Kopf. Ihre Wangen waren nass, sie wischte mit dem Handrücken ihre Tränen ab, ohne einen Laut von sich zu geben. Dieses stumme Weinen brach mir fast das Herz. Wie gern hätte ich ihr Lügen erzählt. Dass alles wieder gut werden und Werner zu uns zurückkehren würde. Aber es ging nicht. Ich hätte mein Leben hergegeben, wenn ich damit das ihre hätte retten können, aber ich konnte ihr zuliebe nicht mehr mit Werner zusammen sein. Das Einzige, das ich tun konnte, war, vor Gericht nicht gegen ihn auszusagen und zu hoffen, dass sie so niemals erfuhr, was wirklich vorgefallen war. Aber ich war mir nicht sicher, überhaupt nicht sicher, was das für mich bedeuten würde. Als verlangte etwas in mir nach einem sauberen Schnitt, nach einem gerechten Abschluss. Meine Aussage – seine Strafe. Wie eine Tür, die sich öffnete und mich in die Freiheit entließ. Wenn ich eingesperrt blieb, wie konnte ich dann für Tanja eine gute Mutter sein?

Ich setzte mich zu ihr auf den Boden und legte ein Bauklötzchen auf den kleinen Turm, den sie aufgeschichtet hatte. Sie hob den Kopf, die Tränen liefen über ihr Gesicht und tropften auf ihren Pulli. Ich drückte sie an mich, sie umschlang mich mit ihren Armen, ihre Schultern bebten.

»Es tut mir so Leid«, flüsterte ich, »es tut mir ja so Leid.«

Am Wochenende darauf fuhr ich in die Kreisstadt und besuchte meine Schwiegermutter im Krankenhaus. Sie lag mit zwei anderen Frauen in einem großen Raum, man hatte ihr das Bett am Fenster gegeben. Fast hätte ich sie nicht mehr erkannt. Ihr Wangen hatten alles Feiste, Schwammige verloren, die Haut war grau, von vielen Runzeln durchzogen, die Augen gelb verfärbt, die Nase stach spitz aus dem Gesicht und verlieh ihrem Ausdruck etwas Endgültiges, als sei sie nun tatsächlich am Ende jenes Wegs angekommen, auf den sie vor vielen Jahren geschubst worden war, ohne zu ahnen, dass er sie ins Verderben führte.

Ich zog mir einen Stuhl heran und setzte mich. Sie hielt die Augen geschlossen, obwohl mir das Zucken ihrer Hände verriet, dass sie meine Anwesenheit bemerkte. Eine Zeit lang sagten wir gar nichts. Auf ihrem Nachttisch lagen in einer Schale verschiedene Tabletten und Kapseln, eine Kanne stand daneben und eine Tasse, die mit Kräutertee gefüllt war. Vor dem Bett abgetragene braune Hausschuhe. Keine Blume, kein Buch – nichts. Wie grauenhaft, dass so wenig von einem blieb! Ein kranker Körper, ein paar billige Habseligkeiten, ein Name auf einem Schildchen am Ende des Betts.

Ich öffnete meine Tasche und nahm das Foto heraus, auf dem sie als junge Frau mit Werner im Arm abgebildet war. Ich hatte es gerahmt und stellte es auf ihren Nachttisch. Zu Hause hatte ich auch einen zweiten Walkman gefunden und eine Kassette mit alten Schlagermelodien. Ich ließ das Band vorlaufen bis zum Lied »In the Ghetto« und stellte die Lautstärke so ein, dass ich nur noch meiner Schwiegermutter ganz sacht die Kopfhörer übers Haar streifen und auf die Starttaste drücken musste. Als die ersten Töne erklangen, öffnete sie die Augen und sah mich mit einem so fernen Blick an, dass ich meinte zu spüren, wie sie uns verließ. Aber dann bemerkte ich ihr Lächeln, ihre Lippen zitterten, und ihre Hand tastete nach der meinen.

Ich saß fast eine Stunde bei ihr. Sie schlief inzwischen so fest, dass ich es nicht wagte, ihr die Kopfhörer abzunehmen. Im Zimmer war es völlig ruhig, da auch die beiden anderen Frauen schliefen. Als ich aufstehen wollte, um kurz mit einem Arzt zu sprechen, tastete sie wieder nach meiner Hand.

»Warte!«, sagte sie heiser.

Ich beugte mich zu ihr. Sie wandte den Kopf, blickte auf das gerahmte Foto und fuhr sich mit der Zunge über die trockenen Lippen. »Am Anfang hab' ich's versucht. Wollte, dass Werner ordentlich aufwuchs. Aber ich hab's nicht geschafft. Ich konnte es ohne Mann nicht schaffen. Ich bin so ... bin einfach nicht selbständig genug. Einer nach dem anderen, und immer hab' ich mein Herz drangehängt, aber ... nichts. Da hab' ich zu trinken angefangen, war alles leichter zu ertragen, wenn ich trank. So oft hab' ich mir vorgenommen, es zu lassen. Aber dann kam die Angst, ich hatte immer so schreckliche Angst. Also hab' ich wieder getrunken, und wieder und wieder.« Sie schwieg erschöpft. Auf ihrer Stirn sammelten sich Schweißtropfen. Ich tupfte sie mit einem Tuch ab. »Der Alkohol, der hat mich fertig gemacht. Aber nicht meine Gesundheit ... die natürlich auch ... nein, meinen Charakter. Du änderst dich völlig. Ich hab' nie gelogen früher ... aber später andauernd. Ich hab' die schaurigsten Geschichten erzählt, hab' aufgeschnitten, bloß damit die Leute mir zuhörten. Manchmal konnte ich es gar nicht mehr ertragen, mir selbst zuzuhören oder mich im Spiegel anzusehen. Als ich einmal ganz unten war, hab' ich Werner in ein Heim gegeben, weil ich mir dachte, da hat er's besser. Wollte ihn retten vor mir.« Sie lächelte bitter. »Das wirft er mir heute noch vor.« Jetzt sah sie mir in die Augen. »Ich hab' nichts für ihn tun können, aber du könntest es.« Tränen rannen ihr aus den Augen. »Schick meinen Jungen nicht ins Gefängnis!«

Nein, oh nein! Nicht das! Nicht der Mutter quasi auf dem Sterbebett in die Hand versprechen, dass ich ihren Sohn beschützen würde. Mir wurde ganz übel bei dem Gedanken, wie ich denn je wieder dieses Bild aus dem Kopf kriegen sollte, wenn ich dennoch gegen Werner aussagte. Würde es mich bis in meine Träume verfolgen? Ein Leben lang?

Sie forschte ängstlich in meinem Gesicht. Vielleicht war ich blass geworden, vielleicht bemerkte sie die Abwehr ... ich weiß nicht. Ihre Augen erloschen. Dies klingt seltsam, aber so war es. Plötzlich war nichts mehr drin in ihren Augen, kein Schmerz, keine Angst, keine Hoffnung.

Ich musste raus hier! Ich stand auf. Da hielt sie mich noch mal am Arm fest.

»Schick ihn nicht ins Gefängnis!«, flehte sie.

Eine Woche später hörte ich, dass sie gestorben sei. Ich ging nicht zur Beerdigung. Ich war so wütend auf sie, aber auch auf mich, weil ich nie gedacht hätte, so herzlos sein zu können. Aber, verdammt, wie kam sie dazu, mir eine solche Verantwortung zuzuschieben? Ich hatte nichts zu tun mit jenem Leben, das sie und Werner führten, bevor er mich traf. Rechtfertigte eine schlimme Kindheit alles? Es gab sicher eine Menge Männer, die eine grausame Kindheit erlitten hatten, ohne gleich zu Schlägern und Vergewaltigern zu werden. Papa hätte gesagt, alles sei Schicksal. Auch die Stärken oder die Schwächen, die uns der liebe Gott in die Wiege legt, seien vorbestimmt und nicht von uns zu beeinflussen. Wenn einer also schwach ist und labil und später prügelt, ist es Schicksal, er kann nicht anders. Nun, mag sein. Aber was war mit der Tatsache, dass Werner sich seine Schwäche nicht einmal eingestand? Dass er das eigene Unrecht entschuldigte und glaubte, sich größtenteils sogar im Recht zu befinden? Wenn ich tat, was meine Schwiegermutter noch übers Grab hinaus von mir verlangte, wer garantierte mir, dass es mir nicht erging wie ihr? Dass ich jede Stärke verlor und nur mehr als Opfer durchs Leben irrte? Schnaps und Wein zu meinen Fluchten ernannte und zu meinen Tröstern machte?

Nein, ich mied die Beerdigung. Wie ein Zugeständnis, wie ein Versprechen wäre es mir erschienen, an ihrem Grab zu stehen und Blumen auf den Sarg zu werfen. Ich erfuhr, dass auch Werner nicht dort gewesen war. Was für ein Ende! Diese hübsche Frau mit dem weichen Gesicht! Und dann ihr Leben wie ein

Garten voller Sand, in dem schon ein einziger Grashalm das Paradies bedeutet hätte. Konnte man vom Kurs abkommen und trotzdem nicht ziellos umherirren? Hatte alles einen Sinn und seine Bestimmung, wie mein Vater meinte? Stand am Ende ein Gott, der alle Fragen beantwortete, alle Zweifel beseitigte? Ich glaubte es nicht. Ich vermutete eher, dass die meisten unserer Fragen unbeantwortet bleiben müssen, weil wir im Grunde nichts bedeuteten im großen Universum, ich nicht, Werner nicht, seine Mutter nicht und auch nicht der Chefredakteur der »Greifenbacher Nachrichten« oder Einstein. Ein Ameisenhaufen, der sich wichtig macht, das waren wir.

5

Danzer hatte mir schon vor einigen Wochen eine Rechnung geschickt, nicht zu hoch, aber doch so hoch, dass ich ins Schwimmen kam. Bis jetzt hatten Werner und ich nicht über Geld gesprochen – er behielt sein Konto und sein Gehalt, ich richtete mir ein eigenes Konto ein, auf das die monatlichen Zahlungen des Drogeriemarktes flossen. Werner überwies mir eine halbe Monatsmiete und fünfhundert Mark für Tanja. Sparkonto besaßen wir keines, wir hatten alles für unseren jährlichen Urlaub, für Kleidung und die beiden Autos ausgegeben.

Als ich mir noch den Kopf zerbrach, wie ich das Geld für Danzer beschaffen konnte, rief er mich an. »Wollte mich mal erkundigen, wie es Ihnen geht.«

Ich erzählte ihm ein bisschen von meiner Arbeit, von Tanja und davon, dass Werners Mutter gestorben war. »Übrigens, Herr Danzer, Ihre Rechnung ...«

Er unterbrach mich. »Dies ist auch ein Grund, warum ich anrufe, Frau Wengler. Wenn Sie es gar nicht schaffen, können Sie in Raten bezahlen. Außerdem müssten wir mal prüfen, ob Sie nicht Prozesskostenhilfe erhalten können.«

»Was heißt das?«

»Wenn Sie unter einer gewissen Einkommensgrenze liegen und die Angelegenheit so schwierig ist, dass Sie einen Anwalt benötigen – und das ist sie in Ihrem Fall –, steht Ihnen so eine Hilfe zu. Schicken Sie mir einen Verdienstnachweis und schreiben Sie alles auf, was Ihr Mann Ihnen überweist, dann werde ich mich drum kümmern, okay?«

Ich bedankte mich.

Er zögerte einen Moment. »Die Verhandlung ist ja nun bald«, sagte er dann.

Mir wurde beklommen zu Mute. In drei Wochen …

»Wissen Sie nun schon, ob Sie aussagen werden?«

»Ich habe es vor.«

»Aber?«

Ich sagte eine Weile gar nichts. Dann riss ich mich zusammen. »Es ist sehr schwer.«

»Das verstehe ich. Wollen Sie sich nicht doch einmal an unsere Beauftragte für Frauenfragen wenden? Vielleicht hilft Ihnen das weiter?«

»Ich habe mich schon ausführlich mit Frau Beck unterhalten.« Ich versuchte krampfhaft die richtigen Worte zu finden. »Ich weiß, worum es geht. Auch für mich selbst. Und trotzdem komme ich mir vor wie in einem Irrgarten, in dem ich immer wieder dieselben Gedankenwege entlanglaufe.«

Ich sah ihn vor mir – wie er mit einem Bleistift spielte, die Unterlippe zwischen die Zähne nahm und die Stirn runzelte.

»Sie meinen, es geht um die Kernfrage: Reicht es, wenn ich mich scheiden lasse, oder muss ich mehr tun, um wieder Selbstvertrauen und Mut aufzubauen?«

Ich atmete tief aus. »Ja. Genau darum geht es.«

Wieder eine kleine Pause. Dann gab er ein unfrohes Lachen von sich. »Tja, Frau Wengler, das können tatsächlich nur Sie allein entscheiden.«

Wir verabschiedeten uns. Eigentlich fühlte ich mich nach diesem Gespräch gut. Ich würde nicht in den finanziellen Ruin schlittern, ich hatte einen Job, Tanja war bei mir, auch der sechste April würde irgendwie vorübergehen. Wirklich, ich hatte schon ein gutes Stück des Weges geschafft.

Ich ging in die Küche, kochte mir eine Tasse Tee und wollte gerade einen Blick in die Zeitung werfen, als die Wände des Zimmers vor mir zurückwichen. Ich fühlte eine grauenhafte Angst, die so machtvoll in mir aufstieg, dass sich mir der Hals zuschnürte. Auch der Herd, der Tisch, die Stühle entfernten sich von mir, kamen wieder nahe, ich hatte so etwas noch nie erlebt. Ich umklammerte die Kante des Schranks und hielt mich fest. Diese Angst … ich würde ersticken an ihr. Ich begann völlig unkontrolliert zu zittern und fühlte, wie all meine Poren aufbrachen und kalter Schweiß meinen Körper bedeckte. Ich krallte mich an Türklinken und Wänden fest, um zu meinem Bett im Schlafzimmer zu gelangen. Mit weichen Knien setzte ich mich, der Schweiß lief mir von der Stirn. Felix lag auf meinem Kopfkissen, er schlief so fest, dass er nur kurz mit der Nase zuckte, als ich mich neben ihm zusammenrollte. Hartes Schluchzen schüttelte meinen Körper. Ich weinte und weinte und konnte nicht aufhören damit. Immer wieder kam mir Tanja in den Sinn, wie sie auf dem Teppich sitzt und mit dem Handrücken ihre Tränen wegwischt. Ich rief ihren Namen. »Ach, Tanja«, stöhnte ich. Kein einziges Mal in den letzten Monaten hatte ich so geweint. Ob ich den Verstand verlor? Aber mein Gedächtnis schien mir noch intakt. Ich konnte mich Wort für Wort an das Gespräch mit Danzer erinnern, auch daran, was ich gestern gemacht und womit ich mich vorgestern beschäftigt hatte. Da hatte ich beispielsweise einer dicken Frau in einer braunen Wollhose den Einkaufswagen zum Auto geschoben und ihr geholfen, die prall gefüllten Plastiktüten im Kofferraum unterzubringen. Auf dem Rücksitz im Auto saß ein kleines Mädchen in Tanjas Alter, das ihre Mutter strahlend anlächelte. »Sie freut sich so, dass ihr Papa heute Abend nach Hause kommt«, sagte die Frau. »Wissen Sie, er ist Fernfahrer, immer auf Achse.« Ich hatte die Szene vor mir gesehen, einen Mann, der müde die Tür aufsperrte, ein Kind, das auf ihn zustürmte und sich in seine Arme warf.

Bei der Erinnerung an die Begegnung mit dieser dicken Frau weinte ich noch mehr. »Ach, Tanja, der Papa kommt nicht mehr nach Hause.« Mir fiel ein, wie Werner Tanja einmal gewickelt und vorsichtig ihren roten Po mit Babypuder bestreut hatte. Dieses sanfte Lächeln auf seinem Gesicht ... Oder als er ihr Dreirad putzte und sorgfältig mit dem Ölkännchen die Naben beträufelte. Die Ostereier, die er in der ganzen Wohnung versteckte, das Bett, das er für ihre Puppe zimmerte. Der Gedanke daran, dass dies alles einmal geschehen war und mich glücklich und froh gemacht hatte, kam mir jetzt vor wie eine Illusion, ein Märchen, als hätte ich mir nur im Traum diese Bilder ausgemalt und sei aufgewacht, nachdem er mich anschrie und mich ein billiges Flittchen genannt hatte.

Ich schluchzte immer weiter, wie eine Verrückte, eine Rasende, das Ganze schien mir eine so unwirkliche Situation, dass ich meinte, neben mir zu stehen und mich voller Entsetzen zu betrachten. Eine eiskalte Fremdheit in mir, als befände ich mich sogar in einer fremden Wohnung.

Ich weiß nicht, wie lange ich so lag. Ich weiß nur noch, dass ich mir überlegte, wie hilfreich es wäre, könnte man tatsächlich seinen Verstand verlieren. Aber dies schien offensichtlich viel schwerer zu sein, als man es sich im Allgemeinen vorstellte.

Ich ging zum Arzt. Nicht zu unserem Hausarzt, denn bei ihm war ich mir nicht sicher, ob er trotz ärztlicher Schweigepflicht nicht doch meine Mutter benachrichtigen würde.

Ein fremder Arzt also, ein jüngerer Mann, der seine Anweisungen und Rezepturen sofort in seinen Computer eingab. Er hörte sich meine Geschichte an und verschrieb mir Beruhigungstabletten. Außerdem empfahl er mir, mich bei all meinen Bedenken dennoch in therapeutische Behandlung zu begeben. Wieder lehnte ich ab. Ich sei mir der Ereignisse in meinem Leben voll bewusst, es gab nichts Verschüttetes, das jetzt durch Panikanfälle an die Oberfläche drang.

»Diese Anfälle könnten sich wiederholen«, meinte er ernst. Damit ich ihn vom Hals hatte, versprach ich ihm, nach meiner Verhandlung im April mit einem Therapeuten zu sprechen. Aber ich glaubte jetzt schon zu wissen, dass ich das nicht tun würde, auch wenn in meinem Fall die Kasse die Kosten übernommen hätte. Wann auch sollte ich diese Termine wahrnehmen? Ich arbeitete jeden Tag von morgens neun bis zum späten Nachmittag. Ich musste einkaufen gehen, Tanja bei meiner Mutter abholen, die Wohnung in Ordnung halten und an den Theaterproben teilnehmen. Selbst wenn ich auf diese Proben verzichtete, würde mir das nichts bringen. Therapeuten hielten ihre Sitzungen nicht nachts ab. Umgekehrt konnte ich mir Wagenbauer lebhaft vorstellen, wenn ich zu ihm gekrochen kam und um zwei Freistunden bat, um meine Seelenbefindlichkeit analysieren zu lassen. Und Termine gleich nach Arbeitsschluss? Dann wäre Tanja noch länger bei meiner Mutter, und bis ich sie abholte und nach Hause brachte, würde es viel zu spät sein, um noch mit ihr zu spielen, für sie zu kochen, all die Dinge zu tun, die wichtig waren für sie und für mich. Sicher kam dann auch sofort Werner mit seinem Anwalt angerannt. »Sehen Sie, sie hat doch nie Zeit für das Kind!« Vielleicht musste ich dann auch noch um das Sorgerecht fürchten? Nein, nein. Da wäre es schon weit hilfreicher gewesen, der Arzt hätte mir ein Rezept auf eines jener Hochglanzleben ausgestellt, die den Leuten in Fernsehfilmen so oft vorgegaukelt werden und deren Darstel-

lung ich mir früher so gern angesehen hatte. Keine Existenz-
ängste, da die Heldin eine Anwaltsrobe, einen Arztkittel oder
Designerklamotten aus der eigenen Kollektion trägt, eine Heldin, die viel öfter an Hotelbars oder beim Sushi-Essen gesehen
wird als am Arbeitsplatz und die obendrein noch so traumhaft
gut verdient, dass ein Psychiaterbesuch keine Schwierigkeit
darstellen dürfte. Aber ich? Doris Wengler, Drogerieverkäuferin, unterbezahlt, mit einem Tagesablauf, der mich aus der
Puste brachte und der aus allen Nähten platzte? Ich hatte nichts
zu tun mit diesen Groschenromanmärchen, mit dieser Schein-
realität, die uns nur verspottet, mit diesem absoluten Verlust
der wahren Welt, wie ich sie kenne. Nein! Keine Illusionen
mehr!

Ich beschloss, mich irgendwie selbst zu therapieren. Der Frage
auf den Grund zu gehen, wann diese üble Angst in mir begonnen hatte? Die Wochen nach der Vergewaltigung, schlimm, sehr
schlimm, aber eigentlich mehr überlagert von Wut, Schmerz
und dem Gefühl der unendlichen Erniedrigung. Als die Leute
sich von mir abwandten, verspürte ich Trauer, Einsamkeit, aber
auch Trotz – dann würde ich es eben ohne die anderen schaffen
müssen. Eine Freundin, die mich im Stich ließ – also Enttäuschung. Mein Verhältnis zu meiner Mutter – zwiespältig. Angst,
mein Kind zu verlieren? Ja. Aber Danzer hatte die Angst mit seiner ruhigen Sachlichkeit gemildert, schließlich gab ich keinerlei
Anlass, dass man mir Tanja wegnahm, argumentierte er. Angst,
allein zu leben? Nein. Angst, nochmals vergewaltigt zu werden?
Mein nüchterner Verstand sagte mir, dass dies eher unwahr-
scheinlich war, es sei denn, ich kehrte zu Werner zurück. Was
dann? Da war noch etwas, das ich mir selbst nicht eingestand.
Ich schrieb mir diese Dinge auf und las sie immer und immer
wieder durch. Und eines Tages, ohne dass ich mir dessen richtig
bewusst wurde, stand mitten auf meinem Blatt: »Angst, nicht

mehr lieben zu können.« Ich saß da und starrte diesen Satz an. Der Gefängniswärter Albert fiel mir ein, mit dem ich mich so gut unterhalten hatte, dessen Berührung mir dann aber bis zum Erbrechen unangenehm gewesen war. Da hatte ich sie zum ersten Mal gespürt, die Panik.

Ganz still war es in der Küche. Und wieder der Schweiß auf meiner Stirn und ein Frösteln, lähmend kalt. Ein Leben ohne Nähe. Ohne Liebe. Ohne Wärme. Ohne Empfindung. Ohne einen Partner. Wie das absolute Nichts kam mir diese Vision vor. Eine Leere, die mich erwartete, aus der eine noch furchtein-flößendere Einsamkeit erwuchs als jene, die uns heimsucht, wenn Menschen uns verlassen. Verzweifelt sagte ich mir, dass sich das wieder ändern wird. Dass die Zeit tatsächlich Wunden heilt. Aber vorstellen, nein, vorstellen konnte ich es mir nicht.

6

Ende März fuhr ich noch einmal zu Hannelore Beck. Ich hatte mich telefonisch angemeldet, und sie erwartete mich bereits, schien es aber eilig zu haben. »Eine harte Woche«, seufzte sie. »Nun, Frau Wengler ... was gibt's?«

Ich gestand ihr, dass mir erst in letzter Zeit bewusst geworden sei, dass ich meinen Mann durch meine Aussage unter Umstän-den ins Gefängnis bringen würde. Verrückt sei dies. Nie hätte ich weiter gedacht als bis zum Verhandlungstag. Dass dieser Verhandlung ein Urteil folgen würde, das sei in meinem Kopf wie ein blinder Fleck gewesen. Deshalb würde ich von ihr gerne erfahren, welche Strafe Werner zu erwarten habe, ob es Ver-gleichsfälle gebe. »Ich könnte auch meinen Anwalt fragen, aber ...« Verlegen zuckte ich mit den Achseln.

Sie wurde ernst. Natürlich könne ich darüber Auskunft erhal-ten, so gut es eben möglich sei, meinte sie. Aber eines müsse ich mir immer vor Augen halten. Es sei der völlig falsche Weg, meine Entscheidung, ob ich vor Gericht aussagen wolle oder nicht, vom Strafmaß abhängig zu machen.

»Warum?«

»Weil Sie eine grundsätzliche Entscheidung treffen, eine Gewissensentscheidung, wenn Sie so wollen. Sie liefern durch Ihre Aussage die Fakten, die einen Richter veranlassen werden, einen Urteilsspruch zu fällen. Nicht Sie, Frau Wengler, sind der Richter. Sie sind ein Opfer, das nichts anderes unternimmt, als die Wahrheit zu erzählen. Wenn Sie sich in den Gedanken verrennen, durch Ihre Aussage erhalte Ihr Mann eine Gefängnisstrafe, dann ist dies der falsche Ansatz. Ihr Mann erhält seine Gefängnisstrafe seiner Tat wegen.«

»Ich möchte trotzdem gern wissen, was ihn erwartet.«

Sie stand auf, holte einen dicken Wälzer, blätterte und sprach dabei weiter. »Es wird immer auf den Richter ankommen. In einem minder schweren Fall beläuft sich die Freiheitsstrafe zwischen sechs Monaten und fünf Jahren. Bei besonders schweren Fällen wird sie nicht unter zwei Jahren liegen. Verursacht der Täter zum Beispiel durch die Tat leichtfertig den Tod des Opfers, dann liegt die Bestrafung nicht unter fünf Jahren.« Sie klappte das Buch zu. »Sie sehen also, da ist eine Menge Spielraum vorhanden.«

»Und in meinem Fall?

»Schwer zu sagen. Es kann eine Strafe auf Bewährung werden, weil Ihr Mann sich sonst noch nie etwas hat zu Schulden kommen lassen ... zumindest nichts, was aktenkundig wäre. Er stand unter Alkoholeinfluss und wird ins Feld führen, dass Ihr Geständnis, von einem anderen Mann zu kommen, ihn ausrasten ließ. Also eine Affekthandlung. Einen minder schweren Fall der Vergewaltigung würde man so etwas nennen. Das Verfahren kann aber auch mit einer Gefängnisstrafe enden.«

Ich schwieg.

Sie hob die Schultern. »Vor kurzem erfuhr ich von zwei Fällen, in denen es zu Verurteilungen kam. Einmal dreieinhalb Jahre Gefängnis – diese Strafe hat ein Gericht gegen einen Kraftfahrer verhängt, der seine von ihm getrennt lebende Frau mit einer Gaspistole bedroht und zum Sex gezwungen hat; der Staatsanwalt hatte vier Jahre gefordert. In dem anderen Fall wurde ein Mann wegen Vergewaltigung in der Ehe in einem besonders schweren Fall zu drei Jahren und acht Monaten Gefängnis verurteilt. Er hat seine schwangere Frau vergewaltigt und war bereits wegen anderer Delikte, auch sexueller, vorbestraft.«

Werner, der vielleicht ein paar Jahre ins Gefängnis musste? Hatte er das verdient? Ja, schrie es in mir, ja, ja, ja ... Mir traten Tränen in die Augen. Ich schwankte zwischen dem Gefühl, mir Recht verschaffen zu müssen, und meinem Gewissen, das mich in eine Sackgasse trieb, die da hieß: Wie viel Schuld trägst du?

»Das macht mich fertig«, gestand ich, »dass ich mich immer wieder frage, ob ich nicht vielleicht doch selbst Schuld habe?«

Sie schüttelte den Kopf und erklärte mir, dass sie dieses Argument schon oft gehört habe. Das Opfer, das sich schuldig fühle, der Täter, der behaupte, seine Frau wolle sich durch die Aussage lediglich an ihm rächen, ihr gehe es gar nicht um Gerechtigkeit.

»Frau Wengler, ein Urteil kann auch dazu führen, dass Sie Ihre unangebrachten Schuldgefühle loswerden. Sie erhalten quasi eine staatliche Bestätigung dafür, dass Sie sich nicht schuldig zu fühlen brauchen. Sie handeln nicht aus Hass, lassen Sie sich das ja nicht einreden! Das wäre wirklich eine zu einfache Erklärung der Situation.«

Als ich mich verabschiedete, fiel ihr noch etwas ein. Sie meinte, sie habe keine der Frauen, die nicht gegen ihre Männer ausgesagt hatten, dazu überreden können, sich mit mir zu treffen oder mit mir zu telefonieren.

»Haben diese Frauen Angst, ich könnte es weitererzählen?«

»Ich weiß es nicht. Doch ich habe eher den Eindruck, sie wollen grundsätzlich nicht darüber sprechen. In dem einen Fall bin ich mir sicher, dass der Mann inzwischen bereits wieder gewalttätig geworden ist. Da war vor kurzem eine Anzeige der Nachbarn wegen Ruhestörung ... Und in dem anderen Fall ...« Sie zuckte mit den Achseln. »Eine etwas kryptische Auskunft. Die Frau meinte nur, ihre persönlichen Erfahrungen würden niemandem helfen. Dann hat sie aufgelegt.«

Sie gab mir die Hand. »Also dann ... bis zum sechsten April!« Sie lächelte mir aufmunternd zu.

Ich nickte. Der sechste April ... Für alle anderen Menschen ein normaler Tag. Für mich ein Tag, der wie Blei auf meiner Seele lag.

Am Abend, ich hatte gerade Tanja zu Bett gebracht, klingelte es. Dies war so selten geworden, dass ich zusammenzuckte und die Scheibe am Guckloch meiner Wohnungstür beiseite schob, um nach draußen zu schauen. Es war Elke.

Ich öffnete sofort. Sie hatte ein Päckchen mit Süßigkeiten in der Hand und machte ein verlegenes Gesicht. »Komm rein!«, sagte ich.

Sie überreichte mir die Tüte und meinte, ich solle sie am nächsten Morgen Tanja geben. Dann zog sie ihren Mantel aus und stand in meinem Flur wie eine Fremde. Und wie eine Fremde geleitete ich sie in die Küche, holte eine angebrochene Flasche Weißwein aus dem Kühlschrank und schenkte uns zwei Gläser ein.

»Magst du ein paar Chips?«

»Nein, danke. Bin auf Diät«, setzte sie hastig hinzu. Sie trank nervös.

Ich wartete. Schließlich seufzte sie ein wenig und fuhr mit dem Finger am Rand ihres Glases entlang. »Ist mir nicht leicht gefallen herzukommen. Aber bei der Arbeit können wir das nicht besprechen.« Jetzt blickte sie mir in die Augen. »Da braut sich was zusammen, Doris ... und das finde ich nicht richtig.« Wieder trank sie einen Schluck. Vorher aber, meinte sie, wolle sie noch etwas anderes klären. Unser letztes Gespräch im Café, ich wisse schon. Als ich ihr so brutal geschildert hätte, was mir widerfahren sei, also, das habe sie nicht mehr aus ihrem Kopf herausgebracht. Es sei doch so – wenn man das Wort »Vergewaltigung« lediglich höre oder lese, habe man zwar das Gefühl, da sei etwas Schreckliches geschehen, aber so richtig nachdenken würde man nicht darüber. Jedoch eine Schilderung in all ihren Einzelheiten, von jemandem, den man gut kennt – sie schüttelte den Kopf. Da sei ihr erst aufgegangen, was ich durchgemacht haben müsse. Sie richtete sich ein wenig auf, ihr Blick verhärtete sich. »Und trotzdem, Doris, trotzdem finde ich es immer noch nicht in Ordnung, dass du zur Polizei gegangen bist. Werner ist total ausgerastet, okay, aber er ist kein Verbrecher. Und denk doch mal an Tanja! »Dann fügte sie noch hinzu, das alles würde doch nichts bringen, Rache habe noch niemals weitergeholfen. Sie sah mich Hilfe suchend an, als sei es an mir, ihren Seelenfrieden wieder herzustellen und ihre Meinung zu bestätigen. Mir fielen Hannelore Becks Worte ein, das gab mir Kraft.

»Wenn es mir um Rache gegangen wäre, hätte ich einen Schlägertrupp bestellen müssen mit dem Auftrag, Werner so fertig zu machen, wie er mich fertig gemacht hat.« Rache, das sei so etwas wie Auge um Auge, Zahn um Zahn, fuhr ich fort, aber darum gehe es nicht.

»Worum dann?«, fragte sie verwundert.

Ich kämpfte gegen das altbekannte Gefühl der Einsamkeit an. Ich wünschte mir einen, nur einen einzigen Menschen zur Seite, vor dem ich mich nicht rechtfertigen, dem ich nichts erklären musste. Dann kam mir Frau Beck in den Sinn. Und Danzer. Die beiden meinten es gut mit mir. Diese Tatsache sprach eigentlich gegen mein Gefühl der Einsamkeit. Aber für sie war ich eine

Zeugin, eine Mandantin, sie würden mich vergessen haben, sobald der Vorgang abgeschlossen beziehungsweise die Anwaltsrechnung beglichen war. Nein. Ich wollte einfach die Menschen, die ich früher geliebt hatte, wieder lieben dürfen, ohne vor ihren Reaktionen Angst haben zu müssen. Ich wollte die Deckung aufgeben dürfen, weil niemand mehr vorhatte, mir einen neuen Schlag zu versetzen.

»Wenn dich jemand auf der Straße überfallen würde, dich berauben und verletzen … und du würdest ihn anzeigen, tätest du das aus Rache?«, begann ich.

»Das ist etwas anderes«, erwiderte sie abweisend.

»Du tätest es, weil es ein Verbrechen ist und weil du wolltest, dass dem Täter durch die Strafe klargemacht wird, dass er etwas Schlimmes getan hat.«

»Ich sage es noch einmal: Das ist etwas anderes.«

»Gut. Wenn dein Bruder dich überfallen würde …?« Ich wusste, wie Elke an ihrem Bruder hing, also schien es mir zwar kein vergleichbares, aber ein einigermaßen logisches Beispiel zu sein.

»Dann würde ich mit ihm reden, um ihm zu sagen, wie beschissen ich seine Tat finde. Aber ich würde nicht zur Polizei rennen und ihn hinhängen.«

»Und wenn er dir vorhält, du habest selbst auch einen Großteil Schuld? Weil du am Abend vorher mit ihm gestritten hast und ihm nicht das gegeben, was er von dir wollte? Nämlich Geld oder deinen Schmuck oder was auch immer? Wenn er seine Schuld nicht einsehen würde?«

Sie sah mich lange an. »Und wenn er sie einsehen würde?«

»Dann müsstest du dich fragen, ob er es wieder tut. Denn wenn du den Verdacht hast, er tut es wieder, dann musst du dich selbst oder andere vor einem zweiten Mal schützen.«

»Ich könnte die Verbindung zu meinem Bruder abbrechen.«

»Und wenn er jemand anderen überfällt? Er ist ja auch beim ersten Mal ohne Strafe davongekommen?«

Sie antwortete nicht mehr. Aber dem Ausdruck auf ihrem Gesicht entnahm ich, dass ich sie nicht überzeugt hatte. Ich schenkte ihr nochmals Wein ein und lächelte bemüht. »Okay, lassen wir das! Was meinst du damit: ›Da braut sich was zusammen‹?« Sie war erleichtert, dass ich das Thema wechselte. Sie presste missbilligend die Lippen zusammen. »Werners Freunde aus dem Fußballclub haben sich eine Menge Fotos besorgt, die in den letzten Jahren von dir gemacht wurden. Auf den Vereinsfeiern, im Karneval, bei den Grillfesten. Und haben all jene herausgesucht, auf denen du angeblich schamlos geflirtet hast. Du weißt schon ... du gibst Uwe ein Küsschen, du umarmst Kai ... und vor allen Dingen Bilder mit Ricki ... immer wieder Ricki. Bilder, die aus dem Zusammenhang gerissen sind. Aber wenn du sie zu den ›Greifenbacher Nachrichten‹ bringst und sie nebeneinander hinlegst, dann kann durchaus der Eindruck entstehen, du habest dich mit jedem Nächstbesten eingelassen. Und die Vergewaltigung nur erfunden, weil dein Mann dir deine Herumhurerei vorgehalten hat.«

Ich hörte ihr entsetzt zu. Ich dachte dabei gar nicht an mich. Ich dachte an Tanja, an meine Mutter, an das Sorgerecht ... »Weiß Werner davon?«

»Er hat sicher mitgekriegt, dass sie ihm helfen wollen. Aber inwieweit er wirklich Bescheid weiß ...« Sie hob die Schultern.

»Danke, dass du es mir erzählt hast!«

Sie nickte. Schweigen breitete sich aus. Dann sagte sie zögernd: »Ich an deiner Stelle würde mich mit Werner treffen.«

»Wenn seine Freunde meinen, mich mit Dreck bewerfen zu können, sollen sie es tun. Das fällt auf sie zurück, nicht auf mich.«

»Aber wenn es in der Zeitung steht ...«

Natürlich machte ich ihr etwas vor und mir auch. Aber das konnte ich nicht zugeben. Hätte ich mein Erschrecken und meine Angst eingestanden, wäre ich in Tränen ausgebrochen. Nein, nicht vor Elke, obwohl ich es fair von ihr fand, dass sie mich gewarnt hatte.

»Tja …«, sagte sie schließlich, da ich stumm dasaß, und stand auf. »Ich muss weiter.«

Ich begleitete sie zur Tür. »Was macht eigentlich eure Revue? Ist bald Aufführung?«

»Mitte April.«

»Krieg' ich auch eine Einladung?«

Ich nickte. Ob sie tatsächlich kommen würde? Vor einem halben Jahr wäre uns beiden diese Frage lächerlich erschienen. Ich fühlte mich betrogen, als hätte man mich beraubt, wenn ich mir vorstellte, was sie alles für mich auf die Beine gestellt hätte, wäre mein Leben nicht über Nacht aus den Fugen geraten. Jeder Kundin, jedem Kunden würde sie eine Eintrittskarte empfehlen und ein Theaterheft in die Hand drücken, meine Tanznummer müsste ich ihr immer und immer wieder vorführen und das Lied singen, das den Schlusspunkt der Veranstaltung setzte. All unsere Freunde würde sie ins Theater treiben, Blumen zu mir auf die Bühne bringen und sich ehrlichen Herzens mit mir freuen.

Sie blieb noch einen Moment an der Tür stehen, und ich dachte schon, sie wolle mich umarmen. Aber sie tat es nicht, sondern sagte: »Weißt du, Doris … Mir ist schon klar, dass du von mir enttäuscht bist, dass du der Ansicht bist, eine wirklich gute Freundin müsste zu dir stehen, egal, was du gemacht oder nicht gemacht hast. Aber so einfach ist das nicht. Werner ist auch mein Freund. Und ich bin mir einfach noch nicht im Klaren darüber …« Sie unterbrach sich und schaute mich unglücklich an. »Na ja … wie auch immer. Bis morgen dann!«

Ich blickte ihr nach. Immer hatte ich ihre Ehrlichkeit bewundert und ihr sicheres Gespür dafür, was richtig war oder falsch. Wenn ihr Instinkt sie auch dieses Mal nicht verlassen hatte? Wenn sie im Recht war?

Einen Tag vor der Verhandlung – ich hatte mir frei-
genommen – erschien in den »Greifenbacher Nachrichten« ein
Artikel von Jola Winter, der auf den Prozess hinwies und die
Vorgeschichte nochmals beleuchtete. »Vergewaltigung in der
Ehe – Wird Doris Wengler gegen ihren Mann aussagen?«
Ich war innerlich gewappnet, da die Journalistin mir ja schon
bei unserem Zusammentreffen im »Havanna« gesagt hatte, sie
werde das Thema noch einmal aufgreifen. Der Artikel wärmte
die Vorkommnisse des vergangenen Herbstes auf und wies
darauf hin, dass die Aussagen in Bezug auf die Vergewaltigung
nicht übereinstimmten. Jola Winter ging auch auf Werners
Tätigkeit als Fußballtrainer ein – der FC Greifenbach würde in
der neuen Saison tatsächlich in die nächsthöhere Klasse aufsteigen – und berichtete, dass ich Mitglied der hiesigen Laienspielgruppe sei und bei der Premiere eines Revueabends am vier-
zehnten April auf der Bühne des Theaterkellers stehen würde.
Woher hatte sie diese Information? »Seit wann stört Publicity?«, hörte ich Lansky sagen. Mir wurde ganz heiß bei dem
Gedanken, dass er oder sein Assistent bei der Zeitung angerufen und die interessante Neuigkeit verbreitet haben könnte.
Oder hatten sie nur ein Programmheft an die Kulturredaktion
gesandt? Vielleicht war man dort zufällig auf meinen Namen
gestoßen? Aber nein, ich wusste es besser, ich hatte während der
letzten Monate einiges gelernt über das Verhalten meiner Mitmenschen, und ich spürte, wie mir die Empörung in den Hals
stieg. Doch dann, nach einigen Minuten, beruhigte ich mich
wieder. Zwar erschreckte mich der Gedanke, etliche Leute würden zu den Aufführungen kommen, nur um mich zu sehen,
mich anzustarren und sich auszumalen, wie Werner mir Gewalt
antat. Aber wieder sagte ich mir, wie schon bei den Fotos, die
Werners Freunde zusammengetragen hatten und die Jola Win-

ter offensichtlich nicht benutzen wollte, dass Geschmacklosig-
keiten, egal welcher Art, nicht auf mich zurückfielen, sondern
auf jene, die sie begingen. Wie um mir Mut zu machen, stellte
ich mich in die Mitte des Zimmers und probte mein Lied. Eine
Trotzreaktion, ein Rettungsversuch, mein kleines zappelndes
Leben nicht aus der Hand zu geben. »Und fühlst du dich geliebt,
dann frag nicht ...« Meine Stimme zitterte ein wenig, und ich
schluckte schwer. Morgen, konnte ich immer nur denken, morgen um diese Zeit hast du es hinter dir. Oder hatte ich es nie
hinter mir?

Ich trat zum Fenster und schaute auf die Straße hinunter. In die-
sem Augenblick bog Werners Wagen in eine der Parkbuchten.
Werner stieg aus, schloss den Wagen ab und blickte zu meinem
Fenster herauf. Ich trat einen Schritt zurück und sah verstohlen
durch die Vorhänge. Er ging aufs Haus zu, suchte nach dem
Wohnungsschlüssel und sperrte die Eingangstür auf.

Ich war vor Schreck wie gelähmt. Er hatte noch seinen Schlüs-
sel! Kam er jetzt, um mich einzuschüchtern? Was hatte er vor?
Ob ich die Wohnungstür von innen verschließen sollte? Einen
Stuhl unter die Türklinke stellen? Die Polizei anrufen?

Ich war so verstört, dass ich keinen klaren Gedanken fassen
konnte, und sank auf die Couch, den Kopf ganz schräg vor
Anstrengung, um die Geräusche im Treppenhaus hören zu
können. Seine Schritte auf der Treppe, dann Stille. Mein Herz
klopfte bis zum Hals, die Hände hatte ich ineinander verkrampft. Ich vernahm ein leises Rascheln, dann entfernten sich
die Schritte wieder. Ich stand auf und ging auf den Flur hinaus.
Am Boden lag ein Zettel, den Werner unter der Tür hindurch-
geschoben hatte. Ich hob ihn auf.

»Bin ›Bei Kurt‹. Ich warte auf dich. Bitte! – Werner«, stand
darauf.

»Bei Kurt«, so hieß das Lokal, in dem Werner und ich manchmal am Wochenende ein Bier getrunken und eine Kleinigkeit gegessen hatten. Was wollte Werner von mir, einen Tag vor der Verhandlung? Ich ging wie betäubt die Straße entlang und näherte mich dem Eingang. An einem der Fenster, an denen schmutzige Scheibengardinen hingen, blieb ich stehen. Werner saß allein an einem Tisch, ein Bier vor sich, sein Gesicht blass, er hatte abgenommen. An einem anderen Tisch saßen zwei Bauarbeiter und aßen Würstchen.

Ich betrat das Lokal, bestellte im Vorbeigehen bei Kurt einen Kaffee und ging zu Werners Tisch. Unsere Blicke begegneten sich. Der Ausdruck in seinen Augen – als habe er sich genau überlegt, was er mir alles sagen wolle. Er trug ein kariertes Hemd, und ich erinnerte mich daran, wie seine Arme sich anfühlten, wenn er sie um mich legte – lange her.

Ich setzte mich. »Also?«, sagte ich.

»Ich denke die ganze Zeit über uns nach. Immerzu.«

Er drehte das Bierglas in seiner Hand. »Ich weiß, dass die meisten Leute auf meiner Seite stehen. Dass die mir helfen würden vor Gericht. Die würden sagen, dass du nächtelang nicht nach Haus gekommen bist und Tanja immer zu deiner Mutter abgeschoben hast. Also, ich fürchte, du würdest Schwierigkeiten bekommen mit dem Sorgerecht. Das glaube ich.«

Er sprach langsam, zögernd, als würde er bedauern, was er mir mitzuteilen hatte.

Ich nickte. »Und um mir das zu sagen, hast du mich herbestellt?«

»Nein, nein. Gar nicht.« Er blickte mir bittend in die Augen. »Ich hab' mir einiges zurechtgelegt. Es gibt doch heute für alles irgendwelche Kurse. Oder Therapien. Doris, das versprech' ich dir. Ich geh' da hin.«

»Und was soll das jetzt noch nützen?«

»Na, ja. Man kann lernen, sich besser zu beherrschen.« Er biss sich auf die Lippen. »Mensch, Doris. Wir waren doch mal glücklich!« Der Ausdruck seiner Augen war jetzt flehend, als hänge alles davon ab, wie eindringlich er mir die Sache erklären und ob ich sie auch begreifen konnte.

»Ja«, erwiderte ich abwehrend. »Solange ich getan habe, was du wolltest. Und das hab' ich am Anfang. Das ist so, wenn man verliebt ist. Aber später, als ich meinen eigenen Kopf kriegte, da …« Ich sprach nicht mehr weiter, zuckte mit den Achseln und seufzte.

Mein Seufzer, das Achselzucken schienen ihm Hoffnung zu geben. Eifrig sagte er: »Wir können es doch so machen …«

Kurt unterbrach uns. Er brachte meinen Kaffee. Ich bedankte mich, und Kurt ging wieder weg. Werner dämpfte seine Stimme. »Ich mach' die Therapie, das verspreche ich dir. Und du sagst in der Verhandlung nicht gegen mich aus. Dann wird das Verfahren wahrscheinlich eingestellt, und wir könnten noch mal ganz von vorn anfangen.«

Das war es also! Ich spürte, wie die Wut in mir hochstieg. »Ach so! Du veranstaltest das alles nur, damit ich nicht gegen dich aussage?« Ich wollte aufstehen.

Er weinte fast, als er mich zurückhielt. »Nein. Nein, das ist nicht wahr.«

Ich setzte mich wieder.

»Versteh mich doch! Ich will, dass wieder alles in Ordnung kommt. Ich möchte euch doch nicht verlieren. Ich werd' verrückt, wenn ich bloß dran denke.«

Mir lag schon auf der Zunge, ihn zu fragen, warum ihm nicht damals, im November, als er mich zu Boden schlug und missbrauchte, der Gedanke gekommen war, dass er uns verlor. Aber ich schwieg.

Verzweifelt sagte er: »Was bringt dir das denn, wenn ich ver-

urteilt werde? Die Sache kann dadurch doch nicht mehr rückgängig gemacht werden. Ich kann das nicht mehr rückgängig
machen, Doris.«

Ja, er konnte es nicht mehr rückgängig machen! Meine Stimme
bebte, als ich sagte: »Du hast etwas in mir kaputtgemacht. Und
ich habe das Gefühl, dass es nie mehr heil wird, wenn ich mich
nicht wehre.«

»Aber du hast dich doch gewehrt. Du bist zur Polizei gegangen.«

Er kam mir vor wie ein Kind. Dachte er wirklich, ich sei lediglich zur Polizei gegangen, um ihn zu verpetzen? Und nachdem
ich ihn angeschwärzt hatte, war die Sache wieder gut? Hatte
also meiner Wut freien Lauf gelassen, hatte ihm Unannehmlich-
keiten bereitet, aber jetzt, jetzt waren wir quitt? Hände aneinander klatschen ... Give me five, Kumpel ... und den bösen Traum
abhaken?

»Du weißt überhaupt nicht, wovon ich rede, nicht? Du denkst,
natürlich war es nicht schön, dass ich sie vergewaltigt habe,
aber schließlich bin ich ihr Mann. Da kann es ja nicht so
schlimm sein, nicht so schlimm, als hätt's ein Fremder getan.
Aber in dem Moment ... da warst du für mich was Schlimmeres
als ein Fremder.«

Er starrte mich an, seine Augen verengten sich. »Und was
meinst du, wie ich mich gefühlt habe, als du von Ricki kamst?«,
brachte er mühsam hervor.

Ich wurde so traurig, weil er immer noch nichts begriffen hatte.
Leise erwiderte ich: »Ich bin nicht dein Eigentum, Werner. Aber
genau so hast du mich behandelt. Wie etwas, das du nach Belie-
ben gern haben oder benützen oder kaputtmachen kannst.«

Seine Blick tastete ratlos mein Gesicht ab. »Und jetzt?«

Ich hätte weinen mögen. Ich dachte an den fröhlichen Lärm des
Frühlingsfestes, sah Ricki und Werner, wie sie am Schießstand
lehnten und mir Papierrosen schossen, ich spürte wieder in

unbändiger Freude mein Herz klopfen, bis in die Fingerspitzen drang mir in der Erinnerung das Lebendige dieses Augenblicks, eine warme Flut, die mich atemlos machte. Die ganze Welt hätte ich doch damals umarmen mögen.

Ich nahm seine Hand. »Weit haben wir's gebracht, oder?«

So saßen wir eine ganze Weile. Dann ließ ich seine Hand los, ging zur Theke, zahlte meinen Kaffee und verließ das Lokal.

9

Ich hatte so lange auf diesen Tag gewartet, mich vor ihm gefürchtet, und nun war er da, und ich wartete wieder. Wartete darauf, dass die Angst, die ich während einer schlaflosen Nacht empfand, beim Licht des Tages kleiner werden würde, so dass ich wieder ruhiger atmen konnte.

Bereits um sechs Uhr morgens stand ich auf, kochte mir eine Tasse Tee und stellte mir immer wieder vor, wie es sein würde, wenn ich das Gerichtsgebäude betrat, die langen Flure entlangging, auf einer Bank Platz nahm und dem Moment entgegensah, da die Tür sich öffnen und ich als Zeugin aufgerufen werden würde. Obwohl ich auch Nebenklägerin war, würde ich nicht die ganze Zeit über im Sitzungszimmer anwesend sein. Es sei mir unmöglich, hatte ich Danzer erklärt, Werners Aussage, Rickis Lüge und alles, was in diesem Zusammenhang gesagt werden musste, schweigend mit anzuhören. Mir sei es lieber, meine Zeugenaussage zu formulieren und dann den Raum wieder zu verlassen. Ich befürchtete nämlich, völlig die Beherrschung zu verlieren, sollte Werner vor Gericht die Vergewaltigung bestreiten und erklären, er sei der Meinung gewesen, ich habe freiwillig mit ihm Sex gehabt. Eine Zeit lang spielte ich mit dem Gedanken, dem Richter zu erzählen, dass Werner die paar Male, die er noch außerhalb unserer Wohnung mit mir zusammentraf, die Vergewaltigung gar nicht bestritten hatte. Aber dafür gab es keine Zeugen. Und hatte er die Tat wirklich zugegeben? Seine Worte, die bei diesen Begegnungen fielen, kamen mir in den Sinn. Damals auf der Straße … vor dem Drogeriemarkt. *Ich bin ausgerastet …* In der Wohnung meiner Mutter, als ich ihm vorhielt, von Beginn unserer Ehe an handgreiflich geworden zu sein. Da sagte er nur: *Ja, gut … Aber das andere …,* sonst nichts. Auf dem Gelände des Fußballvereins ging es um Tanja. Und in Kurts Kneipe schlug er eine Therapie vor, um zu lernen, sich besser zu beherrschen, womit er sich eindeutig auf die körperlichen Misshandlungen bezog und nur meinte, *die Sache* könne einfach nicht mehr rückgängig gemacht werden.

Die Sache … Ich stand unter der Dusche und erinnerte mich an den Morgen, als ich zusammengekauert in dieser Wanne saß und versuchte, alles wegzuwaschen, abzuschrubben, auch meinen Ekel und das Entsetzen, dass mir so etwas passieren konnte. Lange fünf Monate war dies jetzt her, aber immer noch wachte ich nachts schweißgebadet auf, weil ich im Traum wieder Werners Stimme gehört hatte, die mich eine beschissene Nutte nannte, worauf ich schreien und schreien wollte, aber keinen Ton herausbrachte.

Das heiße Wasser rann mir über die Schultern, und voller Angst redete ich mir ein, dass es sich nur noch um diesen einen Tag handelte, nur noch diesen Tag musste ich überstehen, dann konnte ich darangehen, mir ein neues Leben aufzubauen. Aber vielleicht war dies ein Trugschluss? Vielleicht waren die Menschen ein Leben lang bemüht, sich ein neues Leben aufzubauen? Es klang wie Hohn in meinen Ohren – sich ein neues Leben aufbauen. Wie denn? Ging man hin, machte die eine Tür hinter einem Zimmer voller Gerümpel zu, öffnete eine andere und schmückte ein leeres Zimmer neu? Reeller wäre gewesen zu sagen, man fand sich ab mit der Tatsache, dass die Zukunft nur eine Fortführung der Gegenwart war, dass es also kein neues

Leben gab, sondern dass man das gegenwärtige ramponierte Leben nehmen musste, um es mit Stützpfeilern vor dem Einsturz zu bewahren; und wenn man Mut hatte, konnte man vielleicht auch noch den einen oder anderen neuen Ausgang schaffen. Die Scheidung einzureichen, beispielsweise, war einer der rettenden Ausgänge. Aber als Zeugin den eigenen Mann zu belasten und ihn, den Vater meines Kindes, vielleicht ins Gefängnis zu schicken – mauerte ich da, im Hinblick auf Tanja, nicht wieder Ausgänge zu?

Ich schob den Gedanken beiseite. Vielleicht geschah ja noch etwas im Laufe des Vormittags, das mir den rechten Weg wies – wie ein Blitz, der die Dunkelheit erhellt. Aber ich befürchtete, dass solch einschneidende Hinweise des Himmels eher in Büchern oder Filmen vorkamen und ich nicht das Glück haben würde, ohne jeden Zweifel im Herzen das Gerichtsgebäude betreten zu können.

Ich zog einen dunklen Hosenanzug an und eine Bluse, die mir Elke vor einem Jahr zum Geburtstag geschenkt hatte. Meine Mutter würde mich begleiten, wir hatten ausgemacht, dass ich sie am Vormittag mit dem Auto abholte, um dann in die Kreisstadt zum Landgericht zu fahren. Die Verhandlung war für elf Uhr anberaumt. Tanja würde den Nachmittag bei der Freundin meiner Mutter verbringen. Wir hatten ihr nicht erzählt, was uns bevorstand, obwohl meine Mutter zuerst meinte, Tanja müsse darauf vorbereitet werden, dass dieser Tag und wie ich damit umging, über unser Leben entschied, eine Bemerkung, die mir wieder das Blut ins Gesicht trieb, so sehr regte ich mich darüber auf. Ich hielt meiner Mutter vor, dass schon längst über unser Leben entschieden worden sei, und zwar in jener Nacht, da Werner mich vergewaltigt habe. Nicht ich gäbe unserem Dasein eine neue, beängstigende Wende – »er hat das getan«.

»Oder du«, antwortete Mutter zornig, »als du mit Ricki ins Bett gegangen bist.«

Womit wir wieder beim Ausgangspunkt angelangt waren. Fast wären wir in Streit geraten, doch dann nahm Mutter überraschenderweise meine Hand und sagte: »Tut mir Leid, Doris. Das war jetzt dumm von mir.«

Ich hielt vor Mutters Haus. Mutter wartete schon auf mich. Sie kam zum Auto, und ich bemerkte, dass sie ebenso nervös und ängstlich war wie ich. Sie öffnete die Beifahrertür. »Kannst du einen Moment reinkommen? Wir haben noch Zeit.«
Ich zögerte. Versuchte sie, ein letztes Mal auf mich einzuwirken, nicht gegen Werner auszusagen? Davor fürchtete ich mich. Ich wollte nicht aus purem Trotz, aus Gründen der Rebellion, eine Entscheidung treffen, die ich dann hinterher vielleicht bereute. Dennoch stieg ich aus und folgte ihr ins Haus. Sie schenkte mir eine Tasse Kaffee ein und bat mich, einen Moment Platz zu nehmen. Das Sprechen schien ihr schwer zu fallen, selten hatte ich sie so verlegen gesehen.
»Weißt du, Doris … Ich versteh' dich zwar nicht immer. Und vielleicht bin ich auch manchmal zu rigoros und beurteile die Dinge falsch, weil man ja immer meint, man habe die Wahrheit für sich gepachtet. Aber …« Sie nahm meine Hand und drückte sie, fest und beruhigend. »Ich bin immer für dich da. Und wenn du es willst, dann werde ich vor Gericht sagen, was ich weiß.«
Wir blickten uns an. Ihre Lippen zitterten, und in ihren Augen standen Tränen. »Danke, Mama«, flüsterte ich und legte meine Arme um sie.

10

Wir sitzen im Auto und schweigen. Mein Herz klopft dumpf und langsam, meine Handflächen sind schweißnass. Meine Mutter sagt etwas, aber ich höre nicht zu. Noch zwei

Stunden. Draußen blauer Himmel mit weißen Wölkchen, ein warmer Tag, an dem man in den Grünanlagen spazieren gehen könnte oder schon den ersten Espresso im Freien genießen.

Wieder sagt meine Mutter etwas. Ich nicke, kupple, lege den Gang ein, erhöhe die Geschwindigkeit. Meine Hände umklammern das Lenkrad. Dort drüben der Fluss. Ich denke an unser Gartenhaus. An Papa, der mit aufgekrempelten Hosen im Wasser steht, die Arme übermütig ausgebreitet. *Das Wasser rauscht, das Wasser schwoll ... ein Fischer saß daran ...* Ich laufe zu ihm, er fängt mich auf und watet, mich auf dem Arm, zu einer Sandbank. Unsere Insel. Wir haben eine kleine Fahne mit seinem und meinem Namen drauf in eine mit Steinen gefüllte Blechdose gesteckt. Die Fahne liegt jetzt auf Mutters Speicher neben meinem alten Teddybären und der Schachtel mit Papas Mundharmonika.

Ich schwitze in meinem dunklen Hosenanzug. Also verlangsame ich die Fahrt, biege in einen Waldweg ein, steige aus dem Auto und ziehe meine Jacke aus. Lege sie auf den Rücksitz. Zünde mir eine Zigarette an. Meine Finger zittern.

Mutter bleibt sitzen und beobachtet mich. Ich lächle ihr beklommen zu, trete die Zigarette aus, steige wieder ins Auto, wende und fahre zur Landstraße zurück.

11

Zockle hinter einem Lastwagen her. Die Bilder, die in meinem Kopf sind und über die ich heute, in fremde Gesichter hinein, zu berichten haben werde, bedrängen mich immer mehr. Am liebsten würde ich umdrehen. Eine Kehrtwendung machen und in die Richtung fahren, aus der ich kam. Schicksalhaft erscheint mir dieser Wunsch. Dorthin zurückzukehren, woher ich komme. Ich klammere mich an den Gedanken, dass die Verhandlung nichtöffentlich ist. Danzer hat dies bereits vor einigen Wochen beantragt mit der Begründung, man könne mir eine Aussage vor Publikum nicht zumuten. Ein paar Stunden noch, Doris, dann ist der Albtraum zu Ende!, sage ich mir vor. Ein übles Gefühl breitet sich in meinem Magen aus, und dicht über meinem Herzen sitzt ein Knoten aus Furcht. Ich habe nichts gegessen, keinen Bissen habe ich am Morgen hinuntergebracht. Meine Mutter blickt mich von der Seite an. Dann tätschelt sie beruhigend mein Knie, das ebenso zittert wie meine Hände.

Das Lastauto blinkt und biegt nach links ab. Der Fahrer hat das Fenster geöffnet. Er lenkt mit einer Hand, in der anderen hält er eine Limonadendose, die er zum Mund führt. Laute Radiomusik dringt zu uns. Ich wundere mich, dass heute, an diesem sechsten April, so einfache Dinge geschehen können. Hausfrauen, die einkaufen, Büroleute, die an ihren Computern sitzen, Kinder, die spielen, und Lastwagenfahrer, die Limonade trinken. Dass es Menschen gibt, die diesen Tag morgen schon vergessen haben werden.

12

Ich fahre der Beschilderung nach, die zum Amtsgericht führt. Um meinen Kopf eine Klammer. Feuchtigkeit auf meiner Stirn, ich wische mit der Hand darüber. Reibe die Hand am Autositz trocken. Vor einer roten Ampel ein Stau. Wenn ich zu spät komme? Ich blicke auf die Uhr. Immer noch eine Stunde Zeit. Plötzlich wünsche ich mir, der Stau möge ewig dauern. Dieser erzwungene Halt – er befreit mich für einige Augenblicke von jeder Verantwortung für mich selbst und für die anderen. Die Ampel schaltet auf Gelb, auf Grün, doch wir stehen Stoßstange an Stoßstange, nichts bewegt sich. Meine Mutter sitzt schweigend neben mir. Der Himmel hat sich bezogen, eine zarte Decke, die sich wie ein grauer Schleier über das Blau schiebt.

»Sieh mal, es gibt Regen«, sage ich zu meiner Mutter.

13

Der Stau löst sich auf. Nur noch zwei Straßen, und wir sind da. Ich zünde mir eine Zigarette an. Meine Mutter öffnet das Seitenfenster. Ich halte Ausschau nach einem Parkplatz. Ich muss rangieren. Meine Mutter nimmt mir die Zigarette aus der Hand. Während ich einparke, sehe ich, wie sie einen tiefen Zug nimmt. Sie hat ihr Leben lang nicht geraucht. Der Motor stirbt mir ab, so erstaunt bin ich, als sie den Rauch entschlossen, fast gierig in sich einsaugt, eine Weile im Mund behält und ihn dann wieder ausstößt. Wir blicken uns an. Sie lächelt und macht noch einen Zug. Nickt mir zu, wirft die Zigarette durch das geöffnete Fenster auf die Straße und wartet, bis ich eingeparkt habe. Dann kurbelt sie das Fenster hoch, und wir steigen aus. Ich schlüpfe in meine Jacke, nehme die Handtasche vom Rücksitz und schließe das Auto ab. Ich sehe immer noch Mutter vor mir, wie sie, tief atmend, den Rauch der Zigarette ausstößt. Als würde eine neue Zeitrechnung beginnen. Vorher und nachher. Meine Mutter, die es verabscheut zu rauchen, signalisiert mir, dass sie bereit ist, mir zuliebe über ihren Schatten zu springen. Bedeutet mir, dass sie zu mir halten wird, unabhängig davon, wie sie selbst zu den Dingen steht.

14

Schon als wir auf das Gerichtsgebäude zugingen, bemerkte ich sie. Sie standen nebeneinander, seitlich des Portals,

die Beine leicht gespreizt, so dass sich die Muskeln ihrer Ober-
schenkel unter den Jeans abzeichneten. Die Hände hatten sie in
den Hosentaschen. Kai, Uwe und Carsten. Sie strotzten so vor
bedrohender Männlichkeit, dass ein Frösteln über meinen Körper lief. Die Gesichter ausdruckslos, blickten sie mich aus bösen
Augen an. Meine Mutter stutzte, dann begriff sie. Sie wechselte
die Seite, schob sich zwischen mich und Werners Freunde, als
wolle sie mich beschützen. Mit harten Fingern umklammerte sie
meinen Ellbogen und schob mich vorwärts. Etwas von der
Atmosphäre jener verhängnisvollen Nacht in unserer Wohnung übertrug sich auf mich, als Werner mit herausfordernden
Schritten nach mir gesucht und seinen Gürtel bereits geöffnet
hatte. Das graue Gebäude, das schwere Holzportal, die drei
Männer, die mich finster anstarrten … für einen Moment fühlte
ich mich ausgegrenzt, völlig hilflos. Doch dann durchflutete
mich ein Gefühl von Zorn und Widerstand, ich spürte, wie mein
Rückgrat sich versteifte und sich in meinen Kopf etwas Böses
schob – ich brachte ein Lächeln voller Verachtung zustande und
hoffte, dass sie es zu deuten wussten.

Meine Mutter öffnete die Tür, und wir traten ins Haus, Kühle
umfing uns, die Tür fiel zu.

»Die sollten dir wohl Angst einjagen?«, fragte sie grimmig.

Ich schwieg. Ich zitterte am ganzen Körper, aber ich hatte mir
nichts anmerken lassen. Das gab mir Kraft.

Dann saßen wir auf einer der Bänke, die vor den Sitzungszim-
mern aufgestellt waren. Ich hielt Ausschau nach Danzer, konnte
ihn aber nirgends entdecken.

»Wo er nur bleibt?« Ich war so nervös, dass ich ständig an
meinen Nagelhäuten herumzupfte, bis sie zu bluten begannen.

»Da ist er ja«, sagte meine Mutter und deutete auf den Anwalt,
der um die Ecke bog.

Ich stand auf und ging ihm entgegen.

Er gab mir die Hand. »Na? Geht's einigermaßen?«

Ich nickte beklommen.

Danzer blickte zur Uhr und dann zu den Türen des Sitzungszimmers. Ich hielt ihn am Arm fest. »Hören Sie ...« Ich schluckte. »Wenn ich nun nicht aussagen würde ... Wären Sie dann enttäuscht?«

Er schaute mich belustigt an. »Enttäuscht wäre ich, wenn Sie meine Rechnung nicht bezahlen könnten.«

Die für ihn so charakteristische Antwort in diesem Moment, der für mich so bedeutungsvoll war, löste in mir ein Schwindelgefühl aus. Es kam mir vor, als habe Danzer in seinem langen Anwaltsleben alles an Mitgefühl ausgegeben, was er hatte, und jetzt besaß er nichts mehr, nur mehr seine Routine, seine Resignation und seine Ironie.

Er schien meine Enttäuschung zu spüren und räusperte sich verlegen. »Wissen Sie, Frau Wengler ... Sie müssen einfach ein bisschen weiter denken.«

Ich wartete.

»Na ja ... Was machen Sie hinterher? Hier bleiben? Der alte Trott? Und dann vielleicht auch noch das Bewusstsein, eine so wichtige Sache wie diese nicht durchgestanden zu haben?«

Ich sagte immer noch nichts.

»Tja. Ich geh' mal rein.« Er ging ein paar Schritte weiter.

»Herr Danzer?«

Er wandte sich um.

»Ich wollte Sie das immer schon fragen ... Hätten Sie meinen Mann auch genommen? Ich meine, als Mandanten?«

Er lachte ein bisschen, als verspotte er sich selbst. »Sagen wir mal so ... Ich hätte mich nicht darum gerissen. Aber ich hätte ihn genommen.«

Ich glaubte ihm nicht, trotz allem. »Nein, das hätten Sie nicht.«

Jetzt stöhnte er auf. Schüttelte den Kopf. »Warum sind Frauen nur immer so ignorant? Und deuteln so viel Gutes in uns Anwälte hinein?«

Er grinste, hob leicht, wie zum Abschied, die Hand und betrat den Sitzungsraum. Die Tür schloss sich, und ich ging zu meiner Mutter zurück und setzte mich wieder neben sie.

»Weißt du jetzt, was du tun willst?«, fragte sie leise.

In diesem Moment bemerkte ich ihn. Ricki. Er stand einige Meter entfernt und rauchte eine Zigarette. Ich stand auf und ging zu ihm hinüber. Hätte ich damals über ihn gewusst, was ich heute weiß, hätte ich dann auch mit ihm geschlafen?

Er blickte mir voller Unbehagen entgegen. Ich trat nah zu ihm, unsere Körper berührten sich fast. Er roch nach Seife und Eau de Cologne, aber auch nach Schweiß, säuerlich, scharf. Angst. Ich spürte, er hatte Angst.

Ich nahm ihm die Zigarette aus der Hand, zog daran und sagte: »Du wolltest mich doch auffangen? Erinnerst du dich?« Und gab ihm die Zigarette zurück, die er nun in der Hand hielt, als würde sie an beiden Enden brennen. Ich lächelte, voller Trauer. So viele Jahre, die in unserer Erinnerung an Glanz verlieren würden, da wir heute mehr über uns wussten als damals, da er mich enttäuscht und ich ihn bedrängt und sein Gewissen belastet hatte. Ein langer Blick – so nahm ich Abschied von ihm. Und es tat weh, immer noch.

Ich ging in den Waschraum und ließ Wasser über meine Hände laufen. Kühlte mit den kalten Händen meine Schläfen, betrachtete mich flüchtig im Spiegel, wollte schon weggehen, blieb dann aber plötzlich stehen und blickte mich aufmerksam an.

Die Farbe meines Gesichts war blass, die Haut glatt und makellos. Zum ersten Mal seit Jahren konnte ich in ein unversehrtes Gesicht blicken – keine Abschürfungen, keine blauen Flecke, keine Striemen. Lange stand ich da, sah mich im Spiegel an und tastete mit den Fingern über meine Haut. Das Gesicht – mein Gesicht –, das mir da entgegenblickte, gehörte wieder mir. Die Zeit der Schmetterlinge war vorbei.

15

»Bitte nennen Sie uns Ihre Personalien!«, sagte der Vorsitzende ernst.

»Ich heiße Doris Wengler, bin am achtzehnten Oktober 1968 geboren und wohne in der Burgstraße vier in Greifenbach.«

»Frau Wengler. Sie sind als Zeugin geladen und können als Ehefrau des Angeklagten von Ihrem Aussageverweigerungsrecht Gebrauch machen. Wenn Sie sich jedoch entschließen auszusagen, dann muss Ihnen klar sein, dass Sie unsere Hauptbelastungszeugin sind. Wir werden viele Fragen an Sie stellen müssen, auch unangenehme, und Sie sind verpflichtet, uns die Wahrheit zu sagen. Also, Frau Wengler. Wollen Sie gegen Ihren Mann aussagen?«

Ich wandte den Kopf und sah zu Werner, der neben seinem Anwalt saß und unruhig mit einem Kugelschreiber spielte. Dann schaute er mich an. Ein wenig Sonnenlicht fiel durch die schmalen, hohen Fenster, es hatte aufgehört zu regnen. Noch nie war mir der Anblick meines Mannes so vertraut erschienen. Seine kräftigen Schultern, seine breiten Handgelenke, über die sich die akkurat gebügelten Manschetten seines Hemdes schoben, die hellen Augen voller Trauer, als wollten sie um Verzeihung bitten, dass wir uns heute, hier an diesem Ort, begegnen mussten. Der Ausdruck seines Gesichts, so bekümmert ... Die Szene am Strand kam mir wieder in den Sinn, als er Tanja auf den Schultern trug und sich immer wieder nach mir umdrehte ... Wie er mich ansah damals ... als würde er mich umarmen und küssen ... Reines Glück, das er ausstrahlte. Ich erinnerte mich auch an seine Tränen, die auf die Decke tropften, als er nach Tanjas Geburt an meinem Bett stand. Und ich spürte wieder die Enttäuschung, die seine Stimme schwer und bedrückt machte, als er fragte: »Was ist los? Ich trage mein Geld nicht in die Kneipe. Ich mag meine Familie. Ich bin scharf auf meine Frau ...«

Ein Schmerz, der alles zu umfassen schien, durchflutete mich. Ein letztes Mal sah ich Werner an, dann sagte ich: »Ja, ich werde aussagen.«

16

Als ich am Tag der Premiere auf die Bühne trat, um mein Lied zu singen, trug ich ein schwarzes langes Kleid. Der Zuschauerraum war abgedunkelt, die kleinen Lampen auf den Tischen brannten, Guido, im dunklen Anzug, saß am Klavier.

Sie waren alle gekommen. Meine Mutter und Tanja hatten an einem Tisch nahe der Bühne Platz gefunden, ich bemerkte Elke und Frau Koschnik, sogar Wagenbauer und seine Frau hatten es sich nicht nehmen lassen, jene Doris Wengler zu begutachten, die die Ungeheuerlichkeit fertig gebracht hatte, vor Gericht gegen ihren eigenen Mann auszusagen und die Familienschande in die Öffentlichkeit zu tragen.

In mir war alles still. Angst, so lähmend und erschreckend, wie ich sie noch vor acht Tagen empfunden hatte, ließ sich nicht wiederholen.

Und dann begann ich. Zaghaft zuerst, doch bald schon klang meine Stimme mit jeder Zeile sicherer, und ich lächelte meiner Mutter und Tanja zu, voller Freude, dass wir uns nicht verloren hatten auf diesem langen Weg bis hierher auf diese kleine Bühne. Denn hatten all unsere quälenden Streitereien, die Vorwürfe und das Misstrauen nicht auch zu tun mit meinem Entschluss, dieser Theatergruppe beizutreten?

»Herbstwind wird die Blätter verwehn ...«, sang ich, und wieder spürte ich die Traurigkeit, die mich erfasst hatte, als Werner sich zu mir wandte und durch die schmalen, hohen Fenster des Gerichtsgebäudes das Sonnenlicht auf sein Haar fiel. Dann – plötzlich – änderte sich die Stimmung im Theaterkeller. Nervöse Unruhe, greifbar, sie lag in der Luft wie ein Flirren. Gläser wurden heftig aneinander gestoßen, Worte gezischelt, Füße scharrten, eine Hand schlug klatschend auf Holz. Ein kalter Hauch, der von den Zuschauern bis zu mir herauf auf die Bühne drang. Ich erkannte Werners Freunde, die an einem der hinteren Tische saßen, die Köpfe zusammensteckten, sich etwas zuflüsterten und provozierend in meine Richtung blickten.

Sie wurden immer lauter. »Und fühlst du dich geliebt, dann frag nicht …«, fuhr ich fort, als schrill und heftig eine Trillerpfeife ertönte und der Tumult losbrach. Kai sprang auf und schrie: »Aufhören, aufhören!«, die anderen stimmten in den Ruf mit ein, pfiffen, johlten und buhten mich aus. Guido unterbrach sein Spiel, hilflos wanderte sein Blick von mir zu den grölenden Männern im Saal. Meine Stimme versagte, ich wusste nicht, was ich tun sollte, ich stand nur da und schaute zu. Sie trommelten mit den Fäusten auf den Tisch, trampelten, brüllten: »Aufhören, aufhören!«, und Kai schrie zu mir herauf: »Hau ab! Hau endlich ab!«

Die anderen Zuschauer saßen da wie erstarrt. Dann sprang eine Frau auf – es war Mutter, meine Mutter. Sie begann wie wild zu klatschen, rief laut: »Bravo, Doris! Bravo!«, und applaudierte immer weiter. Da erhoben sich auch Elke und Frau Koschnik und klatschten, andere Zuschauer folgten ihrem Beispiel, wieder andere stimmten in die Rufe der Fußballspieler ein. Ein Chaos brach aus. Bravorufe, Buhrufe … ein Spiegelbild, dachte ich, völlig verwirrt, da die Situation so grotesk war. Menschen, die dich verurteilten, andere, denen du gleichgültig bist, und wieder andere, die dich verstehen.

Als der Tumult immer größer, die Aufforderung »Aufhören, aufhören!« immer lauter wurde und die Luft wie geschwängert war von bedrohlichen Emotionen, verschwamm das Bild vor meinen Augen. Wie eingekapselt stand ich da und kehrte wieder zurück zu jener Nacht, da ebenfalls Emotionen sich so zerstörerisch entladen hatten. Ich sah Werner, der über mir kniete, sah den Gürtel, der sausend auf mich niederklatschte, hörte seine Stimme: *du blöde, billige, beschissene Nutte!*

17

Mein Kopf wird leer. Du musst weitersingen, denke ich verwundert, du musst das Lied zu Ende bringen ...
Und so singe ich von dem Kuss, der den Frühling schenkt, während Werners verzerrtes Gesicht sich mir nähert, erzähle von der Liebe und von Sehnsucht, während die Haut meiner Lippen platzt und seine Zähne gegen die meinen schlagen, vom Strauch, an dem die Rosen blühn ... er spreizt meine Beine und zwängt sich in mich hinein, ich singe von einer Welt voll Glück und empfinde seine wütenden Stöße wie Feuer in mir ... und singe ... und singe ... und fühle noch einmal, wie sein Körper erschlafft, sehe, wie er sich aufrichtet, über mich hinwegsteigt, aus dem Zimmer geht – und mich liegen läßt.
Ich singe einfach weiter, singe mein Lied zu Ende.

EPILOG

Werner Wengler wurde der Vergewaltigung an seiner Frau
Doris in einem minder schweren Fall für schuldig erklärt und
erhielt eine Gefängnisstrafe von eineinhalb Jahren. Die Strafe
wurde zur Bewährung ausgesetzt.
Doris und Werner wurden ein halbes Jahr später geschieden.
Das Sorgerecht für Tanja teilen sie sich. Werner wird in Kürze
wieder heiraten. Doris zog mit Tanja in eine Großstadt.

ADRESSEN

Polizei-Notruf: 110
Feuerwehr und ärztlicher Notdienst: 112

Frauen-Notruf
Viele Orte Deutschlands verfügen inzwischen über einen Frauen-Notruf, der Hilfe anbietet. Die Telefonnummern können Sie unter dem Stichwort »Frauen-Notruf« in jedem Telefonbuch finden oder über die Telefonauskunft erlangen bzw. bei der

Bundesvernetzungsstelle
der autonomen Frauen-Notrufe (BaF)
Knooper Weg 32
24103 Kiel
Tel. 04 31-9 87 72 90
E-Mail: BaF@frauennotrufe.de

Frauenhäuser
gewähren Frauen in Notsituationen Schutz und Unterstützung. Sie sind Tag und Nacht erreichbar. Die Telefonnummer Ihres örtlich nächstgelegenen Frauenhauses finden Sie im Telefonbuch unter der Bezeichnung »Frauenhaus«; die Adresse der Frauenhäuser wird zum Schutz der Frauen geheim gehalten. Außerdem existiert eine

Zentrale Informationsstelle
für autonome Frauenhäuser
Brinzingerweg 34
73732 Esslingen
Tel. und Fax: 07 11-3 70 02 60

Sie können sich auch an **Pro Familia,** die **katholische** oder **evangelische Telefonseelsorge** oder an deren **Sozialdienste** wenden. Die Telefonnummern finden Sie ebenfalls in Ihrem Telefonbuch.

Zahlreiche **Krankenhäuser** verfügen zusätzlich zu Notfallambulanzen über gynäkologische Abteilungen. Nach einer Vergewaltigung kann hier eine Erstversorgung mit Beweissicherung vorgenommen werden.

Für Männer, die sich ihren Problemen stellen wollen:

In vielen größeren Städten existieren Kontakt- und Beratungsstellen **Männer gegen Männer-Gewalt.** Auch Ehe-, Partnerschafts- und Familienberatungsstellen, die es in jeder Stadt oder Gemeinde gibt, helfen weiter, ebenso Männergruppen oder Männerberatungsstellen.

ICH DANKE

all den Frauen, die mir in persönlichen Gesprächen, Briefen und Telefonaten ihr Vertrauen schenkten und es mir so ermöglichten, mich in die Situation meiner Protagonistin einzufühlen, Christine Stettner, Leiterin des Kommissariats 314 für Verhaltensprävention und Opferschutz der Kriminalpolizeidirektion München 3, die mir in vielen Gesprächen wertvolle Anregungen gab, mich mit Fachliteratur versorgte und mir bewusst machte, dass Gewalt gegen Frauen viele Gesichter hat, und ganz besonders meinem Lektor Herbert Neumaier für seinen Zuspruch, seine hervorragende fachliche Unterstützung und seine menschliche Anteilnahme während all der Jahre unserer Zusammenarbeit.

Spitzenunterhaltung ›Made in Germany‹

Wolfram Fleischhauer
Die Purpurlinie
›Gabrielle d'Estrées und eine ihrer Schwestern‹: Generationen von Betrachtern hat dieses anonyme Gemälde fasziniert, auf dem eine Dame mit spitzen Fingern die Brustknospe einer anderen umfasst. Liegt in der seltsamen Pose der Schönen eine tödliche Botschaft?

Schneekluth.

Wolfram Fleischhauer
Drei Minuten mit der Wirklichkeit
Eine angehende Tänzerin an der Berliner Staatsoper – und ein junger Tangostar aus Argentinien. Eine traumhafte Liebesgeschichte – und bald darauf ein Alptraum.

Wolfram Fleischhauer
Die Frau mit den Regenhänden
Paris im Frühjahr 1867: Aus den dunklen Gewässern der Seine wird die Leiche eines Kindes geborgen. Für die Polizei steht fest: Die Mutter des Babys ist schuldig und muss zum Tode verurteilt werden.
100 Jahre später fängt eine junge Frau an, den Fall zu recherchieren.

Knaur

Kate Atkinson bei Knaur

Die Ebene der schrägen Gefühle

Roman

Aus dem Englischen von
Anette Grube

Zwei charakterstarke Frauen – zwei charakterstarke Stimmen –
vor dem Hintergrund der siebziger Jahre, widerspenstig und
zerstreut die eine, überschäumend und respektlos die andere.
Sie erzählen von Liebe und Tod, Hass, Krankheit und Mordlust.
Und von verschlungenen Familienverhältnissen, die einen zu-
weilen ratlos fragen lassen: Wer ist Mutter, wer ist Tochter, wer
ist Schwester?

»Wer sich auf Atkinsons schräge Gefühlsebenen wagt,
wird mit einer Geschichte belohnt,
die schriller und phantasievoller nicht sein könnte –
ein einzigartiges Buch!«
Freundin

Knaur